외국어 번역 고소설 선집 6

가정소설 1

― 장화홍련전·숙영낭자전·숙향전 ―

역 주 자

김채현   명지대학교 방목기초교육대학 객원조교수
박상현   경희사이버대학교 일본학과 교수
권순긍   세명대학교 한국어문학과 교수
이상현   부산대학교 인문학연구소 HK교수

이 책은 2011년도 정부(교육과학기술부)의 재원으로 한국학중앙연구원
(한국학진흥사업단)의 지원을 받아 수행된 연구임(AKS-2011-EBZ-2101)

외국어 번역 고소설 선집 6

가정소설 1
― 장화홍련전·숙영낭자전·숙향전 ―

초 판 인 쇄   2017년 11월 20일
초 판 발 행   2017년 11월 30일

역 주 자   김채현·박상현·권순긍·이상현
감 수 자   정출헌·강영미
발 행 인   윤석현
발 행 처   도서출판 박문사
책 임 편 집   최인노
등 록 번 호   제2009-11호

우 편 주 소   서울시 도봉구 우이천로 353 성주빌딩 3층
대 표 전 화   02) 992 / 3253
전   송   02) 991 / 1285
홈 페 이 지   http://www.jncbms.co.kr
전 자 우 편   bakmunsa@hanmail.net

ⓒ 김채현 외, 2017. Printed in KOREA

ISBN 979-11-87425-68-7   94810   정가 26,000원
     979-11-87425-62-5   94810(set)

외국어 번역 고소설 선집 6

가정소설 1
― 장화홍련전·숙영낭자전·숙향전 ―

김채현·박상현·권순긍·이상현 역주

정출헌·강영미 감수

박문사

한국에서 외국인 한국학에 대한 연구는 지금까지 주로 외국인의 '한국견문기' 혹은 그들이 체험했던 당시의 역사현실과 한국인의 사회와 풍속을 묘사한 '민족지(ethnography)'에 초점이 맞춰져 왔다. 하지만 19세기 말 ~ 20세기 초 외국인의 저술들은 이처럼 한국사회의 현실을 체험하고 다룬 저술들로 한정되지 않는다. 외국인들에게 있어서 한국의 언어, 문자, 서적도 매우 중요한 관심사이자 연구영역이었기 때문이다. 그들 역시 유구한 역사를 지닌 한국의 역사·종교·문학 등을 탐구하고자 했다. 우리가 이 책에 담고자 한 '외국인의 한국고전학'이란 이처럼 한국고전을 통해 외국인들이 한국에 관한 광범위한 근대지식을 생산하고자 했던 학술 활동 전반을 지칭한다. 우리는 외국인의 한국고전학 논저 중에서 근대 초기 한국의 고소설을 외국어로 번역한 중요한 자료들을 집성했으며 더불어 이를 한국어로 '재번역' 했다. 우리가 『외국어 번역 고소설 선집』 1~10권을 편찬한 이유이자 이 자료집을 통해 독자들이자 학계에 제공하고자 하는 바는 크게 네 가지로 요약된다.

첫째, 무엇보다 외국인의 한국고전학 논저 중에서 가장 큰 비중을 차지하는 사례가 바로 '외국어 번역 고소설'이기 때문이다. 한국의 고소설은 '시·소설·희곡 중심의 언어예술', '작가의 창작적 산물'이라는 근대적 문학개념에 부합하는 장르적 속성으로 인하여 외국인들에게 일찍부터 주목받았다. 특히, 국문고소설은 당시 한문 독자층을 제외한 한국 민족 전체를 포괄할 수 있는 '국민문학'으로 재조명되며,

그들에게는 지속적인 번역의 대상이었다. 즉, 외국어 번역 고소설은 하나의 단일한 국적과 언어로 환원할 수 없는 외국인들 나아가 한국인의 한국고전학을 묶을 수 있는 매우 유효한 구심점이다. 또한 외국어 번역 고소설은 번역이라는 문화현상을 실증적으로 고찰해볼 수 있는 가장 구체적인 자료이기도 하다. 두 문화 간의 소통과 교류를 매개했던 번역이란 문화현상을 텍스트 속 어휘 대 어휘라는 가장 최소의 단위로 살필 수 있기 때문이다.

둘째, 이 선집을 순차적으로 읽어나갈 때 발견할 수 있는 '외국어번역 고소설의 통시적 변천양상'이다. 고소설을 번역하는 행위에는 고소설 작품 및 정본의 선정, 한국문학에 대한 인식 층위, 한국관, 번역관 등이 의당 전제될 수밖에 없다. 따라서 외국어 번역 고소설 작품의 계보를 펼쳐보면 이러한 다양한 관점을 포괄할 수 있는 입체적인 연구가 가능해진다. 시대별 혹은 서로 다른 번역주체에 따라 고소설의 다양한 형상을 발견할 수 있다. 예컨대 민속연구의 일환으로 고찰해야 할 설화, 혹은 아동을 위한 동화, 문학작품, 한국의 대표적인 문학정전, 한국의 고전 등 다양한 층위의 고소설 인식을 살펴볼 수 있다. 이러한 인식에 맞춰 그 번역서들 역시 동양(한국)의 이문화와 한국인의 세계관을 소개하거나 국가의 정책에 도움을 주고자 하는 한국에 관한 지식을 제공하기 위해서 출판되는 양상을 살필 수 있다.

셋째, 해당 외국어 번역 고소설 작품에 새겨진 이와 같은 '원본 고소설의 표상' 그 자체이다. 외국어 번역 고소설의 변모양상과 그 역사는 비단 고소설의 외국어 번역사례로 국한되는 것이 아니다. 당대 한국의 다언어적 상황, 당시 한국의 국문·한문·국한문 혼용이 혼재되었던 글쓰기(書記體系, écriture), 한국문학론, 문학사론의 등장과 관련해서도 흥미로운 연구지점을 제공해주기 때문이다. 예를 들어 본다면, 고소설이 오늘날과 같은 '한국의 고전'이 아니라 동시대적으로 향유되는 이야기이자 대중적인 작품으로 인식되던 과거의 모습 즉, 근대 국민국가 단위의 민족문화를 구성하는 고전으로 인식되기 이전, 고소설의 존재양상을 발견할 수 있다. 이 원본 고소설의 표상은 한국 근대 지식인의 한국학 논저만으로 발견할 수 없는 것으로, 그 계보를 총체적으로 살필 경우 근대 한국 고전이 창생하는 논리와 그 역사적 기반을 규명할 수 있다.

넷째, 외국어 번역 고소설 작품군을 통해 '고소설의 정전화 과정'을 살펴보는 것이다. 20세기 근대 한국어문질서의 변동에 따라 국문 고소설의 언어적 위상 역시 변모되었다. 그리고 그 흔적은 해당 외국어 번역 고소설 작품 속에 오롯이 남겨져 있다. 고소설이 외국문학으로 번역의 대상이 된다는 사실은, 이본 중 정본의 선정 그리고 어휘와 문장구조에 대한 분석이 전제됨을 의미하기 때문이다. 사실 고소설 번역실천은 고소설의 언어를 문법서, 사전이 표상해주는 규범화된 국문 개념 안에서 본래의 언어와 다른 층위의 언어로 재편하는 행위이다. 하나의 고소설 텍스트를 완역한 결과물이 생성되었다는 것은, 고소설 텍스트의 언어를 해독 가능한 '외국어=한국어'로 재편하는 것에 다름 아니다.

즉, 우리가 편찬한 『외국어 번역 고소설 선집』에는 외국인 번역자만의 문제가 아니라, 번역저본을 산출하고 위상이 변모된 한국사회, 한국인의 행위와도 긴밀히 관계되어 있다. 근대 매체의 출현과 함께 국문 글쓰기의 위상변화, 즉, 필사본·방각본에서 활자본이란 고소설 존재양상의 변모는 동일한 작품을 재번역하도록 하였다. '외국어 번역 고소설'의 역사를 되짚는 작업은 근대 문학개념의 등장과 함께, 국문고소설의 언어가 문어로서 지위를 확보하고 문학어로 규정되는 역사, 그리고 근대 이전의 문학이 '고전'으로 소환되는 역사를 살피는 것이다. 우리의 희망은 외국인의 한국고전학이란 거시적 문맥 안에서 '외국어 번역 고소설' 속에서 펼쳐진 번역이라는 문화현상을 검토할 수 있는 토대자료집을 학계와 독자에게 제공하는 것이다.

물론 우리가 편찬한 『외국어 번역 고소설 선집』이 이러한 목표에 얼마나 부합되는 것인지를 단언하기는 어렵다. 이에 대한 평가는 우리의 몫이 아니다. 이 자료 선집을 함께 읽을 여러 동학들의 몫이자 함께 해결해나가야 할 과제라고 말할 수 있다. 이들 외국어 번역 고소설을 축자적 번역의 대상이 아니라 문명·문화번역의 대상으로 재조명될 수 있도록 연구하는 연구자의 과제를 들 수 있을 것이다. 더불어 당대 한국의 이중어사전, 해당 언어권 단일어 사전을 통해 번역용례를 축적하며, '외국문학으로서의 고소설 번역사'와 고소설 번역의 지평과 가능성을 모색하는 번역가의 과제를 이야기할 수도 있을 것이다.

제1부

가정소설
장화홍련전

제1장

다카하시 도루의
〈장화홍련전 일역본〉(1910)

高橋亨, 「薔花紅蓮傳」, 『朝鮮の物語集附俚諺』, 日韓書房, 1910.

다카하시 도루(高橋亨) 역

▌해제▐

　다카하시 도루(高橋亨, 1878~1967)는 1904년 한국정부의 초빙을 받아 관립중학교 외국인교사가 되었고, 1908년 관립 한성 고등학교의 학감으로 승진한다. 이후 조선총독부의 촉탁으로서 조선의 고서, 금석문을 수집하고 이왕가 도서의 조사를 담당했고, 경성 고등보통학교의 교사로 근무했었다. 1910년경 다카하시가 펴낸 한국어문법, 한국설화·속담 저술은 1904년 이후 그의 한국체험과 연구의 산물이라고 볼 수 있다. <장화홍련전>은 문호가 개방된 이후 한국 서적을 접했던 외국인들이 주목했던 작품이라고 말할 수 있다. 일례로 일본학자였던 애스턴은 한국고소설과 설화를 고찰한 논문(1890)에서 임진왜란을 소재로 한 <임진록>과 함께 <장화홍련전>을 줄거리 개관과 함께 한국고소설을 대표하는 전형적인 작품으로 소개한 바 있기 때문이다.

그만치 당시 한국에서 통상적으로 유통되며 외국인의 입장에서 그리 어렵지 않게 구매할 수 있는 도서였던 것으로 보인다. 다카하시는 〈춘향전〉 뒤에 그가 번역하여 수록한 고소설 작품에 대한 간략한 주석을 붙인 바 있다. 그의 이 주석에 따르면 그는 〈장화홍련전〉이 시정에 유통되던 방각본 소설이라고 말했다. 다카하시의 〈장화홍련전 일역본〉을 보면 경판 18장본의 내용을 축약한 양상이기에 다카하시가 한국에서 취득한 한글고소설을 저본으로 번역한 사실을 충분히 짐작할 수 있다. 또한 다카하시는 〈장화홍련전〉이 한국의 남녀관계 풍속을 알 수 있는 작품이며 또한 한글고소설의 독자층 사대부 부녀의 도덕관념을 엿볼 수 있는 작품이라고 말했다. 이를 통해 다카하시가 조선사회의 풍속과 사대부 여성의 사고를 보여주기 위해 〈장화홍련전〉을 번역했음을 알 수 있다. 경판본의 큰 특징이라고 할 수 있는 장화, 홍련의 재생담이 생략된 이유는 저본 선택의 문제라기보다는 다카하시의 이러한 번역목적과 그리 부합되지 않는 화소였던 사정 때문으로 보인다.

┃ 참고문헌

이기대, 「〈장화홍련전〉 연구」, 고려대 석사학위논문, 1998.

서신혜, 「일제시대 일본인의 고서간행과 호소이 하지메의 활동 - 고소설 분야를 중심으로」, 『온지논총』 16, 2007.

권혁래, 「근대 초기 설화·고전소설집 『조선물어집』의 성격과 문학사적 의의」, 『한국언어문학』 64, 2008.

박상현, 「호소이 하지메의 일본어 번역본 『장화홍련전』 연구」, 『일본문화연구』 37, 2011.

今は昔、平安道鐵山郡に、土班裵無用なるものありけり。妻は同じ
く兩班の家柄なる姜氏とて、才貌兼備の良夫人にて、亢麗いと睦しく
して二人の娘さへ擧けたり姉を長花と名け妹を紅蓮と名く共に母に似
て容貌才操も既に穗に出て行末の美しさ賢しさ思ひやられたり。され
ば夫婦も掌中の珠と愛しみて、いかで行く行くは門閥正しく才藻秀で
たる人に嫁せしめて祖父祖母と云はれたしと、心を籠めて教養したり
けり。

지금은 옛날이지만, 평안도 철산군에 토반(土班) 배무용[1]이라는
사람이 있었다. 부인은 같은 양반 집안의 강씨로 재주와 용모를 겸
비한 좋은 부인이었으며 배우자와 부부의 금실이 좋아서 두 딸을 얻
어 언니를 장화라 이름 짓고 동생을 홍련이라고 이름 지었는데 [두
사람 다] 같이 어머니를 닮아서 어려서부터 용모와 재주가 남달라
그 아름다움과 현명함이 염려될 정도였다. 그렇기에 부부도 손 안에
진주처럼 사랑했으며 어떻게든 장래에는 문벌이 바르고 재주가 뛰
어난 사람에게 시집보내어 할아버지와 할머니라고 불리고 싶은 마
음에 정성을 다해 가르치고 키웠다.

人世の無常なる槿花の朝に開いて夕に凋むにも似たり。妻なる姜氏
は假初の病やうやう重り行きて、長花の六ッ紅蓮の四ッの春を迎へた

---

1 배무용(裵無用) : 다카하시는 원본 고소설에 한글음가로만 표기된 등장인물의
  이름에 한자를 넣었다. 여기서 장화홍련의 부친인 배무용의 이름을 '無用'이라
  고 표기한 것은 의당 등장인물에 대한 다카하시의 관점이 반영되어 있다. 실제
  로 다카하시가 번역한 본문을 보면, 원전에 없는 표현인 "무용은 정말로 무용한
  인물로(無用は 誠に 無用の 人間にて)"이란 표현이 보인다.

る年悲傷する夫娘を後にして帰らぬ旅に上りぬ。されば姜氏もまだ此
世に残る思ひ多くして、臨終の際にも熟々と夫無用に遺言して、我が
亡き後は二人の娘を二部に愛して母亡き娘の憂きを見せ給ふな。親心
なるべけれ共、二人とも才貌共に人には劣らず生れしが如し。願くば
香草をして秋霜に枯れしむるの惨を見せしめ玉ふ勿れ。人間の生は死
の初なれば死に行く我は露惜しからねど、何となく二人の身の上気遺
はしく、冥途の障りになるが如し。くれくれも我が夫に托し参らせた
るぞと紅涙蒼顔に瀧りて其の儘命根絶えたり。

세상의 무상함은 무궁화가 아침에 피어서 저녁에 시드는 것과 같
았다. 부인 강씨는 사소한[2] 병이 점점 겹치어 장화가 여섯 홍련이 네
살인 봄을 맞이하는 해에 몹시 슬퍼하는 남편과 딸들을 뒤로 하고 돌
아오지 못하는 여행길에 올랐다. 그런데 강씨도 아직 이승에 남겨둔
생각이 많아서 임종을 할 때에 간절히 남편 무용에게 유언을 하며,

"내가 죽은 후에는 두 딸을 두 배로 사랑하여 엄마의 죽음으로 딸
들이 슬퍼하지 않게 해 주십시오. 자식을 생각하는 부모의 마음이
다 그러하겠지만, 두 사람 다 재주와 용모 둘 다 남에게 뒤떨어지지
않게 태어난 듯합니다. 바람이 있다면 가을 찬 서리에 시든 듯한 향
초(香草)와 같은 비참한 모습을 보이지 마십시오. 인간의 생이라는
것은 죽음의 시작이기에 나는 조금도 아깝지가 않습니다만, 왠지 두
사람의 신상이 걱정되어 저승길로 가는 길에 장해가 되는 듯합니다.
아무쪼록 서방님 부탁하고 가겠습니다."

---

2 사소한: 일본어 원문에는 '假初'로 표기되어 있다. 이는 한때의 일, 잠시, 임시변
통, 얼마간, 약간의 뜻을 나타낸다(落合直文編, 『言泉』01, 大倉書店, 1922).

15

라고 말하고는 피 눈물이 창백한 얼굴에 흘러내리며 그대로 운명
을 달리하였다.

されは裴無用も十年同棲の妻を失ひしより、残る篋を其人とも見
て、日夜奮にいやまし愛育するに、二人とも孝心天性に出で、亡き母
を慕ふと共に在ます父に孝事して、心根の優しきには無用も人知れず
涙を絞り居たり。され共主婦なき家は屋根破れしが如し、如何に柱礎
のみ堅固なりとも風雨の漏るを防ぐべからず。蜜なき花の如し、如何
に色のみ麗しかりとも蜂蝶は寄り来らず。無用も二年三年は娘の愛ら
しさに忍ひたれ共。不便は殆んど堪ゆべからず。又未だ男児は一人も
在らざれば祖宗の祀を斷つの虞もあり。此に長花十の春良媒ありてお
なじく兩班の家より許氏を迎へて後妻となしたり。

그러자 배무용도 10년간 함께 했던 부인을 잃고서는 남은 유물을
그 사람이라고 여기며 밤낮으로 예전보다 더 많이 사랑해서 키우니,
두 사람 모두 효심이 천성에서 우러나와 돌아가신 어머니를 사모하
는 동시에 살아계신 아버지께도 효도하니, 본성[3]이 온화한 무용도
남몰래 눈물을 흘렸다. 그렇기는 하지만 주부가 없는 집은 지붕이
무너진 것과 같아 아무리 주춧돌[4]이 견고하더라도 비바람이 새는
것을 막을 수는 없었다. 꿀 없는 꽃과도 같아 아무리 색이 아름답더
라도 벌과 나비가 옆에 오지 않았다. 무용도 이삼 년은 딸들의 사랑

---

3 본성: 일본어 원문에는 '心根'으로 표시되어 있다. 이는 마음의 밑바닥, 마음 깊
은 속, 혹은 진심이라는 뜻이다(落合直文編, 『言泉』02, 大倉書店, 1922).
4 주춧돌: 일본어 원문에는 '柱礎'로 표기되어 있다. 이는 '기둥과 주춧돌(柱石)'
과 같은 뜻이다(松井簡治·上田万年編, 『大日本国語辞典』03, 金港堂書籍, 1917).

으로 참고 견디었지만 불편은 거의 견딜 수 없었다. 또한 아직은 아들이 한 명도 없는지라 조상에게 제사를 지내는 것이 끊기는 걱정도 있었다. 이에 장화가 열 살이 되는 봄에 좋은 곳에서 중매가 들어와 같은 양반 집으로부터 허씨를 맞이하여 후처로 삼았다.

許氏は容貌既に甚しく姜氏に劣り、才操も亦下り、心頗る奸邪なりき。されど、流石に初の中は爪を藏せる鷲鷹の、長花紅蓮の二女を我子の如く慈しみて娘よ娘よと養育せしかば、二女も固より幼児の人の心の表裏を知らねば、母よ母よと馴れ睦みて再びこの家に春ぞ帰り来りける。然るに、程なく許氏は身重りて一男を擧け、続いて又一男、又一男と三男児を擧けたるに及び。

허씨의 용모는 이미 상당히[5] 강씨에게 뒤떨어지고 재주도 또한 뒤떨어지며 마음은 몹시 간사하였다. 그렇지만 아무리 그렇다 하더라도 처음 중간은 손톱을 숨기고 있는 독수리와 매로 장화 홍련 두 딸을 자신의 딸처럼 자비롭게,

"내 딸아, 내 딸아."

라고 하면서 양육하는 것처럼 하니, 두 딸도 원래 어린 아이인지라 사람 마음의 겉과 속을 잘 알지 못하여,

"어머니, 어머니."

하고 따르며 정답게 지내어서 다시금 이 집에 봄이 돌아왔다. 그런데 머지않아 허씨는 임신을 하여 남자아이 하나를 얻고, 계속해서

---

5 상당히: 일본어 원문에는 '頗る'로 표기되어 있다. 이는 넘칠 정도, 매우, 몹시, 굉장하다와 같은 뜻이다(棚橋一郎·林甕臣編, 『日本新辞林』, 三省堂, 1897).

또 남자아이를 하나, 다시 남자아이를 하나 [얻어서] 삼남을 얻기에
이르렀다.

やうやう心根荒々しくなり行き、時折は眼に角立ててさ迄にあらぬ
事に呵り責め、物指さへも舞ふことあり。されば二女も心の中にやう
やう一團の雲翳生じ、お人よしの無用も溜息つくこともありけり。さ
れ共、無用は誠に無用の人間にて、許氏に全く壓倒され、櫪下の老駑
の如く家權盡く妻に帰し、徒らに胸に萬石の愁を湛えて一言も妻に下
足を云はず。あはれ漸々春風秋風に變りて、香草將に吹き凋まされん
とす。さるにても二女は踏まれし麥が却りて秀つるが如く、容顏の益
益麗しうなること宛ら春花秋月の如く、其の名さへもいつか遠近に隠
れなく、はや姉は二八の春を迎へたれば、傳手を求めて嫁に迎へまほ
しと申込むもの前後相望む有様なり。許氏は愈愈嫉ましく、殊に我が
生める長男長釧といふは、生来心鈍く、親の目にも人並外れの阿呆な
れば、一層繼児の怜しきが悪きなりけり。されば是上なき良縁と思は
るるものをも皆かにかくとて斷らしめつ。この國にての女の盛りもは
や過ぎて二十の春を迎ふるに至らしめたり。

점점 본성이 난폭해 지면서 때때로 눈에 띨 정도의 일도 아닌 것
에 몹시 화를 내며 그 평가의 기준 조차도 춤을 추었다. 그리하여 두
딸의 심중에도 점점 한 떼의 먹구름[6]이 생기게 되고, 사람 좋은 무용

---

6 먹구름: 일본어 원문에는 '雲翳'로 표기되어 있다. 이는 구름으로 하늘이 흐려진
  것, 혹은 흐림의 뜻을 나타낸다(松井簡治·上田万年編, 『大日本国語辞典』01, 金
  港堂書籍, 1915).

이 한숨 쉬는 적도 있었다. 그렇기는 하나 무용은 정말로 쓸모없는 인간으로 허씨에게 완전히 압도되어 마판 아래의 늙은 말처럼 가권(家權)을 모두 부인에게 주고는 허무하게 가슴에 만석의 근심을 가득 채우고, 부족함에 대해서 부인에게 한 마디도 하지 못하였다. 아아!! 점점 봄바람은 가을바람으로 변하며 향초도 금방이라도 시들어 가려고 하였다. 그렇다고는 하더라도 두 딸은 밟힌 보리가 도리어 뛰어난 것처럼 얼굴 모습이 더욱 아름다워지는 것이 마치 춘화추월과 같으니, 인근에서 그 이름을 모르는 사람이 없을 정도였다. 어느덧 언니는 이팔의 봄을 맞이하여 인편을 넣어 부인으로 맞이하고 싶다고 신청하는 사람이 [줄을 서서] 앞뒤로 서로 바라볼 정도였다. 허씨는 더욱더 질투하게 되었는데, 특히 자신이 나은 장남 장천은 태어날 때부터 마음이 둔하여 부모의 눈에도 보통 사람과 같은 모습에서 벗어난 바보이니, 한층 더 전처 자식의 똑똑함이 얄미웠다. 그리하여 이보다 더 할 수 없는 좋은 혼담이라고 생각하는 것을 이것저것 모두 거절하였다. 어느덧 이 나라에서 여자[딸]가 한창인 때를 지나서 스무 살의 봄을 맞이하기에 이르렀다.

一日無用外より帰り来れるに、許氏は憤れる顔色凄まじく、あはれ我夫よ、日頃長花の行ひ怪しと思ひつるに、結婚の延ふるに堪へ兼ねてや、仇し男を拵えて、これ見玉へ、竊かに墮胎ぞしつる。今彼女の寝床より胎児を見付け出したりとて、それらしきものを示すに、見れば実にも然るが如し。お人よしの無用は忽ち怒り罵りて己れ鬼児奴、両班の家名を傷けたりな、さるにても如何なる悪魔が魅入りしかと、無念の形相烈しきを見て。許氏は涙を流しつつ、既に獣行を敢て

したるものは子にして子にあらず慈し憐みては愈家の名を墜すこととならん。この事世間に知れぬ内密かに亡くするの外あるまじとて、強言すれば。無用は心弱くも終に之を許しぬ。其夜許氏は長釗を呼びて事細々と云ひ含めつ。夜既に深きに俄かに長花に長釗と共に先母の家に往き来れと嚴命して馬をばはや牽き入れさせたり。長花は時ならぬ外出を命せられ訝かしさ限りなけれど、父母の命は拒む能はず。轟く胸を押鎭め、必ず凶事あらんと信じつつ、妹紅蓮に其となく永別の言葉を陳べ、女としては婦德を守り父母に孝養を盡せ、殊に父君は此頃は年も漸く老いさせて頼り少し見ゆれば抔物語り、手を握りて涙を墮し、

어느 날 무용이 밖에서 돌아오니, 허씨는 분개하며 안색이 무시무시하게 변하더니,

"아아, 서방님 평소에 장화의 행동이 괴이하다고 생각되었는데, 결혼이 미루어지는 것을 더는 못 견뎌 해로운 남자를 만든 듯합니다. 이것 좀 보세요. 몰래 낙태를 하였습니다. 지금 그녀의 침상에서 태아를 찾아내어 가져 온 것입니다."

라고 말하고는 그럴듯한 것을 내 보이자, 살펴보니 실로 그러한 듯하였다. 사람 좋은 무용은 바로 화를 내고 큰 소리로 욕설을 퍼 부으며,

"네 이년 악마 같은 년아. 양반가의 명예[7]에 해를 입혔구나. 그렇다고는 하더라도 어떠한 악마가 붙었단 말인가."

---

7 명예: 일본어 원문에는 '家名'으로 표기되어 있다. 이는 집안을 가리키는 명칭 혹은 집안의 대를 이을 후계자의 뜻을 나타낸다(松井簡治·上田万年編, 『大日本国語辞典』01, 金港堂書籍, 1915).

라고 말하며 무녀의 얼굴 모습의 격렬함을 보였다. 허씨는 눈물을 흘리며,

"이미 짐승과 같은 일을 감히 저지른 자는 자식이라도 자식이 아니니, 섣불리 불쌍하게 생각하여서는 가문의 명예를 더욱 실추시키는 것이 됩니다. 이 일이 세상에 알려 지기 전에 몰래 죽이는 수밖에 없습니다."

라고 강하게 이야기하자 무용은 마음이 약해져 끝내 이를 허락하였다. 그날 밤 허씨는 장천을 불러서 일을 세세하게 설명하였다. 밤이 이미 깊어지자 갑자기 장화에게 장천과 함께 돌아가신 어머니의 집에 갔다 오도록 엄명하며 말을 급히 끌고 나오게 하였다. 장화는 갑자기 외출을 명받고는 수상함이 끝이 없었지만 부모의 명을 거절할 수는 없는 것이었다. 두근거리는 가슴을 억눌렀지만 반드시 흉사(凶事)가 있을 것이라고 알면서도 동생 홍련에게 넌지시 이별의 말을 늘어놓으며,

"여자로서 부녀자의 덕을 지키고 부모에게 효로써 받들어 섬김을 다하여라. 특히 아버지는 이제 나이도 점점 들어 의지할 곳이 적어 보이니."

등등을 이야기하며 손을 잡고는 눈물을 흘렸다.

やがて馬に跨りて長釗に導かれて何處とも知らず率かれ行く。固より門外一歩を知らぬ身の、長釗一人を頼みにせるに、道は既に一二里を来て道傍に漫々たる池あり。長釗は馬を留めて長花を下ろし、冷かなる言葉以て、今宵汝を此處に連れ出したるは外家へ往かむ為にあらず。我が母汝の生存へるを嫌ひ玉ひ、今日大けき鼠の皮を剝いて布に

包み、之を汝の寝具中におきて汝が堕胎せしと伴り、父を欺きて汝を
今夜此處に殺すに決せるなり。是迄の命と諦らめて自らこの深き池中
に投して死せよやと云ひたれば。長花は今更ながら胃潰れて、熱涙滂
沱として瀧り下ち。さては我が母は何故にかくも我をば悪み玉ふや。
我は実母に別れ参らせて此に十四年、まだ一度も不孝の行ありしを覚
えず。又兩班の家に生れし身の婦徳を以て女子第一となすは胎教を受
けて之を生知せり。殺すは親の命なりと云へば自ら火にも投せむ水に
も入らん。されどあらぬ悪名を負せられて父を欺きまつらんこと死す
よりも猶苦し。され共父母の命と云へば我は死ぬべし。され共長釧
よ。汝も兄弟の情はあらん。願ふは明日一日丈延ばしてくれ。我明日
外家に往きて従兄弟に面会して其となく妹紅蓮の見上を托し、又母の
墓に詣て切めて靈魂になりともこの事を訴へて不孝の児たる罪を謝せ
ん。やよや長釧、汝はこの儘帰りて長花は既に死せりと母君に告げ
くれずや。我は決して死を逃れんとの意にあらず。我死を逃るれば母
君の悪名を世に表はし、又父君の命に背く不孝の児となる。必ず明日
一日を限りにて我はこの水に投して死すべきにと草に伏して哀願す。
実に無情の草木だにも感動すべきに、性来鈍なる長釧は頑として動か
ず。何でう明日一日を延すべき。我が母は今夜死せと云はれたり、早
や投ぜよと促すのみなれば。長花は今は力なく、旻天に號泣し、妹を
泣き、父を泣き、裳を褰げて面を蔽ひ、一歩一歩池の中深く歩み行
く。哭声凄冷夜気陰森、鬼神も爲に泣かんとす。やがて水愈々深くな
りてはや姿は没し了れり。忽ち青空怪風起りて何処からともなく猛虎
風を負ひて走り来り、冷然として眺め居たる長釧を大喝して、己れ人
非人、天道を知らぬか、人理を知らぬかとて忽ち之を倒して其の片耳

と片脚を嚙み切りて、又復た忽然として姿を没せり。長釗は其の儘人
事不省に横はり、長花を騎せ来りたる馬は猛虎に駭いて逸走して我が
家に向て去れり。

　이윽고 말에 올라 타 장천이 이끄는 데로 어디인지도 모르고 끌려
갔다. 참으로 문 밖 한 발자국도 모르는 몸으로 장천 한 사람을 의지
하였는데, 이미 12리 길을 오니 길 옆에 넘칠 것 같은 연못이 있었다.
장천은 말을 멈추어 세우고 장화를 내리게 하며 차가운 말투로,

　"오늘 밤 너를 이곳에 데리고 나온 것은 외가에 가려고 하기 위함
이 아니다. 나의 어머니가 네가 살아 있는 것을 싫어하셔서, 오늘 큰
쥐의 피부를 벗기어 이불에 싸서 이를 너의 이불 속에 넣어 두고는
네가 낙태를 한 것처럼 거짓말을 하여 아버지를 속이고 너를 오늘 밤
이곳에서 죽이려고 결심하셨던 것이다. 여기까지의 목숨이라고 포
기하고 스스로 이 깊은 연못 속에 몸을 던져 죽거라."

　고 말하자 장화는 새삼스러울 것도 없지만 가슴이 무너지고 뜨거
운 눈물이 빗물처럼 흘러 내렸다.

　"그런데 나의 어머니는 무슨 일로 이렇게 나를 미워하시는가. 나
는 친모와 헤어지고 이에 14년 아직 한 번도 불효를 행했다고 생각
한 적이 없다. 또 양반의 가문에서 태어난 몸으로 부인의 덕을 여자
의 제일로써 나타내는 태교를 받고 이것을 태어날 때부터 알았다.
죽으라는 것이 부모의 명이라고 말한다면 스스로 불에 들어가고 물
에 들어갈 것이다. 그렇기는 하지만 있지도 않은 오명(惡名)을 쓴 채
아버지를 속이게 된 것은 죽는 것보다 오히려 괴롭다. 그렇다고는
하나 부모의 명령이라고 하니 나는 마땅히 죽어야 한다. 그렇지만

23

장천아, 너도 형제의 정은 있을 것이다. 바라건대 내일 하루만 연장해 주거라. 나는 내일 외가에 가서 사촌 형제들을 만나 넌지시 동생 홍련의 신상을 부탁하고, 또 어머니의 묘에 참배하고 [목숨을] 끊어 영혼이 되겠노라."

고 이러한 일을 호소하며 불효자가 된 자식의 죄를 사죄하고자 하였다.

"이것 보거라 장천아, 너는 이대로 돌아가서 장화는 이미 죽었다고 어머니께 고해주지 않겠느냐. 내가 결코 죽음을 피하고자 하는 뜻은 아니다. 내가 죽음을 피한다면 어머님의 악명이 세상에 드러나게 되며, 또한 아버지의 명령에 등을 돌리는 불효자가 되는 것이다. 반드시 내일 하루를 끝으로 나는 이 물에 [몸을] 던져 죽을 것이니라."

고 하며 엎드려서 애원하였다. 실로 무정한 초목이라도 감동할진데 천성이 둔한 장천은 완고하여 조금도 움직이지 않았다.

"왜 내일 하루를 연장하여만 하느냐. 우리 어머니는 오늘 밤 죽이라고 말씀하셨으니 빨리 [몸을] 던지거라."

고 재촉할 뿐이었다. 장화는 이제는 힘없이 하늘[8]을 향해 부르짖으며 울고, 동생을 [생각하며] 울고, 아버지를 [생각하며] 울며, 치마를 걷어 올려 얼굴을 덮어씌우고는 한 걸음 한 걸음 연못 안으로 깊이 걸어 들어갔다. 곡소리 처량하고 차가운 밤기운이 음산하여 귀신(鬼神)도 더불어 울고자 하였다. 이윽고 물이 더욱 더 깊어 져서, 어느덧 [장화의] 모습이 사라졌다. 갑자기 푸른 하늘에 괴이한 바람이 일며, 어디서부터라고 할 것 없이 맹호가 바람을 등지고 달려 와서, 냉

---

8 하늘: 일본어 원문에는 '롯天'으로 표기되어 있다. 이는 하늘 혹은 가을하늘이라는 뜻이다(松井簡治·上田万年編, 『大日本国語辞典』04, 金港堂書籍, 1919).

연(冷然)[9]하게 바라보는 장천을 크게 꾸짖으며,

"이놈, 사람 같지 않은 놈, 하늘의 도리를 모른단 말인가? 인간의 도리를 모른단 말인가?"

라고 하며 갑자기 그를 넘어뜨려서 그 한 쪽 귀와 한 쪽 다리를 물어뜯고는 또 다시 홀연히 모습을 감추었다. 장천은 그대로 인사불성이 되어 쓰러지고, 장화를 태우고 왔던 말은 맹호에 놀라서 도망쳐 달아나며 자신의 집을 향해 달려갔다.

其の夜許氏は流石に心騒ぎて寝られず。鈍き我が子がよくしつるかと案ずる程に、夜既に深きにまだ帰来らず、苦待するに、馬蹄憂々として来り門に立ちて嘶くをきき、急ぎ燭を待ちて出見れば、我家の馬にて全身汗流れて瀧の如し。而かも長釗は在らず。さては我が児の上に變事ぞ起れるとて、僕等を呼起し、馬蹄の迹を辿り行けば、森漫たる池邊に出で、此に長釗は片耳片脚を失うて倒れ、又池心よりは悲哀なる声聞え宛ら萬斛の悲寃を訴ふるが如し。許氏は畧ぼ事情を推察し、虎出でで我が児を噛みしとおほし、急ぎ携へて帰り治療せんとて、僕に負せ連れ帰り、薬を塗り薬を服せしむるに、翌日はやうやう人気付きありしこと共もの語りたり、

그날 밤 허씨 또한 역시나 마음이 번잡하여 잠을 이루지 못했다. 둔한 내 아들이 잘했을까 하고 염려하면서 [기다리는데], 밤은 이미

---

9 냉연: 일본어 원문에 표기되어 있는 '冷然'은 싸늘한 모습을 뜻하는 말, 혹은 냉담한 모습, 불쾌한 모습을 이르는 말이다(松井簡治·上田万年編, 『大日本国語辞典』04, 金港堂書籍, 1919).

깊었으나 아직 돌아오지 않고 [다시] 고대하며 기다리고 있으니까 말굽 소리가 딸가닥 딸가닥하며 문 앞에 서서 우는 소리가 들렸다. 서둘러 등불을 들고 나가 보니 자신의 말이 전신에 땀을 흘리고 있는 모습이 [마치] 비온 듯하였다. 게다가 장천은 있지도 않았다. 그렇다 면 자신의 아들 신상에 변고[10]가 일어났을 수도 있다고 생각하여, 종 들을 불러서 말발굽의 흔적을 따라가 보니, 숲 풀이 가득한 연못 주 변이 나왔는데, 그곳에서 장천은 한 쪽 귀와 한 쪽 다리를 잃은 채 쓰 러져 있었다. 그리고 연못의 중심부에서 슬픈 소리가 들려오는데 많 은 슬픔과 원통함을 호소하는 듯하였다. 허씨는 모든 사정을 알아차 리고 호랑이가 나와서 자신의 아들을 물어뜯었다고 생각하여 서둘 러 함께 데리고 돌아가서 치료하고자 했다. 종들에게 업게 하여 데 리고 돌아와서 약을 바르고 약을 먹이니, 다음 날 아침 점점 정신이 들면서 모든 것을 다 말하였다.

無用は一夜不意に長花の亡くなりしよりさては妻が殺ししものと 思ひ、熟々考ふるに、かの娘に汚徳の事あるべき筈なし。或は妻の毒 計かと疑ひ出し、さるにても不幸なりし娘かな。幼くして母に分れ青 春に及びて婚期を失ひ、終に非命に終りたる。我も後妻を娶るまじと 思ひたれども、家系の為に迎へられ、思へば娘に養子したりしこそ 中々に得策なりけれと、日夜欝々と楽しまず。夫婦の間自ら疏隔して 家中の空気も陰欝なり。されば妹紅蓮はかの夜以来妹君見え給はず、

---

10 변고: 일본어 원문에는 '變事'로 표기되어 있다. 이는 항상 엇갈린 일 혹은 일상 적이지 않은 사건, 이변 등의 뜻을 나타낸다(松井簡治·上田万年編, 『大日本国 語辞典』04, 金港堂書籍, 1919).

又彼の日以来何となく父母の顔色も物思はしく母との間も隔てある様
に覚えければ小さき胸に祕めかねて、一日母に尋ねたるに、母は甚だ
邪慳に姉は虎に銜み去られ、弟も亦傷つきたりと許りにて細かに教へ
んとせず。

　무용은 어느 날 밤 생각지도 못하게 장화가 죽게 된 것은 부인이
죽인 것이라고 생각하였다. 심사숙고해보니 이 딸에게 나쁜 덕이 있
을 리가 없었다. 어쩌면 부인의 악독한 계책일지도 모른다고 의심하
기 시작하였는데, 그렇다고는 하더라도 불행한 것은 딸이었다. 어려
서 어머니와 헤어지고 청춘에 이르러서는 혼기를 잃고 결국에는 비
명으로 생을 마친 것이다. 나도 후처를 맞이하는 것이 아니라고 생
각했지만 가계를 위해서 맞이하였는데, 생각해 보면 데릴사위를 맞
이했다면 좋은 방법이 되었을 것이라며 [이런 생각에] 밤낮으로 울
적하여 즐길 수가 없었다. 부부 사이도 자연히 서먹서먹해져 집안의
분위기도 음울해졌다. 그러자 동생 홍련은 그날 밤 이후로 언니가
보이지 않고, 또 그날 이후 어쩐지 부모의 안색에도 근심이 가득하
고 어머니와의 사이도 소원해진 것 같이 느껴져서, [이러한 마음을]
작은 가슴에 간직할 수 없어 하루는 어머니에게 물어 보았더니 어머
니는 매우 매몰차게,

　"언니는 호랑이에게 물러갔고 동생도 또한 상처를 입었느니라."
고 말하기만 하고 상세히 가르쳐 주려고 하지 않았다.

紅蓮は猶も不審の晴れやらず我が室内に静座して熟々来し方を思ひ
やるに、愈々姉君のなつかしく、さるにても姉君は何故に予をおきて

彼の夜一人出行き玉ひしかと怨し思ひつつ不知不識まどろみたるに、夢非夢の間に姉長花淼漫たる水中より仙女の如き裝ひして黄竜に跨り上り出てて、我を一瞥して其の儘過行かんとす。紅蓮は駭きて姉君姉君と呼ぶに振り返りて、今日は我玉皇上帝の命を受けて薬を三神山に採りに行かんとし、甚だ忙匆なれば妹と物語りも儘ならず、我を無情とな思ひぞ。御身も久しからずして我が許に来るべき人なりとて往き過ぐれば、妹は愈々心亂れやよ暫待ち玉へと姉君を追はんとするに、黄竜大喝一声するに驚き覚れば南柯の一夢なりけり。紅蓮は愈々訝しく思ひて、一日父母の居並ひ玉ひたる折夢の事共語り出で如何なる事ならんかと尋ねたるに、父は長太息して涙数行下るのみ。母は眉を逆立てて子供に何の夢あらん、夢ありとて何の意味ある夢を見るべき、詮なき事云ひ立てて親の心を騒かすものにあらずと叱る。紅蓮は母は何故にかくも邪慳に坐すやらん。父も語らず、母は怒れば尋ねんことも難しとて打ち案じたる末、かの愚なる弟長釗を欺くこそ善方便なれとて、

　　홍련은 더욱 개운치 않아[11] 자신의 방에 조용히 앉아서 골똘히 지나간 일을 생각하였는데, [그럴수록] 더욱 언니가 그리워졌다. 그렇다고는 하더라도 언니는 '나를 두고 무슨 이유로 그날 밤 혼자 나갔단 말인가.' 하고 원망스럽게 생각하다가 자신도 모르는 사이에 깜빡 잠이 들었다. 비몽사몽간에 언니 장화가 숲 풀이 만연한 물속에

---

11 개운치 않아: 일본어 원문에는 '不審の晴れやらず'라고 표기되어 있다. '不審'이라는 것은 의심스러운 것, 수상한 것, 또는 불가사의라는 뜻을 나타낸다(棚橋一郎·林甕臣編, 『日本新辞林』, 三省堂, 1897).

서 선녀(仙女)처럼 차려 입고 황룡(黃龍) 위에 올라타 날아가면서 나를 한번 보고는 그대로 지나가려고 하였다. 홍련은 놀라서,

"언니, 언니."

하고 부르니 뒤돌아보면서,

"오늘은 내가 옥황상제의 명을 받들어 약을 캐러 삼신산에 가고자 하니 너무 바빠 동생과 이야기도 뜻대로 할 수 없구나. 나를 무정하다고 생각하지 말거라. 너도 멀지 않아 내가 있는 곳으로 올 사람이란다."

라고 말하고 지나가니 동생은 더욱 더 마음이 혼란해져

"잠시만 기다리세요."

라고 언니를 쫓아가려고 하니 황룡이 큰 소리로 꾸짖었다. 놀라서 깨어 보니 남가일몽이었다. 홍련은 더욱 수상하게 생각되어, 하루는 부모가 나란히 앉아 계실 때 꿈에서의 모든 일을 이야기 하며, 어찌 된 일인지를 물어 보았다. 아버지는 크게 한숨을 쉬며 눈물 몇 가닥을 흘릴 따름이었다. 어머니는 눈썹을 치켜세우며

"아이에게 무슨 꿈이란 말이냐, 꿈이라면 어떤 의미 있는 꿈을 꾸어야 하거늘 어쩔 수가 없는 일을 내세워 부모의 마음을 놀라게 하는 것이 아니냐."

고 말하며 꾸짖었다. 홍련은,

"어머니는 왜 이리도 매몰차게 앉아 계신가. 아버지도 한 마디도 이야기 하지 않으시고 어머니는 화만 내시니 물어보는 것도 어렵구나."

라고 이리저리 생각하다가,

"저 바보 같은 동생 장천을 속이는 것만이 좋은 방편이구나." [라고 생각했다.]

一日母の外出せし隙に猶病床に臥せる長釗を甘言を以て誘ひ騙かり、終に盡く事情をきき出し餘りの事に肓潰れ、我が室に帰りて堅く戸を鎖し身を投げて啼泣す、ああ哀れなり我姉君、不幸なるかな姉上、人並優れて美しく怜しく生れ玉ひつつも、二八青春を空しく過して女の務めを盡さず。人は天命に死しても不足に思ふなるを非命に死し、死して猶あらぬ悪名を雪ぐこと能はず。あはれ婦徳を失ひし女は既に死せるに同じきは我が国の教へなり。汚名を負はせて又非命に死せしむるは人を殺して又其の肉を剜るが如し。恐ろしき繼母の心かな。我も行末は必ず姉君の迹を追はしめらるべき身の生きて何かあらん。一日生くれは一日憂、二日生くるは二日の憂ひなり。直ちに死して魂魄姉君の傍に往き末長く兄弟相離れざらん。いつぞやの夢の今ぞ思ひ當れるとて輾轉して哀泣さるにても姉君何処の水に身を投げ玉へる。門前一歩の外を知らぬ処女の、何をしるべに尋ね行かんこと難し、何か方便あるまじきかと打案じ居たるに、庭前の花樹に異鳥の声頻りなり、窓を開けば見馴れぬ青鳥、花樹を往来して頻りに鳴く。其の音非凉にして憂愁を訴ふるが如く久しくして去らず、紅蓮は熟々打守りたるが、不圖さても見狎れぬ青鳥かな、或はこの鳥姉君の幽魂なりしか、姉君の暗に我を誘ひ玉ふにあらぬかと心付き。若しこの鳥明日も猶来りて呼びたらば必ず姉君の召し玉ふに違ひなし、我この鳥に導かれて何処へなりとも赴かん、され共我も亦家出したりと知りまさば、我父の心や如何におわさむ。双玉一顆既に砕けて樫の実のひとつの慰めなるに。切めて遺書を認めて不孝の罪を謝しまつらんとて、雲箋を延べて。哀い哉。我が生みの母早逝し玉ひ、我が兄弟相扶け来りたるに、一夜姉上は悪名を負ひて非命に沒し玉ふ。我が兄弟は父の許

を離れず事へまつりしこと廿年。かからんことは夢にも思ひかけきや、父に先ちて兄弟一時に死するは大罪なり。

하루는 어머니가 외출한 틈을 타 병석에 누워 있는 장천을 감언으로 꾀어서 결국은 모든 사정을 알게 되었다. 너무나 슬픈 일에 가슴이 무너질 듯하여 자신의 방에 돌아와서 문을 굳게 걸어 잠그고 주저앉아서 소리 높여 울며,

"아아, 불쌍한 우리 언니, 불행한 언니, 보통 사람들보다 뛰어나고 아름답고 영리하게 태어나셨지만, 이팔청춘을 덧없이 보내어 여자의 임무를 다하지 못하셨소. 사람은 천명으로 죽어도 부족하다고 생각되는 것을 비명으로 죽고 죽어서도 여전히 있지도 않은 오명을 씻지 못하고 있소. 아아, 부덕을 잃은 여자는 이미 죽은 것과 마찬가지라는 것이 우리나라의 가르침이거늘. 오명을 씌우고 또 비명에 죽게 한 것은 사람을 죽이고 다시 그 육신을 깎아 내는 것과 같거늘. 무서운 계모의 마음이로다. 나도 언젠가는 반드시 언니의 뒤를 쫓아 갈 몸 살아서 무엇을 하나. 하루를 살면 하루의 근심, 이틀을 살면 이틀의 근심이거늘. 바로 죽어서 혼백(魂魄)이라도 언니의 곁으로 가서 오래도록 형제가 서로 헤어지지 않을 것이다. 지난 밤 꿈속의 일들이 지금 짐작이 가는 바이다."

라고 뒤척이며 슬프게 울다가 그건 그렇다 하더라도,

"언니는 어느 곳의 물에 몸을 던지셨습니까?"

문 앞의 한 발짝 밖을 알지 못하는 처녀가 무언가를 길잡이로 하여 물어서 가려는 것이 어려워 무언가 방편이 없을까 걱정하고 있었는데, 정원 앞 꽃나무에서 괴이한 새 소리가 자주 들리어 창문을 열

어 보니 범상치 않은 파랑새가 꽃나무를 왔다 갔다 하며 자주 울고 있었다. 그 소리의 슬프고 처량함이 시름을 호소하는 듯 오랫동안 떠나지 않고 있으니 홍련은 골똘히 지켜보다가,

"그렇다고는 하지만 범상치 않은 파랑새구나. 혹 이 새는 언니의 넋이 아닌가. 언니가 슬며시 나를 데려 가시려고 온 것이 아닌가?"

하고 알아차렸다.

"만약 이 새가 내일도 다시 와서 부른다면 반드시 언니의 부르심에 틀림없을 것이니, 나는 이 새가 이끄는 대로 어디인지 모르는 곳으로 향할 것이다. 그렇기는 하지만 나 또한 집을 나갔다는 것을 알게 되신다면 우리 아버지의 마음이 얼마나 슬프실까."

쌍옥 하나가 이미 부서져서 상수리나무 열매 하나가 위안이 되었거늘, 목숨을 끊는다는 유서를 쓰고 불효의 죄를 사죄한다는 것을 편지에 펼쳐 적었다.

"슬프구나. 우리를 낳아 주신 어머니가 일찍 돌아가시고 우리 형제는 서로 도와 가며 살아 왔는데, 어느 날 밤 언니는 오명을 쓰고서 비명에 돌아가셨습니다. 우리 형제는 아버지의 슬하를 떠나지 않고 지내기를 20년. 마음에 걸리는 것은 꿈에도 생각지 못한 일로 아버지보다 앞서 형제가 일시에 죽는 다는 큰 죄입니다.

され共今後再び父の声音を聞かず父の形を見ざるべし。父は今日限り不幸の子我紅蓮を忘れ玉ひて永遠に思ひ出し玉ふな。我は今はの際にも父君の萬壽無強を祈りまゐらす。不孝の子紅蓮泣書と認め。密に封じて父上様と上書し壁に貼り付け、更に身仕舞したるに日既に暮れて明日東天に皎々たり。時に青鳥猶花樹を去らず頻りに鳴いて我を呼

ぶが如し。さては愈々姉君の靈魂なめりと思ひて、青鳥青鳥汝は我を
姉君の身を投げ玉ひし池に導くかと問ひたるに、青鳥は應諾するが如
く首を下く。いてや我汝に從ひ往かん。ああ十八年起臥したるこの室
も、今日が永別なるかとて我家を振り返り振り返りとほとほと女の足
の覚束なく青鳥の後を追うて出て往く。道は村を離れて山に傍ふ、山
寂々水重々。樓桃の花咲いて黄鳥悲鳴す。数時歩み来れば青鳥止まり
て進まず。路傍を見れば池あり水陰森たり。ここぞ姉君の終焉の処
か、我も爭で後れんと裳をかかげて入らんとす。時に水中妖気立昇り
青空の中声あり日く、ああ紅蓮汝何故此に来れる。人間一度死すれば
再生き難し。青春の身を以て餘りに命を軽するな。早く早く家に帰れ
と。紅蓮は姉の声と思ひてやよ姉君よ、何故我を捨てて独りこの世を
去り玉ひつる。我等兄弟は同日に生れずとも同時にせんと祈りつるも
のを。我もこの世に居るべき身にあらず。早く姉君の許に往きまつら
んと云へば、空中に啼泣の声きこえ、池心の妖氛頻りに動揺す。紅蓮
は泣いて旻天に姉の悪名を雪ぎ玉へと祈り、裳をかかげて面を掩ひ決
然として深きに進めば、はや姿は没して水陰沈として静なり。

　そうだ만 지금 이후로 다시는 아버지의 목소리[12]를 들을 수 없고
아버지의 모습을 볼 수 없습니다. 아버지는 오늘을 끝으로 불행한
자식 저 홍련을 잊으시고는 영원히 생각하지 마십시오. 저는 지금
이 순간에도 아버지의 만수무강을 기원합니다."

　불효자 홍련은 눈물의 편지를 썼다. 몰래 봉하고 '아버지께'라고

---

12 목소리: 일본어 원문에는 '声音'으로 표기되어 있다. 사람의 소리 혹은 음성의
　뜻을 나타낸다(棚橋一郎·林甕臣編, 『日本新辞林』, 三省堂, 1897).

위에 적고 벽에다가 붙이고는 한층 더 몸단장을 하니, 날은 이미 어두워져서 밝은 달이 동쪽 하늘[13]에 하얗게 밝아져 왔다. 이때에 파랑새는 꽃나무에서 떠나가지 않고 계속해서 울면서 나를 부르는 것 같았다. 그러고 보니까 더욱 언니의 영혼이라고 생각되어,

"파랑새야, 파랑새야. 너는 나를 언니가 몸을 던지신 연못으로 이끌어 주겠느냐?"

고 물으니 파랑새는 그렇다는 듯이 머리를 끄덕였다.

"자, 그럼 나는 너를 따라 가겠노라. 아아, 18년 살았던 이 방도 오늘로 영원히 이별이란 말인가."

라고 자신의 집을 뒤돌아보고 뒤돌아보며 사부작사부작 여자[홍련]의 발걸음은 불안해하며[14] 파랑새의 뒤를 쫓아 나갔다. 길은 마을을 떠나 산을 이어갔다. 산은 적적하고 물은 겹겹이. 앵두꽃이 피어 있고 꾀꼬리가 슬피 울었다. 몇 시간을 걸어가니 파랑새는 멈추어 나아가지 않았다. 길옆을 보니 연못이 있고 물은 음산하고 아득하였다.

"이곳이구나. 언니가 숨을 거둔 곳이. 나도 어찌 뒤따라 치마를 걷어 올리고 들어가지 않겠는가."

그때 물속에서 요사스러운 기운이 올라 와 푸른 하늘에 소리를 내며 말하기를,

"아아, 홍련 너는 어찌 이곳에 온 것인가. 인간이 한번 죽으면 다

---

13 동쪽 하늘: 일본어 원문에는 '東天'이라고 표기되어 있다. 이는 동쪽 하늘 혹은 해 뜰 무렵의 하늘이라는 뜻을 나타낸다(棚橋一郎·林甕臣編, 『日本新辭林』, 三省堂, 1897).

14 불안해 하며: 일본어 원문에는 '覚束なく'로 표기되어 있다. 이는 판연(判然)하지 않은 혹은 불안하다는 뜻을 나타낸다(棚橋一郎·林甕臣編, 『日本新辭林』, 三省堂, 1897).

시 살아나는 것은 어렵거늘. 청춘의 몸으로 남은 목숨을 가볍게 여기지 말거라. 빨리 빨리 집으로 돌아가거라."

홍련은 언니의 소리라고 생각하고,

"언니, 어찌 나를 버리고 혼자서 이 세상을 떠나가셨소. 우리 형제는 같은 날 태어나지는 않았지만 [항상] 같이 하자고 기도하였거늘. 나도 이 세상에 있어서는 안 되는 몸이오. 어서 언니가 있는 곳으로 가겠소."

라고 말하였더니 하늘에 울음소리가 들리며 연못 한 가운데에서 요사스런 기운이 매우 동요하였다. 홍련은 울면서 하늘에 언니의 오명을 씻어 달라고 빌며 치마를 걷어 올려 얼굴을 가리고 결연히 깊이 나아가니, 어느덧 모습은 사라지고 물은 음침하게 조용해졌다.

二女沒してより靈魂九天に達して鬼神となり。かの池中每夜寃を訴ふるの哭を聽き、終に往來する人絶え。又深更寃鬼郡守の夢を駭かすに、郡守皆駭死し三四更迭したれ共終に赴任する者なく、郡守缺くるに至りぬ。されば國王も頗る憂慮ましましたるに、時に全東浩なる人物あり、剛直にして高明なり。自薦して鐵山郡守たることを乞ふ。國王即ち許可ありて赴任の時に更に細かに注意する所あり。

두 여인은 [연못에] 빠진 이후로 영혼이 구천에 떠도는 귀신이 되었다. 이 연못 안에서 매일 밤 누명을 호소하는 곡소리가 들려와 마침내 왕래하는 사람들이 끊기었다. 또 깊은 밤 원귀(寃鬼)가 군수의 꿈을 놀라게 하여 군수들은 모두 놀라서 죽어나가는 자가 3-4명에 이르자, 마침내 부임하는 자가 없어 군수의 자리가 공석에 이르렀다. 그러자 국왕도 자못 우려하고 우려하였는데, 때마침 강직하고 고명(高明)하기로 이름 난 전동호(全東浩)라는 인물이 있었다. 스스로 추천하여 철산(鐵山) 군수가 되기를 청하였다. 국왕은 즉시 허락하였는데, 부임 시에는 더욱 세심하게 주의할 점이 있었다.

東浩登任するや郡吏を呼び、前任の諸郡守鬼に襲はれて駭死せるの事ありしと聞く果して然りしやと問ふに、實にもさる事打續きて今は郡政も荒廢するに至りたりと答ふ。東浩聴き了りてさるか今夜は郡吏皆火を消さず静に坐して徹宵せよ。我も寝ねずに明さんと、客廳に燭を點じて静に坐して周易を読む。夜三更に至れるに緑衣紅裳の一美人蹌踉として現はれ来り、東浩の前に伏拜して動かず。東浩静に汝何故なれば深夜郡廳に入来れると云ふに。かの美人顔を上げ、涙珊々として蒼頬におちつつ、妾は郡邑兩班裵無用の二女紅蓮なり、母は我が四歳の時早逝し玉ひて我姉長花は時に六歳なりき。父も家政の不便に堪へかねて、後妻許氏を迎へたるに、始めは善く我等姉妹を愛育せしが、未久に其の腹に長釗以下三男児を挙ぐるに及び、漸々心邪まとなりて我等を虐待し、終に姉二八青春の婚期を失はしめ、我も同じく長して二八の歳となりぬ。一日繼母は鼠の皮を剝いて之を以て墮胎の児と僞はり、父を欺きて終に姉をして悪名を負ひて某池に投して死せしめぬ。我も之を探知りて到底命の長からぬを覚りて同じく其池に投して死せり。元来我父は心弱く又家も貧しかりつるに、繼母は富家の女にして、僕婢十人米千石を持ちて嫁し来たり、されば父は常に繼母に制せられ、又繼母は妾等を嫁せしむればこの家産を分ち與へらるべからず、実子に與ふる財産減せんとて終に害せんの心起りしなり。天帝

妾等の寃を憐み鬼神となりて之を訴ふるを許し玉へば之を郡守に訴へ
て姉の寃を解かんと思へとも、歴代の郡守皆臆病にて終に妾等の意を
達せず。今幸に賢尹の来ませるに逢ひたり。願くば早く天に替りて姉
君の悪名を雪き玉へと言々哀絶なり。言ひ訖りて搔消す如くにして在
らず。

　동호는 등임(登任)하자 군리(郡吏)를 불러,

　"모든 전임 군수들이 귀신에게 엄습당해 놀라서 죽은 일이 있다
는 것을 들었는데 정말 그러한 것이냐?"

　고 물으니,

　"실로 그와 같은 일이 계속되어 지금은 군(郡)의 행정도 황폐하기
에 이르렀습니다."

　라고 대답하였다. 동호는 듣고 나서,

　"오늘 밤은 군리 모두 불을 끄지 말고 조용히 앉아서 밤을 새거라.
나도 자지 않고 샐 것이니라."

　고 말하고 객실에 등을 켜서 조용히 앉아서『주역』을 읽었다. 밤 삼
경에 이르자 녹의홍상(綠衣紅裳)을 입은 한 미인이 비틀거리면서 나타
나 동호의 앞에 엎드려 절하고 움직이지를 않았다. 동호는 조용히

　"너는 어떤 이유로 깊은 밤 군청에 들어왔느냐?"

　고 말했다. 이 미인이 얼굴을 들고 영롱한 눈물을 창백한 볼에 흘
리더니,

　"소첩[15]은 군읍(郡邑)의 양반 배무용의 둘째 딸 홍련으로, 어머니

---

15 소첩: 일본어 원문에는 '妾'로 표기되어 있다. 이는 보살피다, 곁에서 보다, 혹은
부인 이외의 처라는 뜻을 나타낸다(棚橋一郎·林甕臣編,『日本新辞林』, 三省堂,

는 제가 네 살 때 일찍 돌아가셨는데, 저희 언니 장화는 이때 여섯 살이었습니다. 아버지도 가정의 불편을 견딜 수 없으셔서 후처 허씨를 맞이하셨는데, 처음은 선하게 저희 자매를 사랑하며 키워주셨지만, 오래지 않아 자신의 배로 장천 이하 3남을 얻기에 이르자, 점점 마음이 사악해져서 저희를 학대하였습니다. 끝내 언니는 이팔청춘의 혼기를 놓치게 되고 저도 똑같이 자라 이팔의 나이가 되었습니다. 어느 날 계모가 쥐의 가죽을 벗겨서 이를 가지고 낙태한 아이라고 꾸미고는 아버지를 속여서 마침내 언니에게 오명을 씌우고 어떤 연못에 [몸을] 던져서 죽게 하였습니다. 저도 이것을 탐지하여 천한 목숨이 길지 않음을 깨닫고 똑같이 그 연못에 [몸을] 던져 죽었습니다. 원래 저희 아버지는 심약하시고 또한 집도 가난해지던 차에, 부유한 집안의 계모가 계집종과 사내종[16] 10인 그리고 쌀 천석을 가지고 시집을 오셨습니다. 그리하여 아버지는 항상 계모에게 억눌려서 지내셨습니다. 계모는 첩 등을 시집보내게 되면 가산을 나누어 주어야 하는데, 그렇게 되면 자신이 나은 아들에게 줄 재산이 줄어들게 되니까 끝내 헤치려는 마음이 생겨났습니다. 천제(天帝)가 소첩 등의 원한을 가련히 여기시어 귀신이 되어 이를 호소할 것을 허락해 주셨기에 이를 군수에게 호소하여 언니의 무죄를 풀려고 생각하였습니다만 역대 군수 모두 겁이 많은 사람들로 끝내 첩들의 뜻을 이루지 못했습니다. 지금 다행히 어진 군수가 오시어서 만나게 되었습니다. 바라건대 부디 하늘을 대신하여 언니의 오명을 씻어 주십시오.”

─────────────

1897).

16 계집종과 사내종: 일본어 원문에는 '僕婢'로 표기되어 있다. 하남 하녀 혹은 하인의 뜻을 나타낸다(松井簡治·上田万年編, 『大日本国語辞典』04, 金港堂書籍, 1919).

라고 말하는 것이 애절하였다. 말이 끝나자 지운 듯이 사라지고
없었다.

翌朝全東浩書記を呼び、郡邑に裴無用なる兩班ありや、其の家族何
人、其の男女在りや否や、詳かに述へよと云へば。書記は知れる限り
を演述して、かの二女の靈魂猶彼の池に留まり、每夜兎を訴ふる声池
心に聴え、夜は彼処を往来する人もなしと語れり。卽ち東浩は司令に
命じて裴無用妻許氏男長釧及其の第二人を招喚せしめ、此に法廳を開
き。まつ裴無用に向ひて、汝が二女は非命に死したりときく、如何に
して、誰の為めに命を落せるか詳かに述よと云ふに、無用は顔色無瘁
して、涙徒らに迸り、我の不徳かの二女をして非命に死せしめたるも
のにして、其原は詳かに知らずと答ふ。其の時許氏は我から進み出で
で辯舌滑かに、郡守は新来にましませば世評をのみきき玉ひて迷ひ玉
ひにけむ。長花は二八に餘りてまだ婚姻せさるに堪へかねて、不義を
行ひ墮胎の極悪を犯し、我等夫婦のみ之を深知りて家名を思ひ児を愛
し、世間に知らせざらんとせし中に、自ら恥ぢてか家を出奔し終に何
処にてか死せりとか。妹も姉を摸して不貞の兇行をなし、一夜家出し
て帰り来らず、生死まだ分明ならずと云ふ。其の時郡守は然らば其墮
胎せしものは確かに胎兒なりしか何の證據があると詰れば、許氏は從
容として、実に妾もなさぬ中なれば後日何の疑の起らんも知れじと思
ひ、墮胎の胎兒は密かに藏しおき今日も持ち来りて此処に在りとて、
懐より取出すをよく見れば、実にも二三月の胎兒に似たり。郡守も默
然として打案じて未だ裁斷する能はず。我猶よく詮議すべれば今日
は此の儘帰り重ねて喚出すを待てと退庁せしめ、室に退いて打案じ居

たるに、其夜また前夜の美人現れ来て怨し顔に、名郡守と頼みしも徒なるか。繼母の罪は天地鬼神も皆知るものを、何故かの胎兒と云ふものの中を割り見玉はざるや。又我が父は人物誠に好善にて何事も知り玉はざるなれば、必ずその罪を問ひ玉ふな、かの長釗は繼母の悪を援けしものなれば法の如く処し玉へとて再拝して又消え失せたり。

다음 날 아침 전동호는 서기를 불러,

"군읍에 배무용이라는 양반이 있는가? 그 가족은 몇 명인가? 그러한 남녀가 있는가? 없는가? 상세하게 진술하거라."

고 말하였다. 서기는 알고 있는 한에서 진술하며,

"이 두 여인의 영혼이 그 연못에 머무르며 매일 밤 원한을 호소하는 소리가 연못 중심에서 들려오니, 밤에는 그곳을 왕래하는 사람도 없습니다."

라고 말하였다. 곧 바로 동호는 사령(司令)에게 명하여 배무용 [그의] 처 허씨와 아들 장천 및 그 동생 두 사람을 소환하게 하고 이에 법청(法廳)을 열었다. 우선 배무용을 향하여,

"너의 두 딸은 비명에 죽었다고 들었는데, 어찌하여 누구 때문에 목숨이 떨어졌는지 상세하게 진술하거라."

고 말하니 무용은 안색이 초췌하고 눈물을 덧없이 흘리며,

"저의 부덕으로 이 두 딸을 비명에 죽게 하였으나, 그 원인은 상세하게 알지 못합니다."

라고 대답하였다. 그때 허씨는 스스로 나아가서 거침없는 언변으로,

"군수는 새롭게 오셔서 항간의 소문[17]만을 들으시고 판단이 흐려지셨습니다. 장화는 이팔 남짓이 되어 아직 혼인하지 못한 것을 견

디지 못하여 불의를 행하여 낙태라는 극악을 범했습니다만 저희 부부만이 이것을 탐지하여 가문의 명예를 생각하고 자식을 사랑하여 세상에 알려지지 않게 하던 중에 스스로 부끄러움에 집을 나가 행방을 감추고 마침내 어딘가에서 죽었습니다. 여동생도 언니를 찾아서 부정한 흉행을 행하며 어느 날 밤 가출하여 돌아오지 않으니 생사가 아직 분명하지 않습니다."

라고 말하였다. 그때 군수는

"그러니까 그 낙태한 것은 확실히 태아이더냐? 어떤 증거가 있는 것이냐?"

고 힐책하니 허씨는 조용히,

"참으로 소첩도 친자식이 아닌 사이이기에 후일 어떠한 의심이 일어나지 않는다고는 모르는 일이라고 생각하여 낙태한 태아를 몰래 숨겨 두었습니다만, 오늘도 이곳에 가지고 왔습니다."

라고 말하며 가슴에서 꺼낸 것을 잘 보니 실로 2-3개월 된 태아를 닮았다. 군수도 묵묵히 생각에 잠겨 궁리하다가

"아직 판단하는 것은 불가능하구나. 나는 한층 더 잘 조사해 보아야만 하니, 오늘은 이대로 돌아가서 다시 부를 때까지 기다리거라."

고 말하고 퇴청하여 방으로 물러나서 궁리하고 있었는데, 그날 밤 다시 전날 밤의 미인이 나타나 원망하는 얼굴로,

"명군수라 하여 부탁하였는데 헛된 일이 되는 것입니까? 계모의 죄는 천지의 귀신도 다 알고 있는 것을 어찌 이 태아라고 말하는 것의 속을 갈라서 보려고 하지 않습니까? 그리고 저희 아버지는 인물

---

17 항간의 소문: 일본어 원문에는 '世評'이라고 표기되어 있다. 이는 세상의 소문이라는 뜻을 나타낸다(棚橋一郎·林甕臣編, 『日本新辞林』, 三省堂, 1897).

이 참으로 선한 일하기를 좋아하는 사람으로 아무 일도 모르니 반드시 그 죄를 묻지 말아 주시고, 저 장천은 계모의 악행을 도운 자이니 법대로 처리해 주십시오."

라고 말하고는 두 번 절하고 또 사라졌다.

郡守は此に益々靈異を感じ翌日又法廷を開いて無用夫婦長釗兄弟を召喚し儼然として云ふ様、昨日の胎兒今一度改め見るべし差出せとて、と見かう見て傍の司令に命ずる様、この物の中には果して何かある割き改めよとて割かし見れば鼠の糞腸管に満ちたりけり。此に郡守は眼を怒らしてハツタと俾倪まへ。おのれ奸獰邪知の毒婦、かく明らかなる證據を見ては辯する詭りもなかるべし。全く汝が繼娘の悪さに、あらぬ汚名を負はせて非命に死せしめたるものなり。察する所胎兒と云ふは鼠の皮を剝ぎたるものならん。猶白状せぬか、痛き目見せむかと声高く詰責すれば。父なる無用は恐入り、予も世評に知らざるに非るも、今眼前證據を見ては今更ながら我身の思慮の足らざりしを恥ぢて已まず、夫として婦が悪を制する能はず、この極悪に至らしめしは責め誠に逃るる所あらず。願くば某も妻と同じく処刑させ玉ひて早く二女の許に行きて過を謝せしめ玉へとて、潔く服罪す。妻なる許氏は恐入りながらも猶辯陣すらく、妾が長花を死せしめしは彼女の心の如何にも倨慢にして妾を母とも思はぬ為なり。長花が二十歳の一日、窓かに紅蓮との密談を聞きたるに、妾が悪声を挙言ふこと言語に絶せり。かかる不順の娘等は其儘家に生長せしめては後に如何なる事をか為さんも知れずと、妾か身の危険を感じ、終に哀れなれ共蕾の花を散らしたるなり。され共妾は固より処刑は覚悟なり。長男長釗は其

性愚鈍にして惡意なし、唯唯妾の命の儘に動きしのみ、其も天罰にて
か生れも付かぬ不具者となりたれば、願くば赦して罪を問ひ玉ふな
と。極惡の婦も子には弱く切に哀願したり、長釧及二弟は父母の処刑
されんとするを見、皆涙を流して身を以て代らんと願ひを立つ。聴き
了りたる郡守は曰はく。この塲に臨みて尚強辯するは毒婦の本性愈愈
現はると云ふべし。され共、汝の罪惡は古来未曾有の極非道なり。我
れ一人の裁判には餘れり。巡察使に上申して其の決裁を仰ぎて後に宣
告せん、もの共彼等を獄に送れよと命じてこの日の法廷は果てたり。

군수는 이에 더 더욱 영험과 괴이함을 느끼고, 다음 날 다시 법정을 열고 무용 부부와 장천형제를 소환하여 소환하여 위엄 있고 엄숙하게 말하기를,

"어제의 태아를 지금 한 번 더 고쳐볼 것이니 제출하거라."

고 말하며 이쪽저쪽을 보며 옆에 있는 사령에게 이 물건 속에는 과연 무엇이 있는지 갈라 보도록 명하였다. 갈라 보았더니 쥐의 배설물이 장기에 넘쳐 났다. 이에 군수는 눈을 부라리며 날카롭게 노려보았다.

"네 이년, 간교하고 모질고 간사한 지혜의 악독한 여자구나. 이렇듯 분명한 증거를 보고는 변명하는 짓은 있을 수 없을 것이다. 참으로 네가 전처의 딸에게 악행을 행하여 있지도 않은 오명을 덮어씌우고는 비명에 죽게 하였구나. 살펴본 바로 태아라고 말한 것은 쥐의 가죽을 벗긴 것이 아니냐? 자백하지 않으면 큰 코 다칠 것이니라."

고 소리 높여 힐책하였다. 아버지 되는 무용은 어이없어 하며,

"저도 항간의 소문을 모르는 바는 아니지만, 지금 눈앞에 증거를

보고는 새삼스럽게 제 자신의 사려가 부족했음에 부끄러움이 끝이
없으며, 남편으로서 부인의 악함을 다스리지 못하고 이런 극악에 이
르게 한 책임은 참으로 피할 수 없는 바입니다. 원컨대 저도 부인과
같이 처형하셔서 어서 두 딸이 있는 곳으로 가서 죄를 빌 수 있도록
해 주십시오"

라고 말하며 미련 없이 깨끗하게 자기 죄를 인정했다. 부인되는
허씨는 마음으로 두려워하면서도 더욱 변명을 늘어놓으며,

"소첩이 장화를 죽게 한 것은 그녀의 마음이 아무리 생각해도 거
만하여 소첩을 어머니라고 생각하지 않았기 때문이었습니다. 장화
가 스무 살이 되던 어느 날 몰래 홍련과의 밀담을 들으니, 소첩의 악
담[18]을 이야기하는 것이 너무나도 심하여 뭐라고 말로 표현할 수가
없었습니다. 이같이 불순한 딸들을 그대로 집에서 성장시켜서는 후
에 어떠한 일을 저지를지 모르기에, 소첩은 일신의 위험을 느껴 불
쌍하기는 하지만 끝내 꽃을 흩날리게 하였습니다. 그렇다고는 하더
라도 소첩은 애초부터 처형을 각오하였습니다만, 장남 장천은 그 본
성이 우둔하고 악의가 없습니다. 오직 소첩의 명대로 움직였을 뿐이
며, 그도 [이미] 천벌을 받아 태어날 때와는 딴 판으로 불구의 몸이
되었으니, 원컨대 용서하여 죄를 묻지 말아 주십시오."

라고 하였다. 극악한 부인도 자식에게는 약하여 간절히 애원하였
지만, 장천과 두 형제는 부모가 처형되려는 것을 보고는 모두 눈물
을 흘리며 자신이 대신하겠다는 바람을 드러냈다. 듣기를 마치고 나

---

18 악담: 일본어 원문에는 '悪声'로 표기되어 있다. 이는 불길한 소리 혹은 좋지 않
은 소문이라는 뜻을 나타낸다(松井簡治・上田万年編, 『大日本国語辞典』04, 金港
堂書籍, 1919).

서 군수는 말하였다.

"이러한 상황을 맞이하여 더욱 강변하는 것은 악독한 여자의 본성이 더더욱 나타나는 것이니라. 그렇기는 하지만 너의 죄악은 예로부터 일찍이 없었던 극악무도한 일이니라. 나 한 사람의 재판으로는 버겁도다. 순찰사에게 상신(上申)하여 그 결재를 올린 후에 선고를 할 것이니 그들 모두를 옥으로 보내거라."

고 명하고는 이 날의 법정은 끝이 났다.

鐵山郡守の上申を受取りたる平安道巡察使も餘りの極非道なる罪案に打驚き、鐵山郡守の意見をも具して國王の親裁を乞へり。國王大臣も古来まだ聞かざる大罪なりとあって、庶人の戒めの為許氏は引廻はしの上磔。長釧は絞罪に処せよ。裴無用は御叱りの上後来を戒めて放免せよ。罰すべきものなれ共両娘在天の靈魂の所願なれば特に赦すなり。他の二男はお構ひなし。長花紅蓮の為には雲寃の儀式を行ひて碑を立て永遠に傳へよと決裁あり。上裁やがて郡守に達すれば、畏みて法の如く取り行ひつ。一面又彼の池水を探りて二女の屍を揚げたるに、面色宛ら生けるが如く、衣裳端然として誠に良家の淑女なり。郡守を始め見る人感嘆せざるはなく、丁寧に之を棺に納めて名山に葬り、三尺の碑を立て、之に海東有名朝鮮國平安道鐵山郡裴無用女子長花與紅蓮不忘碑と刻せり。建碑の夜二女又来りて郡守に深謝し、久しからずして君官位陞進せん、是れ聊か妾等の謝恩なりと知り玉へと云へり。果して全東浩は其後統制使に進めりとぞ。

철산 군수의 상신을 받아 든 평안도 순찰사(巡察使)도 너무나도 극악무도한 죄안에 크게 놀라 철산 군수의 의견을 갖추어서 국왕의 결재를 구하였다. 국왕과 대신도 예로부터 아직 들어 보지 못한 대죄인지라, 서민을 훈계하기 위해 허씨를 여기 저기 끌고 다니며 책(磔)형[19]에 처하고, 장천은 교수형에 처하였다. 배무용은 혼을 낸 후에 앞으로의 일을 경고하고는 방면하였다. 벌을 받아야 하지만 하늘에 있는 두 딸 영혼의 소원이기에 특별히 용서하였다. 다른 두 아들은 불문에 처하였다. 장화와 홍련을 위해서 한풀이 의식을 행하고 비를 세워 영원히 전하도록 결재하였다. 상부의 결제가 이윽고 군수에게 당도하자 현명하게 법대로 행하였다. 한편으로는 그 연못을 찾아가서 두 여인의 시신을 건져 올리니, 얼굴색은 마치 살아 있는 것 같았으며 의상이 단정한 것이 참으로 양가 집 숙녀였다. 군수를 비롯하여 보는 사람들 모두 감탄하지 않을 수가 없었다. 정중하게 이들을 관에 넣고 명산에 매장하고 삼척(三尺)의 비를 세워서, 여기에 '해동 유명 조선국 평안도 철산군 배무용의 여식 장화와 홍련의 불망비(不忘碑)'라고 새겼다. 비를 세운 밤 두 여인이 다시 와서 군수에게 깊이 감사를 하며,

"오래지 않아 당신의 관위가 승진할 것입니다만, 이는 얼마 되지 않는 소첩들의 사은(謝恩)이라고 알아주십시오."

라고 말하였다. 과연 전동호는 그 후 통제사(統制使)로 진급하였다.[20]

---

19 책형: 예전에 죄인을 기둥에 묶어서 세워 놓고 창으로 찔러 죽이는 형벌을 이르던 말.

20 다카하시 번역본의 가장 큰 특징은 경판본 즉, 자암본에서 보이는 장화와 홍련의 재생담이 없다는 점이다.

제2장

호소이 하지메의
〈장화홍련전〉 개요(1911)

細井肇 編, 「薔花紅蓮傳」, 『朝鮮文化史論』, 朝鮮硏究會, 1911

▌ 해제 ▌

우리가 여기서 번역한 <장화홍련전 일역본>은 호소이 하지메가 펴낸『조선문화사론』(1911)에 수록된 <장화홍련전>의 줄거리 요약이라고 말할 수 있다.『조선문화사론』8편 '반도의 연문학'에는 한국의 국문 시가 및 소설 작품이 제시되어 있다. 호소이는 다카하시 도루가 이미 한국고소설을 일역한 사실을 잘 알고 있었으며, 다카하시의 번역문을 읽어보는 것만으로도 충분히 해당 고소설 원전 작품을 충분히 잘 알 수 있다고 판단했다. 따라서 다카하시의 번역작품에 대해서는 단지 해당 작품의 줄거리만을 제시했다. 즉, 호소이는『장화홍련전』을 개관할 때 원본 고소설과 함께 다카하시 도루의 저술을 참조했던 것이다.

▌ 참고문헌

권혁래, 「근대 초기 설화·고전소설집『조선물어집』의 성격과 문학사적 의의」,『한국언어문학』64, 2008.
박상현, 「호소이 하지메의 일본어 번역본『장화홍련전』연구」,『일본문화연구』37, 2011.

昔平安道鐵山に裴武用なる士班あり、妻は姜氏とて才色兼備の良夫人なるが、二人の仲に長花、紅蓮の二女を擧げ掌中の珠と愛くしみぬ、然るに長花は六歳、紅蓮は四歳の年姜氏は敢なく病にて歿りぬ。

옛날 평안도 철산(鐵山)에 배무용이라는 양반이 있었는데 부인 강씨는 재색을 겸비한 좋은 부인이었다. 두 사람 사이에 장화와 홍련이라는 두 딸이 있었는데, 장중의 구슬이라 사랑하지 않을 수 없었다. 그렇다고는 하더라도 장화가 여섯 살, 홍련이 네 살 되던 해에 강씨는 허무하게 병으로 죽었다.

武用は妻の死を悲み、二三年が程は娘の愛に惹かれて其儘に打過ぎしが、主婦なき家庭は火の気の絶えし火鉢の如く不便限りなく後妻にとて許氏を迎えぬ、許氏は容貌既に甚しく姜氏に劣れるのみか、心邪まにして、最初の程こそ本性を包みたれ、つづけて三人の男子を擧げてよりは増上慢の日増につのり、繼母根性の荒々しく長花紅蓮を虐げたり。

무용은 부인의 죽음을 슬퍼하며 이삼년 정도는 딸의 사랑에 이끌리어 그대로 시간이 경과하였으나, 주부 없는 가정은 불기운이 끊어진 화로와 같이 불편함이 끝이 없어 후처로 허씨를 맞이하게 되었다. 허씨 용모는 이미 상당히 강씨에 비해 뒤쳐질 뿐만 아니라 마음도 악마로 저음 어느 성도는 본성을 감추있으나 계속해시 세 명의 남지 아이를 낳고나서는 자만함이 날이 갈수록 심해지고, 계모의 마음가짐[1]이

---

1 마음가짐: 일본어 원문에 표기되어 있는 '根性'의 의미는 마음씨, 마음가짐, 성질의 뜻이다(松井簡治·上田万年編, 『大日本国語辞典』02, 金港堂書籍, 1916).

사나워지며 장화와 홍련을 학대하였다.

然るに三人の己が子は性来愚鈍にして我の見る目も情けなき程なる
に引替へ長花紅蓮は才色雙絶の名遠近にかくれなく、傳手を求めて嫁
に迎えまほしく縁談を申込むもの引もきらず、許氏は益々嫉ましく、
ここに二女を除かんとて奸計をめぐらし、先づ姉なる長花が仇し男を
つくりて、その罪の掩ひきれぬままに竊かに堕貽を企てたりと誣ゐそ
れらしきものを武用の眼前に示し、夜に乗じ強ゐて家より逐放し、ひ
そかに長男なる長釧をして村外れにて殺さしめんとせり。

그런데 자신이 낳은 세 명의 아이들은 타고난 성질이 우둔하고 자
기가 봐도 한심한데 반해서, 장화와 홍련은 재색 모두 비할 데 없이
훌륭하다는 명성이 멀고 가까운 곳에 감출 수 없을 정도였다. 인편
을 넣어서 신붓감으로 맞이하려는 연담을 신청하는 자가 끊이지 않
았다. 이에 허씨는 더욱 시샘하여 두 딸을 없애려고 간교한 계략을
꾸몄다. 우선 언니인 장화가 화근이 될 남자를 만들어 그 죄를 감출
수 없게 되자 몰래 낙태를 도모하였다고 하며 그 증거로 그럴듯한 물
건을 무용의 눈앞에 내 보이며, 밤이 되자 강제로 집에서 쫓아내고
장남인 장천으로 하여 마을 밖에서 몰래 죽이도록 하였다.

長花は馬に乗せられ長釧に牽かれて遂に池のほとりに到りけるに、
長釧告げて云ふやう、母様は汝を悪み亡き者にせんとて今日鼠の皮を
剝いで布に包み之を汝の寝具の中にたき汝の堕貽しけると父上を偽り
たるなり、母の命也、早や池に投ぜよと頑張りて肯かず、長花は泣く

泣く池に入りけるがこの時忽ち猛虎顯はれ、驚き惑ふ長釧の片耳と片
脚とを嚙み切りて走せ去りぬ。

　　장화는 말을 타고 장천에게 이끌리어 마침내 연못 근처에 이르자
장천은 고백하며 말하기를,
　　"어머니께서는 너를 미워하여 죽이라고 하셨다. 오늘 쥐 가죽을 벗
겨서 이불에 싸서 이를 너의 침구 속에 두고는 네가 낙태한 것이라고
아버지를 속였다. 어머니의 명령이다. 빨리 연못에 몸을 던지거라."
　　고 하자 버티려고도 하지 않고 장화는 울며불며 연못에 들어갔다.
이때 홀연히 맹호가 나타나 깜짝 놀라 당황해 하는 장천의 한 쪽 귀
와 한 쪽 다리를 물어뜯고는 사라졌다.

　ここに紅蓮は姉の姿の見えずなりけるを訝り、父母に問へども定か
には答へられず、弟は只傷きたりとのみにて容子定かならず、殊に夢
に仙女の如き姿せる姉を見て、愈々不審の眉をひそめ、一日ひそかに
病床なる弟長釧について問ふに呆けたる性質とて、有りし事どもベラ
ベラと語り告げたれば紅蓮の驚き如何ばかりぞ不義の惡命を負はせた
る上非命に死せしめたる母の心の奧底圖り難く一日生くるは一日の憂
を增すばかり、やがては己が身に降りそそぐ災厄ぞと心を定め、先立
つ不孝の數々を詫びたる遺書をなし、行いて長花の沈みける池心に身
を投じけり。

　　이에 홍련은 언니의 모습이 보이지 않는 것을 수상하게 여기어 부
모에게 물었지만 확실하게 대답해 주지 않고, 남동생은 단지 상처를

입었다고만 하기에 그 사정은 분명해지지 않았다. 특히 꿈에 선녀와 같은 모습을 한 언니를 보고는 더욱 수상하여[2] 눈살을 찌푸렸다. 하루는 몰래 병상에 누워 있는 동생 장천에게 물으니, 천성이 어리석기에 있는 그대로를 술술 이야기하였다. 홍련의 놀라움을 금할 수 없었으며, 정의롭지 못한 오명을 뒤집어쓰게 한 후에 비명에 죽이도록 한 어머니의 마음속을 헤아리기 어려웠다. 하루를 살면 하루의 근심이 늘어날 뿐인지라, 결국은 자신의 몸에도 세차게 쏟아질 재액(災厄)이라고 생각하여, 먼저 떠나는 불효에 대하여 여러 가지 용서를 구하는 유서를 적고는 길을 나서 장화가 빠진 연못 한 가운데에 몸을 던졌다.

二女沒してより、鬼神となり、池中毎夜寃を訴ふるの哭を聴き、池畔は全く行人を絶てるのみか郡守は寃鬼の夢を重ねて概ね斃死し又繼がんといふものなし。然るにここに東浩なる人物あり剛直にして高明なり自ら進んで鐵原郡守となり夢に二女の寃を訴ふるを見て、直ちに裴武用一家の者を鞠延に召喚して究問の結果許氏等の罪悪逐一明白となり、許氏は引廻はしの上磔刑、長釧は絞罪に處せられ長花紅蓮は不忘碑を刻してこれを建て池心の寃哭も聞かずなれりとぞ。

두 여자는 죽고 난 후에 귀신이 되었는데 연못 속에서 매일 밤 무고한 죄를 호소하는 곡소리가 들리어 연못 근처는 완전히 행인이 끊

---

2 수상하여: 일본어 원문에는 '不審'로 표기되어 있다. 이는 의심스러운 것, 수상한 것, 또는 불가사의라는 뜻을 나타낸다(松井簡治·上田万年編,『大日本国語辞典』02, 金港堂書籍, 1916).

기게 되었다. 군수는 원귀(冤鬼)의 꿈을 거듭 꾸었는데, 대체로 놀라서 죽거나 혹은 계속 있으려고 하는 사람이 없었다. 그러자 강직하기로 이름이 높은 동호라는 인물이 있었는데, 스스로 나아가 철원(鐵原) 군수가 되었다. 꿈에 두 여자가 누명을 호소하는 것을 보고는 바로 배무용 일가 사람을 국정(鞫廷)에 소환하여 조사하였다. 그 결과 허씨 등의 죄악을 전부 명백하게 밝힐 수 있었다. 이에 허씨를 여기 저기 끌고 다닌 후에 찢어 죽였으며, 장천은 교수형에 처하였다. 장화와 홍련에 대해서는 불망비를 새겨서 세우니, 연못 한 가운데에서 원귀의 울음소리도 들리지 않게 되었다.

제3장

자유토구사의
〈장화홍련전 일역본〉(1921)

趙鏡夏 譯, 細井肇 閱, 『通俗朝鮮文庫』10, 自由討究社, 1921.

조경하(趙鏡夏) 역, 호소이 하지메(細井肇) 교열

▌해제▐

　호소이 하지메의 〈장화홍련전 일역본〉 발문에 따르면, 이 번역작품은 조경하에 의해 일본어로 번역되었으며 호소이 본인이 이를 교정 및 윤문한 것이다. 호소이의 발문을 보면, 이 번역작품의 저본이 당시 서울 종로에서 구입한 활자본이었다는 것을 알 수 있다. 호소이는 그의 발문에서 일역본에는 생략되었지만 과거 경판본에는 없는 서사 서두와 작품의 결미를 직역하여 제시하고 있기 때문이다. 그가 번역한 부분의 저본은 한성서관에서 발행된 활자본 〈장화홍련전〉(초판: 1915, 재판: 1917, 삼판: 1918)이다. 이처럼 본래 작품의 서사 서두와 작품의 결미와 같이 저자가 직접 교훈을 전하는 부분들을 호소이는 번역작품에서 모두 생략했다. 또한 원전에서 등장인물의 대사나 혼잣말을 직접 인용의 형식으로 변용했다. 이는 작품 내용을 안내하는 두

53

주와 함께, 보통의 일본인 독자가 쉽게 작품에 접근할 수 있도
록 돕도록 한 장치이다. 호소이는 또한 자신의 발문에서 <장화
홍련전>은 계모와 의붓자식 간의 가정 내 풍파 또는 한 편의 작
품으로 읽히기도 하지만, 동시에 조선인을 잘 이해할 수 있도록
조선인의 민족성을 잘 알려주는 텍스트란 사실을 지적했다. 그
리고 이 작품이 보여주는 조선인의 민족성을 두터운 효심, 뿌리
깊은 미신, 물질과 형식에만 집착, 집요함과 복수심, 권선징악
적인 소설 등을 지적했다.

‖ 참고문헌 ──────

이기대, 「<장화홍련전> 연구」, 고려대 석사학위논문, 1998.

서신혜, 「일제시대 일본인의 고서간행과 호소이 하지메의 활동 - 고소
　　　설 분야를 중심으로」,『온지논총』16, 2007.

박상현, 「호소이 하지메의 일본어 번역본『장화홍련전』연구」,『일본
　　　문화연구』37, 2011.

(一) 薔花と紅蓮

(1)장화와 홍련

　今から三百餘年前、平安道鐵山郡に、性を裴、名を武勇と呼ぶ兩班
があった。祖先累代、居村の坐首(村長)を勤めて居るので、村人は其名
を云はずに一口に裴座首と呼ぶのがならはしになって居る。裴座首
は、暮し向きもゆたかな方で何一つ不自由とてはないが、なげかはし
い事には未だに子寶が無い。裴座首夫婦は、いつも之を苦にして居た

が、或日のこと、夫人張氏がとろとろとまどろんだ午睡の夢に、一人
の仙官が天降って、花一枝を授けやうとする、張夫人が夫れを受取ら
うとすると、忽ち一陣の風、颯つと起って花は美しい仙女となり、夫
人の懷ろに入った、と見て覚めた。

지금부터 300년 전, 평안도 철산군에 성은 배이며 이름은 무용이
라 불리는 양반이 있었다. 선조 대대로 머물러 사는 마을에서 좌수
(촌장)를 맡고 있었기에, 마을 사람은 그 이름을 부르지 않고 이구동
성으로 배좌수라고 부르는 것이 습관이 되어 있었다.[1] 배좌수는 살
림살이도 여유로운 편으로 무엇 하나 불편함이 없었지만, 한탄스럽
게도 아직 자식이 없었다. 배좌수 부부는 항상 이것을 괴로워하였는
데, 어느 날 부인 장씨가 깜박 졸던 한낮의 꿈속에서 선관(仙官) 한 사
람이 하늘에서 내려와 꽃 한 송이를 주려고 하였다. 장부인이 그것
을 받으려고 하자, 홀연 한바탕의 바람이 획 하고 일어나더니 꽃은
아름다운 선녀가 되어 부인의 품으로 들어온 것을 보고 깨었다.[2]

不思議な夢もあるものと、それを裴坐首に物語ると、裴座首は笑ま

---

1 한성서관에서 나온 〈장화홍련전〉(초판 1915; 재판 1917; 재판 1918) 1면에 보이
는 서사 화두가 생략되어 있다. 이러한 서사 화두를 호소이는 모두 검수하는 과
정에서 앞뒤를 생략했다고 말했다. 이러한 생략이 〈장화홍련전 일역본〉에 반
영되어 있다. 원전작품 내 저자가 직접 감상을 드러내는 부분들을 생략했기 때
문이다. 호소이는 〈장화홍련전〉을 비롯한 한국고소설 전반의 특징을 권선징악
적 구조라고 말하며, 이를 전근대적인 문학의 모습으로 인식했다. 그는 이러한
모습이 과거 일본 오자키 코요(尾崎紅葉) 시대까지의 소설 및 시가, 『팔견전(八
犬傳)』과 같은 작품과 유사하다고 평했다.
2 호소이는 이러한 태몽이 고소설 전반에 잘 드러나는 모습이며, 이를 조선인이
지닌 미신적 사유로 지적하였다.

しげに、夫れは我等に嗣なきを憐れんで、天が授け賜はったのであらうと打喜んだが、果せるかな其月から懷胎して十ヶ月目に産室の得も知らぬ氣高い香りと共に、女の子が産れた。裵坐首夫婦は

『折角のこと、男の子だったら、どのやうにか宜かったに。』

と多少殘念に思はぬでもなかったが、産れた女兒の容子が如何にも神々しいので、幾分自から慰めるところもあって、掌中の珠とめでいつくしみ、其名を薔花と呼んだ。

　　희한한 꿈도 있다며 그것을 배좌수에게 이야기하자, 배좌수는 웃으면서 그것은 우리들에게 후사가 없음을 불쌍히 여겨 하늘에서 주신 것일 거라고 크게 기뻐하였는데, 생각대로 그날로부터 임신하여 10개월 째 되는 산실(産室)에 알 수 없는 고상한 향기와 함께 여자아이가 태어났다. 배좌수 부부는,

　　"이왕이라면 남자아이였다면 얼마나 좋았을까?"

　　라고 다소 유감스럽게 생각하지 않은 것도 아니지만, 태어난 여자아이의 용모가 매우 성스러웠기에 얼마간 스스로 위로받는 부분도 있어 애지중지하고 사랑하며 그 이름을 장화라고 불렀다.

薔花が三歳の時、張夫人は又懷胎したので、今度こそは男の子であって欲しいと頻りに冀って居たが、生れたのはやはり女の子だった。乃で裵坐首夫婦は尠からず落膽したが、己むを得ぬことと諦めて名を紅蓮と呼んだ。

紅蓮は、生育するに從って其の美しさは實に仙女かと疑はるるばかり、起居振舞、誠に怜悧、父母には孝養を勵むので、裵坐首夫婦の悅

びは譬ふるに物なく、村人も褒めたたえぬは無かった。

장화가 세 살이 되었을 때 장부인은 다시 임신하여서, 이번에야말로 아들이었으면 하고 줄곧 바랐는데, 태어난 것은 역시 여자아이였다. 이에 배좌수 부부는 적잖이 낙담하였지만 어쩔 수 없는 일이라고 포기하고 이름을 홍련이라고 불렀다.

홍련은 성장함에 따라 그 아름다움은 실로 선녀라고 의심할 정도였고, 행동거지는 참으로 지혜롭고, 부모에게는 효도를 다하기에 배좌수 부부의 기쁨은 달리 비유할 데가 없었다. 마을 사람들도 칭송하지 않는 자가 없었다.

(二) 死んで行く身は
(2) 죽어서 떠나가는 자는

所が運悪しく、張夫人が病の床に打臥して、容態は日増に重るばかり、裴坐首の痛心一方ならず、薔花紅蓮の姉妹は、夜の眼も眼らず看病に盡したが、遂に薬石の効なく最早これまでとなったので、張夫人も覺悟を定め、枕邊近く薔花紅蓮を呼んで、可愛の者よと其手を握りながら、裴坐首に向って、しみじみと遺言するのであった。

그런데 운이 나쁘게, 장부인이 병석에 드러누워 병의 증세가 나날이 위중해졌기에, 배좌수의 상심[3]은 보통이 아니었다. 장화와 홍련

---

3 상심: 일본어 원문에는 '痛心'으로 표기되어 있다. 이는 마음이 아픈 것, 걱정하다는 뜻을 나타낸다(松井簡治·上田万年編,『大日本国語辞典』03, 金港堂書籍,

자매는 밤에도 자지 않고 간병을 다하였지만, 마침내 약물 효과도 없이 이미 여기까지의 목숨이었기에 장부인도 각오를 하고 머리맡 가까이에 장화와 홍련을 불러서 사랑스러운 아이들이라며 그 손을 흔들면서 배좌수를 향하여 절실하게 유언을 하였다.

『私は、前生に犯した罪でもあるか、こうした幼い者を残して死んでゆかねばなりません、自分の死ぬのは露更恨みとは思ひませんが、気に掛るのは、この幼い姉妹が成人して、能き配偶を求めて身の納まりの附くのを見届けられぬ一事です、呉々もあなたに申上げて置きますのは、私の亡きあと、遠からず後添えをお迎えになりませうが、その後添えが淑やかな方ならば兎も角、そうでないと、人の子は我子のやうにはゆかぬもの、屹度虐い目に逢はせることでせう、夫れを思ふと、真つ暗な心になって死んでも死にきれません、どうぞあなた、私のこの臨終の一言をお忘れなく、このふたりの子の行末をお願ひ致します、そしてどうぞ適はしい緑につかせて、ふたりの子の生涯を幸福にしてやって下さいませ、草場のかげから夫れを見て私は喜んで居ります。』

と云ひ終って、死んで去った。薔花と紅蓮は其場に泣倒れて了った。

　　"제가 전생에 지은 죄가 있었던가요? 이렇게 어린 아이들을 남기고 죽게 되었습니다. 제가 죽는 것은 조금도 원망스럽지 않습니다

1917).

만, 걱정이 되는 것은 이 어린 자매가 성인이 되어서 좋은 배우자를 만나 안정된 생활을 하는 것을 볼 수 없는 것입니다. 아무쪼록 당신에게 말씀드리는 것은 제가 죽은 후 머지않아 후처⁴를 맞이하시겠지만, 그 후처가 정숙한 분이라면 괜찮지만 그렇지 않으면 남의 자식은 자기 자식과 같지 않은 것입니다. 필시 학대를 당할 것입니다. 그것을 생각하면 캄캄한 마음이 되어 죽어도 죽지 못합니다. 아무쪼록 당신은 제가 임종에서 한 이 말을 잊지 마시고, 이 두 아이를 끝까지 잘 부탁드립니다. 그리고 아무쪼록 적당한 인연을 만나게 하여, 두 아이의 생애를 행복하게 해 주십시오. 저승에서 그것을 보고 저는 기뻐할 것입니다."

라고 말하고는 죽었다. 장화와 홍련은 그 자리에서 울면서 쓰러졌다.

(三) 繼母根性
(3) 계모의 본성

張夫人の遺言を思はぬではないが、何かに不自由な事が多いので、其後裴坐首は後妻を迎えることになった。所が、その後妻たるや、名を許氏と呼ぶ、年齢こそ二十歳なれ、痘痕満面の醜婦、姿ばかりか心までもひねくれた悪性の女、他人の悪口は固より親戚故舊誰れ彼れの中傷に、波瀾を平地に捲くのが例であった。勿論、裴坐首の気に入らう筈はなく、ありし日の張夫人のつつましやかなる俤が染々と偲ばれて、面白からぬ日を送るのであった。

---

4 후처: 일본어 원문에는 '後添え'로 표기되어 있다. 이는 나중에 함께한 처의 뜻이다(松井簡治·上田万年編,『大日本国語辞典』03, 金港堂書籍, 1917).

　　장부인의 유언을 생각하지 않는 것은 아니지만 여러모로 불편함이 많아서 그 후 배좌수는 후처를 맞이하게 되었다. 그런데 그 후처인 자는 이름을 허씨라고 불렀다. 연령은 스무 살로 마마 자국이 얼굴 가득한 못생긴 여자로, 외견뿐만 아니라 마음씨도 비뚤어진 악한 성품[5]을 지닌 여자였다. 다른 사람의 험담은 말할 것도 없고 친척 친구할 것 없이 모략하며 평지에 파란을 일으키는 것이 일과였다. 물론 배좌수의 마음에 들 리가 없었다. 지난 날 장부인의 음전한 모습이 절실히 그리워 재미없는 날을 보내고 있었다.

　　然るに、後妻の許氏は結婚の月から姙娠して、以来男の子を三人までも揚げたので、裴坐首も幾分心も折れ、以前ほどには無くなったが、事に觸れ物につけ、かにかくと前夫人を想はぬこととては無い。それに連れて薔花と紅蓮が痛はしく、片時も傍を放さぬやうにし、少し姿が見へねば直ぐ『何処へ行った』と心を配り、餘所から帰っても真っ先に薔花と紅蓮とを見るやうにし、時々は心から悲し相に
　　『お前達も亡くなったお母あ様を想ひ出すだらう。』
　　と云っては慰める。

　　그런데 후처 허씨는 결혼한 달부터 임신하여 이후 남자아이를 세 명이나 낳았기에 배좌수도 얼마간 마음이 꺾이어 이전만큼은 없어졌지만, 무슨 일이 있을 때마다 아무튼 죽은 부인을 생각하지 않는

---

5 악한 성품: 일본어 원문에는 '惡性'으로 표기되어 있다. 이는 질병과 같이 성질이 나쁜 것을 나타낸다(松井簡治·上田万年編, 『大日本国語辞典』03, 金港堂書籍, 1917).

적이 없었다. 그러함에 따라 장화와 홍련이 불쌍하여 한시라도 곁을 떠나지 않게 하며 조금이라도 모습이 보이지 않으면 바로

"어디에 갔느냐"

고 신경을 쓰며 밖에서 돌아와서도 가장 먼저 장화와 홍련을 보도록 하였는데 때때로 마음이 슬픈 듯,

"너희들도 돌아가신 어머니가 생각나겠지?"

라고 말하고는 위로하였다.

許女はそれを見る度毎に胸糞が悪い。そればかりではない、己れの生んだ三人の子は、如何に贔負目に見ても、魯鈍此上もない呆気揃ひ、薔花と紅蓮は姿ばかりか心まで美しい。やがてこの姉妹が縁附くとなれば、先夫人の持って来た財産は大方持って去って了うに相違はない。忌々しい。それに裴坐首の姉妹に目の無いのも癪だ。己れ見よ、何時かは薔花紅蓮の二人の者を亡き者にしてくれると、怖ろしいことを考へるのであった。

허녀는 이를 볼 때마다 기분이 나빠졌다. 그뿐만 아니라 자신이 나은 세 명의 아이는 아무리 역성을 들어 보더라도 이보다 더 우둔할 수 없는 멍청함을 갖추었는데, 장화와 홍련은 모습뿐만 아니라 마음까지 아름다웠다. 머지않아 이 자매가 결혼할 때가 되면, 죽은 부인이 가지고 온 재산을 대부분 가지고 갈 것임에 틀림없었다. 분하였다. 게다가 배좌수가 자매에게 푹 빠져 있는 것도 부아가 났다. 두고보자, 언젠가는 장화와 홍련 두 사람을 죽어버리겠다고 무서운 것을 생각하였다.

61

裴坐首は、元来お人好しではあるが、許女の怎うした心の色に顯はれること屢ばなので、おのづと感附き、或日許女に向って

『私は、もともと貧乏だったが、亡くなった張夫人が沢山の財産を持って嫁入ったので、暮し向きも安楽になったので、今日我々が怎うして何不自由なく其日を送るのは、みんな張夫人のおかげと云はねばならぬ。御身も、張夫人の恩徳の大なることを顧みてくれぬと困る。此頃、御身の仕草を見るのに、どうも薔花と紅蓮に辛らく當るやうだが、それは道理の上から誠によろしくないこと、今後はどうぞ生みの子と同じやうに薔花と紅蓮を愛しんで貰ひたい。』

と、くれぐれも説いて聞かせたが、元来邪鬼のやうな心を有つ許女は毫しも改悛の色が見へないのみでなく、それ以来といふもの益々薔花と紅蓮に酷く當り散らし、内心には、此の憎く憎くしい姉妹を一日も早く殺して終はねばと、その手段をあれかこれかと思ひ案じて居た。

　　배좌수는 원래 사람이 좋았지만 허녀의 이러한 생각이 자주 드러나기에 자연히 알아차리고, 어느 날 허녀를 향하여,

　　"나는 원래 가난하였지만, 죽은 장부인이 많은 재산을 가지고 시집을 왔기에 생활도 안락해졌다. 오늘날 우리들이 이렇게 무엇 하나 불편함 없이 그날그날을 보내는 것은 모두 장부인의 덕분이라고 말하지 않을 수 없다. 그대도 장부인의 은덕이 큰 것을 돌아보지 않으면 곤란하다. 요즘 그대가 하는 일을 보아하니, 아무래도 장화와 홍련에게 못되게 하는데, 그것은 도리상 참으로 좋시 않은 일이다. 앞으로는 아무쪼록 자신이 낳은 아이와 마찬가지로 장화와 홍련을 사

랑해 주었으면 한다.”[6]

라고 말하며 거듭 설명하여 들려주었지만, 원래 악마와 같은 마음을 가진 허녀는 조금도 바뀔 기색이 보이지 않을 뿐만 아니라 그 이후로부터는 더욱 장화와 홍련에게 가혹하게 이유 없이 화풀이를 하며 내심으로는 이 얄미운 자매를 하루라도 빨리 죽여 버려야지 하고 그 수단을 이리저리 생각하며 궁리를 하였다.

(四) 堕胎の寃罪
(4) 낙태를 했다는 누명

或日、裴坐首が餘所から帰って見ると、薔花と紅蓮が互ひに手を握って涙を流して居るので、裴坐首は可哀想に思って、これは必定張夫人のことを思ひ出して泣いて居るのだらうと、自分も我れ知らず涙ぐましく

『お前達がこのやうに成人したのを草場の影からお母あ様が眺めて嘸よろこんで居ることだらう。それだのに運の悪いお前達は、あの悪魔のやうな繼母に虐められて、どのやうにか辛らかうと、お父う様はそれを思ふとこの胸が張り裂けるやうな。若しあの悪魔がいつまでも心を入れ替へないとすればお父う様にも考へがあるから、お前達は何も心配することは無い。』

と云ひ聞かして居るのを、物影で竊み聞きした許女は、満面の痘痕

を真ッ赤にして怒り、己れどうしてくれるか見て居れと、形相悽まじく、ここに一つの計略を設けて薔花と紅蓮を殺さうと圖った。

어느 날 배좌수가 밖[7]에서 돌아와 보니, 장화와 홍련이 서로 손을 잡고 눈물을 흘리고 있었기에 배좌수는 불쌍하게 여기어 이것은 필시 장부인을 생각하여 울고 있는 것이라고 [알고], 자신도 모르는 사이에 눈물을 흘리며,

"너희들이 이렇게 성인이 된 것을 저승에서 어머니가 바라보면서 기뻐하고 계실 것이다. 그런데 운이 나쁜 너희들은 저렇게 악마 같은 계모에게 학대를 받고 있으니 얼마나 괴로울까? 아버지는 그것을 생각하면 이 가슴이 찢어질 듯하다. 혹 저 악마가 언제까지고 마음을 바꾸지 않는다면 아버지도 생각이 있으니 너희들은 조금도 걱정할 것이 없다."

라고 말하고 있는 것을 숨어서 엿듣고 있던 허녀는 얼굴 전체의 마마자국이 빨개질 정도로 화를 내며 내가 어떻게 해 줄 것인가를 두고 보라는 듯 험한 얼굴을 하고는 이에 하나의 계략을 세워서 장화와 홍련을 죽이려고 도모하였다.

計略とは外でもない、墮胎の罪を薔花に塗り附けて殺して了はうといふ、戰慄すべき惡だくみで、許女は先づ大きな鼠一匹を殺して其皮を剝ぎ、まるで流産の塊のやうにして、それを薔花の寢る蒲團の中へ窃っと入れて置き、扨て裴坐首を呼んで、故と心配らしい顔をしながら

---

7 밖: 일본어 원문에는 '餘所'로 표기되어 있다. 이는 다른, 다른 곳이라는 뜻을 나타낸다.(棚橋一郎·林甕臣編, 『日本新辞林』, 三省堂, 1897)

『以前からどうも家の中に怪しいことがあると思って居ましたが、夫れを明らさまにあなたに申上げると、薔花等とはまましい仲の悲しさあなたは却って私が中傷でもするやうにお取りになって、お叱り遊ばすに相違ないと今日まで黙って居ましたが、今夜はどういふ訳か薔花が大層早く痲みましたので、病気ででもあるかと思って往って見ますと、夜具には血が附いてるし、蒲團の中には變なものがありました、必定堕胎をしたのぢゃないかと思ひます。今のところでは、其の事柄を知ってるのは私の外にあなた丈けですが、あなたは兩班として村人から尊敬を受けておいでの御身分、恁うした薔花の不仕鱈が世間へパッとならうものなら、それこそ大變、あなたのお顔が潰れるばかりでなく、三人の子息はこの後ち世間から爪彈きされて出世どころか、顔出しもなりません、それを思ふと私は何とも云ひやうがありません。』

と搔口説いた。

계략이라는 것은 다름 아니라 낙태의 죄를 장화에게 뒤집어 씌워서 죽이려고 하는 것이었다. 치가 떨릴 정도의 나쁜 계획으로 허녀는 우선 커다란 쥐 한 마리를 죽여서 그 가죽을 벗기고, 마치 유산한 덩어리와 같이 만들어 그것을 장화가 자는 이불 속에 몰래 넣어 두었다. 그런 다음 배좌수를 불러 걱정스러운 얼굴을 하며,

"이전부터 아무래도 집 안에 수상한 것이 있다고 생각하고 있었습니다. 하지만 그것을 분명하게 당신에게 말씀드리면, 장화 등과는 의붓어미인 것도 슬픈데 당신은 오히려 제가 중상모략을 한다고 생각하시어 틀림없이 화를 내실 것이라고 생각하여 오늘까지 잠자코 있었습니다. 그런데 오늘 밤은 어떠한 이유인지 장화가 한층 일찍

잠자리에 들었기에 병이라도 났나 해서 가 보니, 이부자리[8]에는 피가 묻어 있고 이불 안에는 이상한 것이 있었습니다. 필시 낙태를 한 것이 틀림없다고 생각합니다. 지금으로는 그 사정을 알고 있는 것은 저 말고는 당신뿐입니다만, 당신은 양반으로서 마을사람으로부터 존경을 받고 있는 몸으로 이러한 장화의 단정치 못함이 세상에 알려지게 된다면 그야말로 큰일입니다. 당신의 체면이 깎이는 것뿐만 아니라 세 명의 아들은 앞으로 세상 사람으로부터 손가락질 당해 출세는커녕 얼굴을 내밀 수도 없을 것입니다. 그것을 생각하면 저는 뭐라고 할 말이 없습니다."

라고 자신의 심중을 분명히 밝혔다.

　裴坐首は、生れ附き気が弱く、どちらかと云へば考への足りない方の人だから、平生、他人の言を疑ふやうなことはなく、何でもその通りに信じて終ふ。悪魔の許女の胸に深いたくらみありとも知らず、云ったことをそのまま受入れて、こは一大事と打驚きながら、許女の案内で薔花の寝所へ往き蒲團を挙げて見ると、果せるかな、流産の塊とでも云ったものがあったので、裴坐首は能くも検べず、驚きが先だって、

　『ああ、大變な事になった、どうしたら能からう。』

　と、途方に暮れた。

---

8 이부자리: 일본어 원문에는 '夜具'로 표기되어 있다. 이는 저녁에 잠잘 때 위에 덮는 것 혹은 바닥에 까는 것을 의미한다.(松井簡治·上田万年編,『大日本国語辞典』04, 金港堂書籍, 1919)

배좌수는 태어날 때부터 마음이 약해서, 어느 쪽인가 하면 생각이 부족한 사람으로 평생 남의 말을 의심하지 않고 뭐든지 그대로 믿어 버린다. 악마 같은 허녀의 가슴에 깊은 음모가 있다는 것을 모른 채, 말하는 것을 그대로 받아들였다. 이것은 중대한 일이라고 깜짝 놀라면서 허녀의 안내로 장화의 침소에 가서 이불을 걷어서 보니, 생각한 대로 유산한 덩어리라고 말했던 것이 있었다. 이에 배좌수는 잘 살펴보지도 않고 놀라움이 앞서서,

"아아, 큰일 났다. 어떡하면 좋은가?"

라고 말하며 어찌할 바를 몰랐다.

『これは家名にかかる一大事ですから、決して人に知らせてはなりません、併し、麝香はいくら包んでも香が洩れるといふ諺がある通り、怎うしたことは得て人に知られるものです。』

裵坐首は蒼くなって

『困ったナ、何とか御身に能い方法があるまいか、私はどうして能いか分らない、御身に能い方法があれば聞かしてくれ、何しろ裵氏一門の恥辱にならぬやうにせねば…』

『それについて、私に一つ考へ附いたことがありますけれど、若し人が聞いたら、自分の腹を痛めた子でないから、そんな事をと云はれませうから、到底実行はできますまい。』

"이것은 가문의 명예[9]가 걸린 중대한 일이기에 결코 다른 사람에

---

[9] 명예: 일본어 원문에는 '家名'으로 표기되어 있다. 이는 집안을 가리키는 명칭 혹은 집안의 대를 이을 후계자의 뜻을 나타낸다(松井簡治·上田万年編, 『大日本

게 알려서는 안 됩니다. 그렇지만 사향은 아무리 품어도 향기가 새어 나온다는 속담이 있는 것처럼 이러한 것은 자칫하면 사람들에게 알려지게 될 것입니다."

배좌수는 [얼굴이] 파랗게 되어서,

"곤란하구나, 어떻게든 당신에게 좋은 방법이 없는가? 나는 어떻게 해야 좋을지 모르겠다. 당신에게 좋은 방법이 있으면 들려주게나. 어쨌든 배씨 일문의 치욕이 되지 않도록 하지 않으면…"

"그것에 대해서 저는 한 가지 생각해 냈습니다만, 혹 남이 들으면 자신의 배 아파서 낳은 자식이 아니라서 그런 것이라고 말을 들을 수 있기에 도저히 실행할 수는 없습니다."

裴坐首は勃っとして

『御身は何を云ふのか、御身がたとへ何を云はうと、一門の耻辱を免れる方法ならば何も躊躇することは無い、又その方法が當然のことなら人が知ったとて差支はないでは無いか。』

『其の思ひ附いた方法は妙案には相違ありませんが、若し夫れを話して其通りあなたが実行なさらないとなると、今後私は苦しい思ひをしなければなりませんから、申上げ兼ねます。』

『男児の一言は千金より重いといふ諺がある、私は、どんな事でも夫れが一門の耻辱を免れる方法なら肯くと再三云って居るではないか、さあ早く話して聞かしてくれ。』

『それでは申上げますが、いッそ薔花を殺して了ふのです、それが一

国語辞典』01, 金港堂書籍, 1915).

番早道です、併し、萬一にも人が此事を聞いたら却って私が中傷して殺したと云ふでせう、私はそれが辛らいから私が死んで世の中の一切の事を忘れませう。』

と云って、矢庭に匕首を取って自害をしやうとした。

　　배좌수는 발끈하여서,

　　"당신은 무엇을 말하는가? 당신이 설령 무엇을 말하더라도 일문에 치욕을 면할 방법이라면 아무 것도 주저할 것은 없다. 또한 그 방법이 마땅하다면 남이 안다고 해도 지장은 없지 않겠는가?"

　　"그 생각해 낸 방법은 틀림없이 묘안이지만, 혹 그것을 말하여 그대로 당신이 실행하신다면 앞으로 저는 괴로움에 자책하지 않으면 안 되기에 말씀드릴 수 없습니다."

　　"남아 일언은 천금보다 무겁다는 속담이 있다. 나는 어떠한 일이라도 그것이 일문의 치욕을 면할 수 있는 방법이라면 수긍하겠다고 재차 말하지 않았더냐? 자 어서 말해주게나?"

　　"그렇다면 말씀드립니다만, 차라리 장화를 죽여 버리는 것입니다. 그것이 가장 빠른 길입니다. 하지만 만일이라도 사람들이 이 일을 들으면 오히려 제가 중상모략하여 죽였다고 말할 것입니다. 저는 그것이 괴로워서 제가 죽어서 이 세상에서의 일체의 일을 잊으려고 합니다."

　　라고 말하고, 그 자리에서 바로 비수를 뽑아서 자해를 하려고 하였다.

お人能しの裴坐首は吃驚仰天、許女の手から匕首を捩ぎ取って『コレコレ何をする、御身の云ふ通り、薔花を亡くして終ふ外に方法

69

は無い、御身の云ふ通りにするから死ぬのは待って呉れ。』

『それでは今夜直ぐにその通りにして後患を無くして終はないと不可ません、我子に対する愛情は男女に依って区別のあらう筈はありませんが、いづれは他家へ嫁る女の子の為めに、家督を相続する男の子が後日出世の出来ないやうにするのは間違って居ますから。』

『其の通り其の通り、したが、誰に頼んだものだらう。』

許女は此時、裴坐首の耳元で何事かを囁いて

『それなら神様だって御承知ないでせうヨ。』

と油をそそいだ、裴坐首は一も二もなくうなづいて、

『其の通り其の通り。』

乃で、許女の腹に出来た長男の長釗といふのを呼んで、薔花の処分について密そかに旨を授けた後ち、更めて薔花を呼んだ。

　　사람 좋은 배좌수는 아연실색하여서 허녀의 손에서 비수를 빼앗아들고는,

　　"이거, 이거, 무엇을 하는가? 당신이 말한 대로 장화를 죽여 버리는 것 말고는 방법이 없다. 당신이 말한 대로 할 것이니 죽이는 것은 기다려 주게나."

　　"그렇다면 오늘밤 바로 그대로 하여서 후환을 없애 버리지 않으면 안 됩니다. 우리 아이들에 대한 애정은 남녀에 의해서 구별이 있을 리가 없습니다만, 언젠가는 다른 집으로 시집을 가는 여자아이를 위해서 집안의 대를 이을 남자아이가 후일 출세를 할 수 없다는 것은 잘못된 것이기에."

　　"그렇다, 그렇다. 그렇지만 누구에게 부탁할 것인지?"

허녀는 이때 배좌수의 귓전에다가 무언가를 속삭이면서,

"그러면 신이라고 하더라도 용서하지 않을 것입니다."

라고 불에 기름을 부었다. 배좌수는 두말없이 수긍하며,

"그렇다, 그렇다."

이에 허녀의 배로 나은 장남 장천이라는 자를 불러서 장화의 처분에 대해서 몰래 뜻을 전한 후에, 다시 장화를 불렀다.

(五) 生別死別
(5) 생이별, 사별

裴坐首の呼んだ時、薔花と紅蓮は尚ほ寐ねもやらず、亡き母の上を、銘々の胸に思ひ出して居たが、呼ばれた薔花は此の深夜に何事の要事と訝りながら往って見ると、父の裴坐首は、気色を正して、

『お前はお母あ様の亡くなってこのかた、いつも悲しい顔をして居る、私は夫れを見兼ねるし、お前の外家(張夫人の実家の意味)から、お前に来て貰ひたいと度々云ひ越して来て居る、それで、今から二三日外家に手傳ひに行って来なさい。』

배좌수가 불렀을 때 장화와 홍련은 아직 자지도 않고 돌아가신 어머니를 각자의 가슴에 떠올리고 있었는데 부름을 받은 장화는 이 야심한 밤에 무슨 중요한 일인가 하고 수상해 하면서 가 보니, 아버지 배좌수는 얼굴색[10]을 바로 하고,

---

10 얼굴색: 일본어 원문에는 '気色'로 표기되어 있다. 이는 기색, 모습, 사정, 조짐과 같은 뜻을 나타낸다(松井簡治·上田万年編,『大日本国語辞典』02, 金港堂書籍, 1916).

"너는 어머니가 죽은 이후 항상 슬픈 얼굴을 하고 있어서, 나는 그
것을 차마 볼 수 없기도 하고, 너의 외가(장부인의 본가라는 의미)에서
네가 왔으면 하고 몇 번이고 말해 오니까, 지금부터 2-3일 외가의 일
을 도와주고 오너라."

薔花は益々訝しく、

『お父う様、私は、此家に生れてからまだ一度も外家へ参つたことの
ないのは、お父う様も能く御存じで居らつしやいませう、それに夜も
五更になつて、道も分らぬ外家へどうして参られませう。』

『長釧と一緒に往きなさい。』

『私は、お母あ様のお亡くなりになつてこのかた、お父う様のお手許
で育てられ、片時もお傍を離れたことがございません、たとへ暫くの
間にせよ、御目にかからねば懐かしくて堪りませんのに、どうして外
家なぞへー。』

裴坐首は声を荒らげて、

『お前はお父う様の云ふ事を聞かないのか。』

と一喝した。

장화는 더욱 수상하여,

"아버지, 제가 이 집에서 태어나서 한 번도 외가에 간 적이 없다는
것을 아버지도 잘 알고 계시지 않습니까? 게다가 밤도 오경이 되어
서 길도 알지 못하는 외가에 어떻게 갑니까?"

"장천과 함께 가거라."

"저는 어머니가 돌아가신 이후, 아버지 곁에서 성장하여 한시도

겯을 떠난 적이 없습니다. 설령 잠시 동안이라고 하더라도 만나 뵐
수 없게 되면 그리워서 참을 수 없을 터인데, 어찌하여 외가에는…"

배좌수는 소리를 거칠게 하며,

"너는 아버지가 말하는 것을 듣지 않는 것이냐?"

고 크게 꾸짖었다.

薔花は悲しく、堪り兼ねて泣きながら、

『お父う様の御言葉なら、たとへ死ねと仰やいましても、子として之
に應じない訳はございません、参ります、ただもう夜も更けて居り
ますので明朝参っては如何かと存じます、どうぞお許し下さいませ。』

裴坐首は遉がにそうした薔花のいぢらしい状を見ては、無理にも起
てとは云へなかった。傍らに在った許女は、裴坐首のにぶり方を見て
取って、此の計畧が破れては一大事と、故らに怒ったふりをして、足
で薔花を蹴りながら、

『お前はお父う様のお吩咐に從はないで、何を愚圖愚圖云って居る、
早く往かぬか。』

と叱り附けた。薔花は、一層悲しくなったが、詮方なく詮方なく涙
を流しながら、

『それでは只今から参ります。』

슬픈 장화는 참을 수 없어 울면서,

"아버지의 말씀이라면 설령 죽으라고 말씀하시더라도 자식으로
서 이에 응하지 않을 수는 없습니다. 가겠습니다. 다만 이미 밤도 깊
어졌으니까 내일 아침 가는 것은 어떨까 하고 생각합니다. 아무쪼록

허락해 주십시오."[11]

　배좌수는 역시 그러한 장화의 애처로운 모습을 보고는 무리하게 일어나라고 말하지 못했다. 옆에 있던 허녀는 배좌수의 둔함을 간파하고 이 계략이 깨지는 것은 큰일이라고 생각하여 일부러 화난 척을 하며 바로 장화를 차면서,

　"너는 아버지의 명령에 따르지 않고, 무엇을 투덜투덜 이야기하고 있느냐? 어서 가지 않을까?"

　라고 혼냈다. 장화는 한층 슬퍼졌지만 어찌할 도리 없이 어찌할 도리 없이 눈물을 흘리며,

　"그렇다면 지금부터 가겠습니다."

　とて、其場を引取り、妹の紅蓮の寝て居るのを起し、手を執って泣きながら

　『紅蓮や、どうした訳か私には分らないが、お父う様が今から私に外家へ往けと有仰いますから、往くことは往きますが、何だか腑に落ちないやうで。――だけど、早く往けとの御吋咐ゆゑゆつくり話すことも出来ないが、いつも恁うして姉妹一緒に居て、暫くの間も離れたことが無いのに、お前を一人寂しい房へ残して往く私の心は、悲しくて張り裂けさうに思ふ。紅蓮や、どうぞ無事で居て、お父う様に善く事へて下され、長くて三日、成るべく早く帰りはしますけれども―。』

　二人は相抱いて痛哭し、堅く握り交はした手は何時放つべくも見へ

---

11 호소이는 장화의 이러한 대사가 『심청전』에 나오는 심청의 매신과 같이 '두터운 효심'이란 조선인의 민족성을 잘 보여주는 것이라고 지적했다. 이러한 효심은 유교의 감화에 의한 것이며 정신적인 것이라기보다는 형식적인 것이라고 말했다.

なかった。

　라고 말하고 그 자리를 물러나며 여동생 홍련이 자는 것을 깨워 손을 잡고 울면서

　"홍련아, 무슨 영문인지 나는 모르겠다만, 아버지가 지금부터 나에게 외가에 가라고 말씀하시기에 가기는 가겠지만 왠지 납득이 가지 않는구나. 하지만 어서 가라는 명령이기에 천천히 이야기할 수도 없구나. 항상 이렇게 자매가 함께 있으며 조금이라도 떨어진 적이 없는데, 너를 홀로 쓸쓸히 방에 남겨두고 가는 내 마음은 슬퍼서 찢어지는 듯하다. 홍련아, 아무쪼록 무사하여 아버지를 잘 보살펴 주거라. 길어도 3일, 되도록 빨리 돌아오기는 하겠지만…"

　두 사람은 서로 안고 통곡하며 서로 굳게 잡은 손이 언제 떨어질지가 보이지 않았다.

　此状を室外に在って窺ひ見た許女は、突と房に入り来たってしかも癇高に、

　『御前達は一體何が悲しくて泣く。』

　と白い眼に睨んで、長釗を呼び、

　『先程薔花を連れて外家へ往くやうに云ったではないか、何故早く連れて往かぬ。』

　長釗は、悪魔の血を受け繼いで居る丈けに、元来猛悪な性質である。薔花に、

　『サア早く往かう、俺は何の罪もないのに、叱られるばかりで割に合はない、グヅグヅしてると又俺が叱られる。』

引立てんばかりにするので、薔花は已むなく紅蓮の手を放し、立たうとすると、今度は紅蓮が薔花の被衣を摑んで、泣きながら、

『私達二人は、生れてこのかた一度も離れ離れになったことは無い、姉様、私を残して何処へ往かれます。』

と別れを惜んで門の外まで跟いて出た。妹のこうしたいぢらしさを見ては、悲しさ胸に餘って、其場に悶絶した。痛ましい此状を眼のあたりに見ながら、奸凶な母子と愚直な裴坐首は、冷やかにあざ笑ひ、許女は『往くのがイヤなので気絶の真似なぞして居る。』と口汚く罵った。

이 모습을 실외에서 훔쳐보고 있던 허녀는 갑자기 방에 들어 와서는, 게다가 소리 높여,

"너희들은 도대체 무엇이 슬퍼서 우느냐?"

고 차가운 눈으로 노려보며 장소[12]를 부르고는,

"방금 전 장화를 데리고 외가에 가라고 말하지 않았느냐? 왜 얼른 데리고 가지 않느냐?"

장소는 악마의 피를 이어 받았기에, 원래 흉악한 성격이었다. 장화에게,

"자 어서 가자, 나는 아무런 죄도 없는데, 혼나기만 하고 타당하지 않다. 꾸물대면 또 내가 혼난다."

일으켜 세우려고만 하기에, 장화는 어쩔 수 없이 홍련의 손을 놓으며 떠나려고 하자, 이번에는 홍련이 장화의 두루마기[13]를 잡고 울면서,

---

12 원문에 표기된 장소는 장천의 오자 이하 동일
13 두루마기 : 원문은 가즈키(被衣). 헤이안(平安) 시대 이후 신분이 높은 여성이 외

"우리들 두 사람은 태어난 이후 한 번도 떨어진 적이 없거늘. 언니, 나를 두고 어디에 가십니까?"

라고 이별을 아쉬워하며 문밖까지 따라 나왔다. 동생의 이러한 애처로움을 보고는, 슬픔이 가슴에 가득차서 그 자리에서 혼절하였다. 가엾은 이 모습을 눈앞에서 보면서 흉악한 모자와 우직한 배좌수는 싸늘하게 비웃었다. 허녀는

"가는 것이 싫어서 기절한 척 하고 있구나."

라고 게걸스럽게 욕을 퍼부었다.

軈つ薔花は息を吹返したが、今度は妹の紅蓮が絶倒した。薔花は紅蓮を劬はり、漸く甦生したので、

『紅蓮や、私は成るべく早く帰ります、どうぞそう泣かないで、機嫌宜くしておくれ、身體を大事にして──。』

紅蓮は、虫が知らすか、別れともなく、尚も薔花の被衣に摑まって手を放さうとはせず、泣き入るばかりだった。許女は邪慳に其手を捥ぎ放し、

『薔花が外家へ往くと云ふのに、死ににでも往くやうな騒ぎをするとは何事か。』

と叱め附け、長劍は、腕づくで薔花を引抱へたまま馬に乗せて駆け出した。薔花は幾度となくアト振返って紅蓮を見たが、妹姉はトウトウ暗に隔てられて終った。

출할 때 얼굴을 가리기 위해 뒤집어쓴 통소매의 옷.

이윽고 장화는 되살아났지만, 이번에는 동생 홍련이 절도하였다. 장화가 홍련을 돌보았더니 잠시 후에 소생하였다.

"홍련아, 나는 가능한 일찍 돌아오겠다. 아무쪼록 그렇게 울지 말고 건강하게 있어 주거라. 건강을 소중하게 하고."

홍련은 예감이라도 하듯이 헤어지지 않고, 더욱 장화의 두루마기를 잡고 손을 놓아주려고 하지 않으며, 마냥 울기만 하였다. 허녀는 매정하게 그 손을 뿌리치고,

"장화가 외가에 간다고 하는데, 죽으러 가는 것처럼 소란을 피우는 것은 어째서이냐?"

고 꾸짖고, 장소는 멱살을 잡으며 장화를 끌어안은 채 말에 태워서 달리기 시작하였다. 장화는 몇 번이고 뒤를 돌아보며 홍련을 보았지만, 자매는 드디어 어둠에 멀어져 버렸다.

(六) 水中の寃鬼
(6) 물속의 원귀

長劍は急ぎ馬を駆った。そして深山に入り幽谷を過ぎ、畳々たる山嶽頭上に迫り、潺々たる碧溪眼前に流れ、松柏の密林欝茂して人跡絶へ、杜鵑の帛を裂くが如き啼声さへ聞へる。薔花の愁心は一しほであった。尚ほ進んで海かと思はれるほどの大きな池のほとりへ来た時、長劍は馬を駐めて薔花に馬より降りよといふ。薔化は驚きながら、

『まだ馬が疲れたといふほどでもなし、此のあたりに人家とては見当らぬ、外家に着いたといふでもなく、何故こんな恐ろしい所で降りろといふのです。』

『降りたら其訳を話してやる、早く降りることだ。』

　　장소는 서둘러 말을 달렸다. 그리고 깊은 산에 들어가서 깊숙한 골짜기를 지나 산악 위에 다다르니, 잔잔히 흐르는 벽계가 눈앞에 흐르고 송백 밀림이 울창하고 인적이 끊어져 두견새가 비단을 찢는 듯 우는 소리가 들리었다. 장화는 수심이 가득하였다. 더욱 나아가 바다라고 생각되는 커다란 연못 근처에 왔을 때, 장소는 말을 세우고는 장화에게 말에서 내리라고 하였다. 장화는 놀라면서,

　　"아직 말이 피곤하다고 말할 정도도 아니고, 이 근처에는 인가라고는 보이지 않으며 외가에 도착한 것도 아닌데, 왜 이렇게 무서운 곳에서 내리라고 하는가?"

　　"내리면 그 이유를 말해 줄 테니, 어서 내려라."

薔花は仕方なしに馬から降りた。

『此池が姉さんのこれから億萬年を暮す所なんだ。』

『どういふ訳で私を此池へ投げるのです、詳しくそれを聞かして下さい。』

『自分の罪は自分で知ってる筈なのに何故俺に聞く、うちで姉さんに外家へ往けと云ったのは、何も外家へ往けといふ訳ではなく、姉さんが女の身で淫らなことをして居たのを、お母あ様がこれまで見て見ぬふりをして居たが、姉さんは日増に亂行が募って、到頭流産までしたのだといふではないか。家門の恥辱になる不祥事だから、いっそ姉さんを殺して終った方が能いといふのが、お父う様とお母あ様の間に纒った相談なんだ。俺は姉弟の仲だから怎う云ふ事はしたくないんだが、両親の吩咐

だから應じない訳にはゆかぬ、サア早く身を投げなさい。』

　　장화는 어쩔 수 없이 말에서 내렸다.

　　"이 연못이 누나가 앞으로 억만년을 지낼 곳이다."

　　"어떠한 이유로 나를 이 연못에 내던지는 것이냐? 자세하게 그것을 이야기 해 주게"

　　"자신의 죄는 스스로 알고 있을 터인데 왜 나에게 묻느냐? 집에서 누나에게 외가에 가라고 한 것은 진짜로 외가에 가라고 말한 것이 아니라, 누나가 여자 몸으로 음란한 일을 하고 있는 것을 어머니가 지금까지 보고도 못 본 척을 하였지만, 누나는 나날이 음란하고 잡스러운 행동이 더하여 드디어 유산까지 한 것이 아닌가? 가문의 치욕이 되는 불상사이기에, 차라리 누나를 죽여 버리는 것이 좋겠다고 아버지와 어머니 사이에서 상의된 결과다. 나는 누나 동생 사이이기에 이러한 것은 하고 싶지 않지만, 부모의 명령이기에 응하지 않을 수는 없다. 자 어서 몸을 내 던지거라."

薔花は之を聞いて靑天に霹靂、魂消る思ひに痛哭しながら、

『ああ、神も佛も無いことか、私は何しに此の世の中に生れて来たらう、思ひも知らぬ汚名を被せられて、此の底ひも知らぬ深い池中に身を投げねばならぬとは―此の薔花は、生れてこのかた、一度も外へ出たこととてはなく、不義なぞとは全く身に覚えなきこと、斯る濡衣を乾す由もなく、このまま果てて行かねばならぬとは、前世の罪業に因ることか、それとも此世で悪人の為めに陥れられたのか。私の死ぬのは已むを得ぬとして、唯だ汚名を拭ふことの叶はぬのは何としても堪

へられぬ、殊に、幼い紅蓮が、屹度我が亡きアト、散々にさいなまれ
て苦しみ悲しむことと思へば、それが気に懸って、死んでも眼を閉ぢ
られぬ。』
と天を恨み地に嘲ち、遂に其場に悶絶した。

　장화는 이것을 듣고 청천벽력에 깜짝 놀라 통곡하면서,
　"아아, 신도 부처도 없는 것인가? 나는 무엇을 하러 이 세상에 태
어난 것인가? 생각지도 못한 오명을 뒤집어쓰고, 이 끝도 알 수 없는
깊은 연못 속에 몸을 던지지 않으면 안 되는 것은－이 장화는 태어난
이후로 한 번도 밖에 나간 적도 없고, 의롭지 못한 일은 전혀 알지도
못 하는데, 이러한 누명을 벗을 길도 없이 이대로 죽지 않으면 안 된
다는 것은 전생의 업보 때문인가, 아니면 이생에서 나쁜 사람 때문
에 함정에 빠진 것인가? 내가 죽는 것은 어쩔 수 없다고 하더라도, 단
지 오명을 벗을 수 없다는 것은 뭐라고 하더라도 참을 수 없다. 특히
어린 홍련이 분명히 내가 죽은 후 괴로워하며 슬퍼할 것을 생각하면,
그것이 마음에 걸려 죽어도 눈을 감을 수가 없다."
　라고 하늘을 원망하며 땅에 엎드려 마침내 그 자리에서 혼절하였다.

無道な長剣は一向に憐れとも思はず、声を勵まして、
『いくら愚痴って見ても駄目だから、早く往生しなさい。』
と催促がましく云ふ。
『お前は両親の吩咐だから仕方が無いと云ったけれど、今、私の云ふ
事を能うくお聞き、私達は腹違ひの姉弟ではあるが、お前も人間では
ないか。如何に両親の吩咐にせよ、少しは情けといふものがあるな

ら、これから帰って私を水に投げたとそう告げて両親に後悔の心を起させ、相當の措置を取るのが姉弟の道ではないか。それでないまでも早く水に入れと催促するとは何たる酷い心であらう。私は此池で死にませう、死ぬには死にますが、その前に亡くなられたお母あ様のお墓にお暇乞ひもしたし、それから又叔父様の処へ往ってアトに生き残った紅蓮の事も頼んで置きたいから、少しの暇を私に下さい。』

と頼んだが長釗は少しも感じないばかりか、ヒドく怒って、あはや力づくで薔花を池中へ投げ入れやうとする。

무도한 장소는 전혀 불쌍하다고 생각하지 않고 한층 소리를 높여,
"아무리 푸념하더라도 소용없다. 어서 일어나라."
고 재촉하듯 말하였다.

"너는 부모의 명령이기에 어쩔 수 없다고 하였지만, 지금 내가 하는 말을 잘 들어라. 우리들은 배 다른 누나 동생이기는 하지만 너도 인간이 아니냐? 아무리 부모의 명령이라고는 하나 조금은 정이라는 것이 있다면 지금부터 돌아가서 나를 물에 내던졌다고 그렇게 고하고 부모님이 후회의 마음을 일으키도록 그에 상응하는 조치를 하는 것이 누나 동생의 도리가 아니겠느냐? 그렇게 하지는 못할망정 어서 물에 들어가라고 재촉하는 것은 무슨 잔혹한 마음이냐? 나는 이 연못에서 죽을 것이다. 죽기는 죽겠지만, 그 전에 돌아가신 어머니의 묘에 갈 수 있도록 시간을 주었으면 한다. 그런 후에 또 숙부 댁에 가서 살아남은 홍련을 부탁하고자 하니까, 조금의 시간을 나에게 줘라."

고 부탁하였지만 장소는 조금도 느끼지 못할 뿐 아니라, 매우 화를 내며 빠르고 힘껏 장화를 연못 속에 내던지려고 하였다.

薔花も今はこれまでと天を仰いで訴へるやうにいふ。

『私は何といふ不運の身であらう、六歳で母あ樣に亡くなられてこの
かた、姉妹二人で母あ樣のことを思ひつづけ、涙の乾く間とては無
く、西山に暮るる日、東方から上る月、さては後園に咲く白い花、そ
ぞろ斷腸の思ひに其日其日を送って、三年喪を終った頃、繼母が家に
来られたのでした。それからといふもの随分と辛らい思ひもしたが、
ただお父う樣の慰めの御言葉勿體なく、長い夏の日長い秋の夜を、か
こちながらに過ごして参りました、今、陰凶な人の悪だくみの為め
に、水鬼となって果てまする、天地神明も照覧ましまして、此の儚な
きうたかたの生を憐れみ愍れませ給へ。』

　　장화도 지금은 여기까지의 목숨이라고 생각하고 하늘을 향하여
호소하듯이 말하였다.

　　"저는 이 무슨 불운의 몸인가요? 여섯 살에 어머니가 돌아가신 후
에, 자매 둘이서 어머니를 생각하며 눈물이 마를 날 없이 서산에 기
우는 해, 동방으로부터 떠오르는 달, 게다가 후원에 피는 하얀 꽃, 까
닭 없이 애끓는 생각에 하루하루를 보내고, 3년상을 마칠 무렵 계모
가 집에 왔습니다. 그로부터 몹시 고생을 하였지만, 다만 아버지가
위로해 주시는 말씀이 고마워 기나긴 여름날 기나긴 가을밤을 의지
하면서 지내왔습니다. 지금 흉악한 사람의 나쁜 계략 때문에 물귀신
이 되어 죽습니다. 천지신명도 굽어 살피셔서 이 덧없는 물거품과
같은 생을 불쌍하고 가엾게 여겨 주십시오."

と祈念した後ち、長釼を顧みて、

『私は、残念ですが、汚名を被たまま果てませう、ただあの独り残された紅蓮の行末をどうぞ見てやって下さい、そして母親の罪にならぬやう、呉々も頼みます。』

と云って、水に投じやうとしたが、今一度家の方へ向って痛哭しながら、

『可愛想な紅蓮よ、嘸や淋しい房にたった一人、子然として居る事だらう、これから誰を伴に月日を送ることか、そなたに別れて水鬼になる私の心は、腸を千切られるよりも辛い。』

斯う云ひ終って、澹然とばかり水に投じた。

　　　　라고 기도한 후에, 장소를 돌아보며,

　　　　"나는 유감스럽게도 오명을 뒤집어 쓴 채 죽겠지요. 다만 홀로 남겨진 홍련의 앞날을 아무쪼록 보살펴 주세요. 그리고 어머니의 죄가 되지 않도록 아무쪼록 부탁합니다."

　　　　라고 말하고, 물에 내던지려고 하였지만, 다시 한 번 집 쪽을 향하여 통곡하면서,

　　　　"가엾은 홍련아, 틀림없이 쓸쓸한 방에 오직 홀로 외롭게 있겠구나. 앞으로 누구를 따라 세월을 보낼 것인가? 너와 헤어지고 물귀신이 되는 내 마음은 창자가 끊어지는 것처럼 고통스럽다."[14]

　　　　이렇게 말하고는 담담하게 물에 몸을 내던졌다.

すると、今まで静だった水面が濤揺って天に沖するかと思はるるば

---

14 호소이는 장화를 원귀 혹은 물귀신이란 쓴 언어표현을 예증으로 들면서 조선인은 비명횡사를 한 사람은 귀신이 된다는 미신을 지니고 있다고 지적했다.

かり、冷い風が池邊に吹き起ったと思ふと、何處からか、大虎が池畔に顯はれて、水面を見ながら、

　御身の繼母が奸凶無道な爲め、罪もない娘を惓うした酷い目に遇はせた、汚名を晴しもあえず、水鬼となって果てた御身は如何にも不愍である、併し天理は昭然、隈なく照し給ふ、決して此侭に濟む筈はない

　とつぶやき、更に長釗に向ひ、

　先づ貴樣から喰ひ殺してやる筈だが、一思ひに死なしては苦痛が淺い、貴樣の罪業に相當した殺し方をしてやるから其樣に思へ、先づ片輪者にして生ある限り苦しめてやると云ひも終らず、大虎は身を躍らして長釗に飛び懸り、先づ片耳を殺ぎ、更に片手片足を喰ひ切った。長釗は其場に倒れると、乘せて來た馬は騷いて、一散に裴坐首の家の方へ逃げ出した。

　그러자 지금까지 조용했던 수면이 큰 물결로 흔들리면서 하늘로 솟아오르는 것만 같았고, 차가운 바람이 연못가에 불어오는 것만 같았다. 그러자 어디선가부터 큰 호랑이가 연못 가장자리에 나타나 수면을 보면서,

　"너의 계모가 흉악무도하여서 죄도 없는 딸을 이렇게 아프게 하여 오명을 벗지도 못하고 물귀신이 되어 죽은 몸은 얼마나 가엾은 가? 하지만 자연의 이치는 매우 분명하다. 샅샅이 밝히어 결코 이대로 끝날 리가 없다."

　라고 중얼거리며, 또한 장소를 향하여,

　"우선 그대부터 잡아먹어야 하지만, 한 번에 죽이기에는 고통이 적다. 그대의 업보에 상응하게 죽여 줄 테니 그렇게 알고 있어라. 우

85

선 장애인이 되어 남은 생을 고통스럽게 해 주마."

라고 말이 끝나기도 전에, 큰 호랑이는 몸을 뛰어서 장소에게 날라 가, 우선 한쪽 귀를 베어내고 또한 한쪽 손과 한쪽 다리를 모두 먹어치웠다. 장소는 그 자리에서 쓰러지자, 타고 온 말은 소동을 일으키며 쏜살같이 배좌수의 집으로 도망갔다.

(七) 悪女も悸つとして

(7) 악녀도 두려워하며

長劍に薔花を引立てさせて後ち、許女は頻りに長釗の帰りを待ち詫びたが一向に帰らない、扨てはしくじったのではあるまいかと、寐もやらずに居ると、騒馬の声が聞へるので、うまく仕終せたものと北曳笑み、門外に出て見ると、馬は全身汗に濡れてびっしょり、長釖の姿は見えぬ。許女は不安の思ひに驅られて下男や下女に命じ灯を燃して、馬の蹄のアトを辿らしめた、婢僕が池畔に至ると、長釗が倒れて居た。能く見ると、耳も手も足も一方が無くなって全身は血みどろで、早や虫の息である。一同は魂消て、暫しなすらんやうもなくボンヤリとなった。此時池中から得も知らぬ気高い香がして冷い風が湧き起ったので婢僕は不思議な思ひをした。

장소[15]에게 장화를 끌어내게 한 후에, 허녀는 계속해서 상쇠가 돌아오기를 기다렸지만 전혀 돌아오지 않았다. 그렇다면 잘못된 것이

---

15 원문에 표기된 장검은 장천의 오자

아닌가 하고 자지도 않고 있으니, 소란스러운 말소리가 들리기에 잘
끝낸 것이라고 생각하여 만족스럽게 혼자 싱글거리며 문밖으로 나
가 보았다. 말은 전신 땀범벅이 되어 있고 장소의 모습은 보이지 않
았다. 허녀는 불안한 생각에 쫓아 온 하인과 하녀에게 명하여 불을
밝히게 하여 말발굽 뒤를 더듬어 갔다. 비복(婢僕)이 연못 근처에 다
다르자, 장소가 쓰러져 있었다. 자세히 보니 귀도 손도 다리도 한쪽
이 없어져 전신은 피투성이로 이미 실낱같은 숨을 쉬고 있었다. 일
동은 기겁을 하며 잠시 아무것도 하지 못하고 멍청히 있었다. 이때
연못 속에서 뭐라고 말할 수 없는 고상한 향기가 나고 차가운 바람이
일어났기에 비복은 수상히 여겼다.

婢僕達は、兎も角も長釗を擔いて家に帰った。奸凶無類の許女も、
變り果てた長釗の姿に、悸ッとなった。一心に看護したので、翌日
やっと長釗は息を吹返した。そして、昨夜の一什始終を話した。許女
は斯くと聞いて、益々悪意を固め、残る幼い紅蓮までも、何とかして
亡きものにして終はねばと、一日その事を考へ通した。
　裴坐首は、長釗からいろいろと話を聞いて、内心にさては薔花は何
の犯せる罪科は無く、許女の怖ろしい悪だくみから、寃枉の水鬼と
なって果てたことに心附き、今更ながら後悔もし、又薔花を不愍に思
ひ、残る幼い紅蓮に対する愛着は一層加はった。

비복들은 어쨌든 장소를 짊어지고 집에 돌아왔다. 간사하고 흉악
함이 비할 데 없는 허녀도 변해 버린 장소의 모습에 두려워졌다. 열
심히 간호하였기에 다음날 겨우 장소는 살아났다. 그리고 지난밤의

자초지종을 이야기하였다. 허녀는 이것을 듣고 더욱 악의를 다지고 남아 있는 어린 홍련까지도 어떻게든 죽여 버리지 않으면 안 된다고 하루 종일 그것을 생각하였다.

배좌수는 장소에게서 이런저런 이야기를 듣고, 내심 그렇다면 장화는 아무런 지은 죄도 없이 허녀의 무서운 계략으로 누명을 쓰고 물귀신이 되어 죽은 것이라는 것을 알아차렸다. 이제 와서야 후회를 하며 또한 장화를 가엾게 여기고 남아 있는 어린 홍련에 대한 애착이 한층 더해갔다.

(八) 姉を思ふ妹の胸
(8) 언니를 생각하는 동생의 마음

紅蓮は、一切の事情を知らずに居たが、あまり家の中が騒がしいので、何事の起りしぞと、許女に其訳を訊すと、許女は怖い顔をして、

『長剣がお前の姉を連れて往く途中虎に喰はれて片輪になったのだ。』

忌々し相にいふ、紅蓮が重ねて薔花のことを聞くと、許女は睨み附けながら、

『何を餘計な事を聞く、黙って居れ。』

と噛み附き相な權幕、

홍련은 모든 사정을 모르고 있었는데 너무나도 집안이 소란스러웠기에 무슨 일이 일어났다고 생각하여 허녀에게 그 이유를 물었는데 허녀는 무서운 얼굴을 하며,

"장소가 너의 언니를 데리고 가던 도중 호랑이에게 잡아먹혀서

불구자[16]가 되었다."

라고 하며 귀찮은 듯이 말했다. 홍련이 거듭 장화의 일을 묻자, 허녀는 노려보면서,

"무슨 쓸데없는 일을 묻느냐? 잠자코 있어라."

고 하며 서슬이 시퍼런 태도로 달려들었다.

紅蓮はただおろおろと、自分の房に帰り、『お姉様、お姉様』と呼びながら、いつの間にかトロトロとまどろむと、夢に薔花が水中で大きな黄竜に乗り北海に向って去るのを見た。紅蓮は嬉しさに『お姉様、お姉様。』と呼んだが、薔花には聞へぬらしく、素知らぬ顔をして居るので、紅蓮は悲しくなり、涙声で、

『お姉様は私を知りませんか、なぜ私を見捨てて独りで住ってをしまひなさる。』

と聞くと、薔花は愀然として、

私は今、そなたと違ふ世界で違ふ道を通って居ます、恰當玉皇上帝の命を承けて三神山に薬を採りに往くところ、しみじみ話をして居る閑がありません、そなたは私を無情と思ふであらうが、いづれそのうち、そなたを迎へて、姉妹が前のやうに仲能く暮す日も来やうほどに

此時、薔花の乗って居た黄竜が大きな声を揚げたので、紅蓮は驚いて眼をさましました。

---

16 불구자: 일본어 원문에는 '片輪'로 표기되어 있다. 이는 차 등의 한 쪽 바퀴를 뜻한다. 또는 한 쪽 끝, 일부의 뜻을 나타낸다(松井簡治·上田万年編,『大日本国語辞典』01, 金港堂書籍, 1915).

　　홍련은 바로 조심스럽게 자신의 방에 돌아와서,

　　"언니, 언니"

　　라고 부르면서, 어느새 깜박 졸았는데, 꿈에 장화가 수중에서 커다란 황룡을 타고 북해를 향하여 사라지는 것을 보았다. 홍련은 기뻐하며,

　　"언니, 언니"

　　라고 불렀지만, 장화에게는 들리지 않는 듯 시치미를 떼고 있기에, 홍련은 슬퍼져서 울먹이는 목소리로,

　　"언니는 나를 모릅니까? 왜 나를 버리시고 홀로 가십니까?"

　　라고 묻자, 장화는 처량하고 슬프게,

　　"나는 지금 그대와 다른 세계에서 다른 길을 지나고 있습니다. 옥황상제의 명령을 받아서 삼신산에 약을 캐러 가는 길, 차분히 이야기할 시간이 없습니다. 그대는 나를 무정하다고 생각할지 모르지만 어찌되었든 가까운 시일 안에 그대를 맞이하여 자매가 전과 같이 사이좋게 지낼 날도 올 것이기에…"

　　이때 장화가 타고 있던 황룡이 커다란 소리를 내었기에 홍련은 놀라서 잠에서 깨었다.

　　夢の事を裴坐首に話して、

　『私は何だか物を失くなしたやうな気がしてなりません、ひょっとするとお姉様は死んでおしまひなされたのではありませんか。』

　　裴坐首は、何と答へんやうもなく、ただ涙を流すばかり、傍らにあった許女はサッと顔色を變へて、

　『コラ、幼い身で何をコマシャクれたことを云ってお父う様に涙を流

させる、早く彼方へ往け。』

と言葉までも、突ッ慳貪である。

꿈에서의 일을 배좌수에게 이야기하고.

"저는 왠지 무언가를 잃어버린 듯한 기분이 듭니다. 어쩌면 언니
는 죽어버린 것이 아닐런지요?"

배좌수는 뭐라고 대답해야 할지 몰라 그냥 눈물을 흘릴 뿐이었다.
곁에 있던 허녀는 재빨리 얼굴색이 바뀌며,

"보거라, 어린 것이 헛된 말을 해서 아버지의 눈물을 흘리게 하느
냐? 어서 저쪽으로 가거라."

고 하며 무뚝뚝하게 말했다.

紅蓮は致方なく自分の房へ戻って独りつくづく考へたが、一向訳が
分らない、夢の事をお話ししたら、お父う様は悲しい御様子だし、繼
母様は顔色を變へてのお叱り、何かこれには屹度事情があるに違ひな
い、どうしたらそれを聞き出すことが出来やうか、と小さな胸を悩ま
したが、或日、繼母の留守を幸ひ、長釼に夫れとなく問ひ訊して見る
と、長釼も包み切れず、口を辷らして、薔花が池中の水鬼となって果
てたことを話した。

홍련은 어쩔 수 없이 자신의 방으로 돌아와서 홀로 곰곰이 생각하
였는데 전혀 이유를 알 수 없었다. 꿈에서의 일을 이야기하니, 아버
지는 슬픈 모습이고 계모는 얼굴색이 변하여 화를 내니 무언가 이것
에는 반드시 사정이 있음에 틀림없다. 어떻게 하면 그것을 알 수 있

을까? 하고 작은 가슴이 아팠지만 어느 날 계모가 없는 틈을 타 장쇠에게 넌지시 물어 보니, 장쇠도 숨기지 못하고 입을 잘못 놀려 장화가 연못 속에 물귀신이 되어 죽었다는 것을 말하였다.

(九) 紅蓮もアトを追ふて
(9) 홍련도 뒤를 좇아서

始めてそれを確かめ得た紅蓮は、痛哭一声其場に悶絶したが、やがて甦り、『お姉様、お姉様。』と必死になり、

『ああ、お姉様、お姉様はどうして私を独り淋しい房に残したまま水中の寃鬼になってお終ひなされました、人間といふものはたとへ七十八十の長壽を享け天命で死んでも尙ほ足りないのに、お姉様は二八の春の今が盛りを、事もあらうに不義淫行の汚名を被て、その汚名を雪ぎもならず寃鬼となられ、嘸御無念でございませう、こうした酷いことが又と世の中にあるであらうか、私が三歳の時、私達を可愛がって下すったお母あ様はお亡くなりになり、それ以来姉妹二人で互ひに扶け合って暮して来ましたのに、お姉様が居なくなっては誰を頼んで生き永らへませうや、いっそ此身も死んで魂魄なりともお姉様のお側へ参りませう。』

비로소 그것을 확인한 홍련은 통곡하며 그 자리에서 혼절하였지만, 곧 의식을 찾고
"언니, 언니"
라고 필사적이 되었다.

"아, 언니, 언니는 어찌하여 나를 홀로 쓸쓸한 방에 남겨 둔 채 물 속의 원귀가 되어 죽으셨습니까? 인간이라는 것은 설령 칠십 팔십 까지 장수를 하여 천명으로 죽는다고 하더라도 더욱 부족하다고 생 각하는데, 언니는 지금 이팔청춘 한창인 때를 하필이면 의롭지 못하 게 음란한 행위를 하였다는 오명을 뒤집어쓰고 그 오명을 씻지도 못 하고 원귀가 되어 오죽 원통하실까요? 이러한 가혹한 일이 이 세상 에 또 있을까요? 제가 3살 때 저희들을 귀여워해 주셨던 어머니가 돌 아가시고 그 이후 자매 둘이서 서로 도와가며 생활해 왔는데, 언니 가 없어지고 나서는 누구를 의지하며 살아가야 하나요? 언젠가 저 도 죽어서 원귀가 되면 언니 곁으로 가겠습니다."

と泣崩折れたが、紅蓮は、此時既に心中に死を決し、せめて姉上と 死場所を同ふしたいと心に念じたが、何をいふにも閨中の処女、深く 閉ざしてけふが日まで門外一歩を出たことだに無い、冤魂の深く沈む 呪ひの池は那邊ぞと、ただ的もなく考へあぐんで、寐食を廢する有 様、すると或日のこと、青い鳥が一羽、紅蓮の前を翔けりまはる。紅 蓮は内心に、偶つとすると、此鳥が私にその池畔を教へてくれるので はあるまいかと、望むべからざることを望んで居ると、青い鳥はいづ くともなく飛び去った。

라고 울면서 맥없이 쓰러졌다. 홍련은 이때 이미 마음에 죽음을 결심하고, 적어도 언니와 죽은 장소를 같은 곳으로 하고 싶다고 마 음먹었지만, 무엇을 말하더라도 규중[17]의 처녀로 깊이 갇혀 있어서 오늘날까지 문밖에 한 발자국도 나간 적이 없었다. 원혼이 깊이 잠겨 있는 저주의 연못이 어느 곳인지, 그냥 표적도 없이 생각에 지쳐서 먹고 자는 것을 폐하고 있던 중, 그러던 어느 날 파랑새가 한 마리 홍련의 앞을 배회하였다. 홍련은 내심 우연이라고 생각하면서, 이 새가 나에게 그 연못 근처를 가르쳐 주지 않을까하고 바라서는 안 되는 것을 바라고 있었는데, 파랑새는 언제인지도 모르게 날아갔다.

いづれは生きて甲斐のなき身、お姉様の御側へと、乙女心の唯一筋に思ひつめては、儚なき青鳥の手引を頼むまでもなく、身みづからそこはかと尋ね求むれば、捜しあてぬこともあるまいと、覺悟を定め、お父う様に打明けては必らず御引止めにならうも知れぬ、夫れより遺書を残して家を去るまでと、硯引寄せて遺書を認めるのであった。

'어느 쪽이든 살아도 보람이 없는 몸 언니 곁으로' 라고 소녀의 마음은 오직 한결같았다. 덧없이 파랑새에게 안내를 부탁할 것 없이 스스로 그 쪽인가 하고 찾아 나선다면 찾지 못할 것도 없을 것이라고 각오를 정했다. 아버지에게 알린다면 반드시 붙잡을지도 모르기에 그것보다는 유서를 남기고 집을 떠나려고 생각하며 벼루를 끌어당겨서 유서를 적었다.

父上様、紅蓮は、三歳の時母上様に死別れ、それ以来、姉上様とただ二人、扶け合ひ慰め合ふて年月を送り候ひしに、姉上様は、不義の汚名を雪ぐよすがもなく、遂に水中の冤鬼となられ候由、思へば思へ

---

17 규중: 일본어 원문에 표기되어 있는 '閨中'은 침실 혹은 규방의 뜻이다(松井簡治·上田万年編,『大日本国語辞典』02, 金港堂書籍, 1916).

ば、此の悲み文字に盡し難く候、常日頃、父上様の御手許を、暫しの
間も離れたることなき姉上様が、独り淋しく死の旅に上られて、今は
呼べど甦らぬあの世の人、紅蓮ひとり生き残り居り候ても、やがては
姉上様と同様の毒害を被り候事必定に候へば、姉上様のあとを逐ひ
候、先立つ不孝の罪何卒お許し下されたく、泉下にて、姉妹二人、父
上様の御安泰を祈るべく候

　　아버지시여, 홍련은 3살 때 어머니와 사별하고, 그 이후 언니와 단
둘이 서로 의지하고 위로하며 세월을 보냈습니다만, 언니가 의롭지
못한 오명을 씻을 실마리도 없이 마침내 수중의 원귀가 되었습니다.
생각해 보면 이 슬픔을 글에 다하기 어렵습니다. 평소 아버지의 곁
을 잠시 동안도 떨어진 적이 없던 언니가 홀로 쓸쓸하게 죽음의 길에
올랐습니다. 지금은 불러도 돌아오지 못하는 저 세상의 사람, 홍련
홀로 살아남아 있더라도 머지않아 언니와 같이 독살을 당할 것임이
틀림없기에 언니의 뒤를 쫓아가겠습니다. 먼저 가는 불효의 죄를 아
무쪼록 용서하여 주시기를 바랍니다. 저승에서 자매 두 사람은 아버
지의 평안함을 기원하도록 하겠습니다.

　時は五更、月色は庭に満ちて居る。恰當此時、先に飛来飛去した青
い鳥が、庭前の櫻の木にとまって、紅蓮を見て嘻々として囀づる。紅
蓮は、人に物いうやうに、
　お前は鳥ではあるが、私のお姉様の死んで居る処を知ってではない
か、若し知ってるなら私を連れて行って貰ひたい

때는 오경, 달빛은 정원에 가득하였다. 마침 이때 지난번에 날아
왔다가 날아간 파랑새가 정원 앞 벚꽃나무 아래에 멈추어서 홍련을
보고 아아, 하고 울었다. 홍련은 사람에게 무언가를 말하는 것처럼,
　"너는 새이기는 하지만 나의 언니가 죽은 곳을 알고 있는 것이 아
니냐? 혹시 알고 있다면 나를 데리고 가 주었으면 한다."

　すると、青い鳥は、案内でもするやうに紅蓮の直ぐ前に来た。紅蓮
は遺書を壁に貼り附けて、読み返しては涙にくれ、やがて青い鳥に
従った。青い鳥は靈ある者の如く、住きゆいてとある池の前に止まっ
た。紅蓮は心の中にここが姉上の亡くなられた処かと思ふと悲しさが
一時にこみ上げて来た。すると池の面から彩雲の立ちのぼるかと思は
れた時、水中から悲しい泣声で、
　『紅蓮よ、そなたは何故千金にも代へ難い貴重な命を捨てやうとはす
る、人は、一度死ねばまたと生きることはできませぬ、そなたは思ひ
返して疾く家へ帰られたが能い、そして両親に事へねばなりません。』
　紅蓮は、其声が夢寐にも忘れ得なかった薔花のそれに違ひないのを
知ったので、身を忘れて、
　『お姉様、お姉様。』
　と呼び懸け、
　『お姉様は、前生に何の罪があって、こうした所に、私と別れて独り
で居らッしゃいますか、私はお姉様についてドコまでも参りたく、こ
こへ尋ねて来たのです。』

　그러자 파랑새는 안내라도 하려는 듯이 홍련 바로 앞에 왔다. 홍련

은 유서를 벽에 붙이고, 다시 한 번 읽고는 통곡하다가 마침내 파랑새를 쫓아갔다. 파랑새는 영험함이 있는 것처럼 앞으로 나아가더니 어느 연못 앞에 멈추었다. 홍련은 마음속에 여기가 언니가 죽은 곳이라고 생각하니 슬픔이 한꺼번에 복받쳐 왔다. 그러자 연못에서 꽃구름[18]이 피어오른다고 생각했던 그때 물속에서 슬프게 울먹이면서,

"홍련아, 너는 왜 천금으로도 바꿀 수 없는 귀중한 목숨을 버리려고 하느냐? 사람은 한번 죽으면 다시 살아갈 수는 없다. 너는 고쳐 생각하여 어서 집으로 돌아가는 것이 좋다. 그리고 부모를 섬기지 않으면 안 된다."

홍련은 그 소리가 꿈속에서도 잊을 수 없었던 장화의 그것과는 다르지 않다는 것을 알기에 자신을 잊고,

"언니, 언니"

라고 부르며,

"언니는 전생에 무슨 죄가 있어서 이러한 곳에 나와 헤어져서 홀로 계십니까? 저는 어떤 곳이라도 언니를 따라 가고 싶어 여기에 찾아 왔습니다."

　怎ういふと、空中に、返事はないがすすり泣きの声がするので、紅蓮も泣いて、

　『お姉様、私は決心をして参りました、もう家へは帰りませぬ、いづれはお姉様と同じやうに死んでゆかねばならぬ身空です、同じ死ぬる

---

18 꽃구름: 일본어 원문에는 '彩雲'으로 표기되어 있다. 이는 물든 구름 혹은 아름다운 구름이라는 뜻이다(松井簡治·上田万年編, 『大日本国語辞典』02, 金港堂書籍, 1916).

なら、お姉様の死なれた所で一緒に死なして下さいませ。』

仲秋の月は静寂なる夜の天地を照らし、畳々たる山嶽の鳥禽は悲しく鳴く、此時中空に声あって、

そなたの決心がそれ程ならば致方もない、此の水にお入り

と云はれ、紅蓮は嬉しく、何のためらうところなく池中へ身を投げ了ったのである。

이렇게 말하자 하늘에서 대답은 없지만 흐느껴 우는 소리가 들리기에 홍련도 울면서,

"언니, 저는 결심을 하고 왔습니다. 이제 집에는 돌아가지 않을 것입니다. 어차피 언니와 같이 죽지 않으면 안 되는 몸입니다. 똑같이 죽는다면 언니가 죽은 곳에서 함께 죽게 하여 주십시오."

중추 달은 정적이 흐르는 밤의 하늘과 땅을 비추고, 첩첩산중의 날짐승이 슬프게 우는데, 이때 하늘에서 소리가 들려,

"그대의 결심이 그 정도이면 어쩔 수 없다. 이 물에 들어오너라."

고 하는 말을 듣고, 홍련은 기뻐하며 아무런 망설임도 없이 연못 속으로 몸을 내던졌다.

天神地祇、この可憐なる姉妹の末路に感應ましませしか、紅蓮の池中に投じた時、天地遽かに暗く、池には霧が一ぱいかかって、

奸凶なる繼母の為め、可憐な姉妹が二人とも非命に投死したと天の一角に声するのであった。それ以来、池中からすすり泣の声や冤枉を訴へる呪ひの言葉が洩れ聞へるので、池畔を往き交う人々は夫れから夫れへと語り傳へて薔花紅蓮の憐れな身の果てを悲しみ裴坐首夫婦の

無道を憤らぬ者とては一人もなかった。

천신, 지신, 이 가여운 자매의 말로에 반응을 한 것인지 홍련이 연못 속에 들어갔을 때, 천지가 갑자기 어두워지고 연못에는 안개가 가득하였다.

"흉악한 계모 때문에 가여운 자매가 둘 다 비명으로 죽었다"

라고 하늘 한 편에서 소리가 들렸다. 그 이후 연못 속에서 흐느껴 우는 소리와 누명을 호소하는 저주의 말이 새어 나왔기에 연못 근처를 지나가는 사람들은 계속해서 전하여 장화홍련의 가엾은 죽음을 슬퍼하며 배좌수 부부의 도리에 벗어남을 분노하지 않는 자가 한 사람도 없었다.

(一〇) 府使に崇る
(10) 부사에게 높은 지위를 주다

其後、薔花と紅蓮は、自分等の寃抑を訴へやうとして、幾たびか鐵山府使の前に姿を顯はしたが、鐵山府使は、いづれも凡庸の人ばかり赴任すると見へ、その都度気絶して死んで終ひ、これで早や五回目となった。乃で誰人も怖毛をふるって、鐵山府使になりてが無く、殊に毎年凶作が打ちつづくので、住民は漸次餘処へ離散し、地気と共に人気も荒廢し、天気すらそぞろに暗きやうであった。

그 후 장화와 홍련은 자기들의 원통함을 호소하기 위해서 몇 번이고 철산(鐵山) 부사(府使) 앞에 모습을 나타냈지만, 철산 부사는 모두

다 평범한 사람[19]뿐 부임하여 와서는 그 때마다 기절하여 죽어버렸
다. 이것으로 벌써 다섯 번째가 되었다. 이에 누구도 스스로 철산 부
사가 되고자 하는 사람이 없었다. 특히 매년 흉작이 계속되기에 주
민은 점차 다른 곳으로 떠나가, 땅의 기운과 함께 사람의 기운도 황
폐하고 하늘의 기운조차 공연히 어두워지려고 하였다.

乃で、捨てても置けず、平安道監司から事由を具して政府に申告し
た、政府でも評議を開いていろいろ鐵山府使を物色した結果、ここに
宣使官鄭東浩が適任だといふとに浩なり、王に此旨を啓聞した。王は
親から鄭東浩を喚んで、

『鐵山郡は凶歉がつづいて、住民が離散するといふ、然るに府使にな
る者が無い、政府では詮衡の結果、爾が最も適任者だとの事、仍て特
にここに任命する、爾は余の心を體して速やかに赴任せよ。』

とのこと、東浩は恩德に感激して、直ちに任に赴き、吏房に、

『聞くところによれば、此郡は府使の赴任する毎に必らず頓死すると
いふが事實か。』と訊ねた。

『仰せの通りでございまして、前から五番目の府使様の時代から、夜
中に頓死なさいます、其後御更迭になって御赴任になると、其夜にお
亡くなりになりますので、一同不思議なことに存じて居りますが、一
向どういふ訳だか分りません。』

---

19 평범한 사람: 일본어 원문에는 '凡庸'로 표기되어 있다. 이는 보통인 것, 뛰어나
지 않은 것을 의미한다. 또는 그런 사람을 나타낸다(松井簡治·上田万年編,『大
日本国語辞典』02, 金港堂書籍, 1916).

이에 버려둘 수는 없기에 평안도 감사(監司)가 사유를 갖추어서 정부에 신고하였다. 정부에서도 평의(評議)를 열어 이리저리 철산 부사를 물색한 결과, 이곳에 선사관(宣使官) 정동호(鄭東浩)가 적임이라는 결론이 나서 왕에게 이 사실을 말씀드렸다. 왕은 친히 정동호를 불러,

"철산군은 흉작이 계속되어 주민들이 떠나간다고 한다. 그런데 부사가 되고자 하는 사람이 없다. 정부에서 고른 결과 그대가 가장 적임자라고 한다. 이에 특히 여기에 임명하노라. 그대는 나의 마음을 마음에 새겨서 신속하게 부임하여라."

고 말하자, 동호는 은덕에 감격하여 바로 부임하여 이방에게,

"들은 바에 의하며, 이 군은 부사가 부임할 때마다 반드시 급사한다고 들었는데 사실인가?"

라고 물었다.

"말씀하신 대로입니다. 역산하여 다섯 번째 부사 시절부터 밤중에 급사를 하였습니다. 그 후 경질이 되어 부임해 오면 그날 밤에 돌아가셨으므로 모두들 불가사의하다고 알고 있습니다만, 모두 어떠한 영문인지는 모릅니다."

東浩は思ふ所あるか、其夜から官屬に命じて、徹宵不眠の指令を下し、己れは客舍(府使の寢室)に煌々たる燈を點じて儼然威容を正し、一心不亂に周易を繙いて居た。

동호는 짐작되는 바가 있는 듯, 그날 밤부터 관속(官屬)에게 명하여 밤새 잠을 자지 않도록 지령을 내리고, 자신은 객사(부사의 침실)에 환한 등을 밝히고 엄숙하고 위엄이 있는 모습을 바로하고 일심불

란(一心不亂)하게 『주역』을 펼쳐 읽고 있었다.

　恰かも五更とおぼしき頃、悽惨の気、身に泌むばかり、冷涼、水の
如き風気四邊に起ると見るや、一人の美少女が緑衣紅裳で府使の前に
ぬかづいた。府使は眼を挙げて、
　『御身は婦女子の身で、此の夜更けに何用あって来られたか。』
と静かに問ひ試みるのであった。美少女はしとやかに一揖して後ち、
　『少女は此郡に住む裴武勇の娘紅蓮と申します、寃枉の事実を申上げ
たく、御目通りに出ました。』

　　마침 오경이라고 생각될 무렵, 슬프고 참혹한 기운이 몸을 둘러싸
며 차갑고 서늘한 물과 같은 기후가 사방에서 일어나자, 한 사람의
미소녀가 녹의홍상으로 부사 앞에 와서 큰 절을 하였다. 부사는 눈
을 뜨고,
　　"너는 부녀자의 몸으로 이 깊은 밤에 무슨 일이 있어 왔느냐?"
　　고 조용히 시험 삼아 물어보았다. 미소녀는 정숙하게 가벼운 인사
를 한 후에,
　　"소녀는 이 군에 사는 배무용의 딸 홍련이라고 합니다. 누명을 뒤
집어 쓴 사실을 고하고자 알현하러 나왔습니다."

　『寃枉の事実といふを申述べて見よ。』
　『少女の母は、始め裴氏に入って少女の姉薔花と少女の二人を産み、私
共姉妹を此上なく鍾愛してくれましたが、薔花が八歳少女が四歳の時、
病を得て歿しました。それ以来姉妹二人は相扶けて相慰め日を送りまし

たが、亡き母の三年の喪の了る頃、父は許氏といふ後妻を迎へました。

許氏には三人の男の子が生れましたが、父が我々姉妹を殊の外可愛がりますので、猜みの心を起すやうになりました。それは私達二人が縁附けば亡き母が実家から持って参りました財産の大方を持って行くだらうとの考からです、乃で私達二人を殺して了はうといふ心を起し、或日鼠一匹を殺して其皮を剝ぎ、姉薔花の蒲團の中に入れて、恰當流産でもしたやうに装ひ、父までも欺き終ふせて、自分の子長釗に云付け薔花を家から連れ出して池中に投身させました、アトで私はそれを聞き知りましたので、いづれは自分もそうした汚名を被せられて殺されるに決って居ると覺悟を定め、姉薔花の入った池に投じました、私は兎に角、姉薔花は未だに不義淫行の汚名を雪ぐことも出来ず、冤鬼となったままで居ますその濡衣を乾したい為め府使様に訴へ出ますと、どの府使様も私を見るなり驚いて死んで終ふこと今までに五回でしたが、今度は幸に明官の御赴任遊ばすといふ事を知り、斯く御願ひに上りました、どうぞ私達の遣瀬ない身空を御察し下さいまして姉薔花の汚名が雪がれますならば、此郡の凶歉も無くなります。』

"누명을 당한 사실이라는 것을 말해 보아라."

"소녀의 어머니는 처음 배씨 집에 시집와서 소녀의 언니 장화와 소녀 두 사람을 낳았습니다. 저희 자매를 한없이 사랑하여 주셨습니다만, 장화가 8살, 소녀가 4살 때, 병을 얻어 돌아가셨습니다. 그 이후 자매 두 사람은 서로 돕고 서로 위로하며 세월을 보냈습니다만, 돌아가신 어머니의 3년 상이 끝났을 무렵 아버지는 허씨라는 후처를 맞이하였습니다. 허씨에게서 세 명의 남자아이가 태어났습니다만, 아버지가 저희 자매를 대단히 사랑하였기에 [허씨에게] 시기하는 마음이 생겨났습니다. 그것은 저희 두 사람이 결혼하게 되면 돌아가신 어머니가 본가에서 가져 온 재산의 대부분을 가져갈 것이라고 생각하였기 때문입니다. 이에 저희 두 사람을 죽여 버리겠다는 마음이 생겨, 어느 날 쥐 한 마리를 죽이고 그 가죽을 벗겨서 언니 장화의 이불 속에 넣고는 마치 유산이라도 한 것처럼 꾸몄습니다. 아버지까지도 속이고 자신의 아들 장쇠에게 명하여 장화를 집에서 끌어내어 연못 속에 몸을 던지게 하였습니다. 나중에 저는 그것을 알게 되어, 언젠가는 자신도 그러한 오명을 뒤집어쓰고 틀림없이 죽을 것이기에 각오를 하고 언니 장화가 들어간 연못에 몸을 던졌습니다. 저는 어찌되었든 언니 장화는 아직 의롭지 못한 음란한 행위를 했다는 오명을 씻지 못하고 원귀가 된 채로 있습니다. 그 누명을 벗기고자 부사에게 호소하러 나왔더니, 어느 부사도 저를 보자마자 놀라서 죽어버린 것이 지금까지 다섯 번째였습니다. 하지만 이번에는 다행히 명관이 부임하셨다는 것을 알고 이렇게 부탁드리러 왔습니다. 아무쪼록 저희들의 마음을 풀 길 없어 안타까운 처지를 살피시어 언니 장화의 오명을 씻을 수 있다면 이 고을의 흉작[20]도 없어질 것입니다."

云ひ了って紅蓮は府使の眼前から消え去った。府使は始めて聞いた冤枉の事実に、其夜一夜はまどろみもせず、翌日早速東軒(事務所)に出勤し、吏房を呼んで、

『此郡に裴武勇といふ人が居るか。』

---

20 흉작: 일본어 원문에는 '凶歉'으로 표기되어 있다. 이는 '불작(不作, 농작물의 흉작)'과 같은 뜻이다(落合直文編, 『言泉』02, 大倉書店, 1922).

『居ります。』

『裴武勇の事を知って居るか。』

『裴武勇の家はここからだいぶ離れて居りまして詳しいことは存じませんが、元来郷班(田舎での兩班)で、座首になったこともあり、家勢も饒足(豊裕の意味)です。』

말이 끝나자 홍련은 부사의 눈에서 사라졌다. 부사는 처음 들은 원귀의 사실에 그날 밤 하루를 자지도 못하고, 다음 날 즉시 동헌(사무소)에 출근하여 이방을 불러서,

"이 고을에 배무용이라는 사람이 있느냐?"

"있습니다."

"배무용에 대해서 알고 있느냐?"

"배무용의 집은 여기에서 상당히 떨어진 곳에 있어서 상세히는 모릅니다만, 원래 향반(시골에서의 양반)으로 좌수가 된 적도 있어 가세도 풍족(풍요롭다는 의미)합니다."

『私の聞くのは家勢の事ではない、家庭の事なのだ。例へば夫婦は偕老して子孫がどれほどあるか、家庭は圓滿かどうかといふ事だが。』

『ハイ、裴武勇は、元来貧困ではありましたが、先妻の持參した財産が多く、先づ居村では金滿家に数へられ、その先妻には女の子が二人あり、後妻には男の子が三人あります。』

『其娘は二人共嫁いだか、或は今も家に居るか。』

『其娘は二人共死んで終ひました。』

『どんな風に死んだか。』

『人の事ですから詳しくは存じませんが、世間の噂では、姉の薔花は何かの罪で池に入って死に、妹の紅蓮は姉のアトを慕ってこれも同じ池に投じたらしいのです、何でも二人の靈魂は今も池邊に徘徊し、實は自分達は繼母の悪だくみで汚名を被て死んだとかいふ声が時々外へ聞へるのでそこを通る人達も同情の涙にくれる相です。』

府使は聞終ると直ぐ使令に命じて裵坐首夫婦を拘引せしめた。

    "내가 묻는 것은 가세가 아니라 가정의 일이다. 예를 들어 부부는 해로하고 자손이 어느 정도인지? 가정은 원만한지 어떤지와 같은 것이다."

    "네, 배무용은 원래 빈곤하였지만, 전처가 지참한 재산이 많아서 우선 마을에서는 큰 부자로 꼽히고, 그 전처에게는 여자 아이가 두 명 있으며, 후처에게는 남자 아이가 세 명 있습니다."

    "그 딸은 둘 다 시집을 갔느냐? 아니면 지금도 집에 있느냐?"

    "그 딸은 둘 다 죽었습니다."

    "어떻게 죽었느냐?"

    "남의 일이라 상세하게는 알지 못합니다만, 세상의 소문으로는 언니 장화는 어떤 죄로 연못에 빠져서 죽었고, 동생 홍련은 언니의 뒤를 그리워하여 같은 연못에 빠졌다고 합니다. 어떻든 두 사람의 영혼은 지금도 연못을 배회하며, 실은 자신들은 계모의 간사한 계략에 오명을 뒤집어쓰고 죽었다는 소리가 때때로 밖으로 들려오기에 그곳을 지나가는 사람들도 동정의 눈물을 흘린다고 합니다."

    부사는 다 듣고 나서 바로 사령에게 명령하여 배좌수 부부를 끌고 오게 하였다.

(一) 裴坐首と許女の拘引
  (11) 배좌수와 허녀의 구인

鐵山郡へ府使が更迭して新任すると、其の翌日は必ず死んで居るのが例なので、郡屬達は、もう早や府使も死骸になって居ることと早合點して埋葬の準備をして居たが、今度は無事で居るらしいので不思議な事もあるものと、銘々語り合った。

철산군에 부사가 경질되어 새로이 부임하여 오면, 그 다음날은 반드시 죽어 있는 것이 일반적이었기에 군속 사람들은 이미 부사도 시체가 되어 있을 것이라고 지레짐작하고 매장을 할 준비를 하고 있었는데 이번에는 무사히 있는 것 같기에 이상한 일도 있다고 서로 이야기하였다.

拘引命令を受けた使令達が、裴坐首の家に赴いて拘引の令狀を示すと、裴坐首は面目なげに垂頸れて、深い思ひに沈んだが、單り許女は顔色を變へながらも、

『私達はこれまで国田公沓に手を入れたこともなく又殺人強盗をしたおぼえもない、何故私達を拘引なさる、主人は兎に角、女の私は御免蒙ります。』

と喰って懸るのだった。使令達は声を勵まして、

『今度の新任府使は鬼神のやうな明官だ、若し何の犯した罪もないとすれば、拘引する筈はあるまい。罪の有無は我等の知ったことではない、兎に角命令だから一緒に行かねばならぬ、サア早く立たぬか。』

許女は尚も諄々と抗辯したが、使令達は委細頓弱なく引立てた。

구인 명령을 받은 사령들이 배좌수의 집에 나아가서 구인영장을 내 보이자, 배좌수는 면목이 없어 고개를 떨어뜨리고 깊은 생각에 잠기었지만, 허녀는 혼자 얼굴색을 바꾸면서,

"저희들은 지금까지 나라의 밭에 손을 댄 적도 없으며 또한 살인 강도를 한 적도 없습니다. 왜 저희들을 구인하십니까? 남편(主人)은 어찌 생각할지 모르지만 여자인 저는 싫습니다."

라고 대들었다. 사령들은 언성을 높이고,

"이번 신임부사는 귀신과 같은 명관이다. 혹 아무런 죄가 없다면 구인할 리가 없다. 죄의 유무는 우리들이 알 바가 아니다. 어쨌든 명령이기에 함께 가지 않으면 안 된다. 자 어서 일어서지 않을까?"

허녀는 더욱 구구절절이 항변하였지만, 사령들은 위세가 약해짐 없이 일으켜 세웠다.

(一二) 明府使のさばき
(12) 명부사의 심판

訟廷に引据えられた裵坐首夫婦に対し、府使は先づ裵坐首に向って

『其方の息子は一體何人ある。』

『女の子二人と男の子三人の中、女の子は皆な死んで男の子丈け残って居ります。』

『女の子はどうして死んだ。』

『皆な病死しました。』

『余は其の死因を存じて居る、何故有體に申さぬか。』

　　송정(訟廷)에 끌려온 배좌수 부부에 대해서 부사는 우선 배좌수를
향하여,
　　"그대의 아들은 대체 몇 명 있느냐?"
　　"여자 아이 두 명과 남자 아이 세 명 중, 여자 아이는 모두 죽고 남
자 아이만 남아 있습니다."
　　"여자 아이는 왜 죽었느냐?"
　　"모두 병사하였습니다."
　　"나는 그 사인을 알고 있다. 왜 있는 그대로를 고하지 않느냐?"

裴坐首は此の一語に胸を挟られる思ひ、面色忽ち土色に變じて、う
なだれたのを尻目に置けた奸惡無道の許女は、裴坐首の意気地なさを
憫むやうに
『府使様が事實を御存知なら、假へ僞りを申上げてもお取り上げには
なりますまい、ありのままを有仰ったら能いぢゃありませんか。』
　　と、ドコまでも太々しい。

　　배좌수는 이 한마디에 가슴을 도려내는 기분이 들며 얼굴색이 갑자
기 흙빛으로 바뀌었고, 고개를 떨어뜨리고 있는 것을 곁눈질로 보고
있던 간악무도한 허녀는 배좌수의 무기력함을 불쌍하게 여기는 듯,
　　"부사 어르신이 사실을 알고 있다면, 가령 거짓을 아뢰어도 받아
들이시지 않을 것이니 있는 그대로를 말씀하시는 것이 좋지 않겠습
니까?"

라고 끝까지 뻔뻔스러웠다.

『そうだ、汝の云ふ通りだ。それでは汝から詳しく申述べて見よ。』

『先妻張氏に出来た女の子二人の中、姉の薔花は、深窓に育ったに似ず嫁入間際に不仕鱈な行ひがありました、若し夫れが世間に知れては家名にもかかる一大事ですから薬を飲ませて能と流産をさせ、厳しく将来を戒めたのです、すると彼れも郷班の娘としてそうした淫行を両親に知られたのを恥かしく思ったか、池に身を投げて死にました。妹の紅蓮は別にどうといふ訳もありませんが、或晩逃げ出したまま家に帰りませんから死んだものやら夫れともまだ活きて居るやら判然致しません、事実と申すのはそれ丈けでございます。』

『何か流産の證據でもあるか。』

『ございます。其時私も後日紛紜の起った時、證據が無くては叶はぬと思ひ、その流産したものを今まで私の手許に保管して置きました。』

"그렇다. 네가 말하는 대로이다. 그렇다면 너부터 상세하게 말하여라."

"전처 장씨에게 생긴 여자 아이 두 명 중, 언니 장화는 규중[21]에서 성장한 것과는 다르게 결혼하기 직전에 단정치 못한 행동이 있었습니다. 만약 그것이 세상 사람들에게 알려진다면 가문의 명예에 관계하는 큰일이기에 약을 먹여서 일부러 유산을 시키고, 엄하게 전도를 단속하였습니다. 그러자 그도 양반의 딸로 그러한 음행이 부모에게

---

21 규중: 일본어 원문에는 '深窓'으로 표기되어 있다. 이는 깊숙이 있는 창문이라는 뜻이다(棚橋一郎·林甕臣編, 『日本新辞林』, 三省堂, 1897).

알려진 것을 부끄럽게 생각하였던지 연못에 몸을 던져 죽었습니다. 동생 홍련은 달리 이렇다 할 이유도 없습니다만, 어느 날 밤 도망간 채로 집에 돌아오지 않으니 죽은 것인지 아니면 살아있는 것인지 분명하지가 않습니다. 사실이라고 고할 수 있는 것은 그것뿐입니다.”

“무언가 유산의 증거라도 있느냐?”

“있습니다. 그때 저도 후일 분규가 일어났을 때, 증거가 없어서는 안 된다고 생각하여 그 유산한 것을 지금까지 제 곁에 보관하여 두었습니다.”

用意は周到である、懐から乾いた內塊を出して府使に渡した。府使は夫れを手に取上げ見て居たが、ナル程人の形が多少備はって居るやうでもある。府使も小頭を傾しげたが、暫くして許女に、

『尙能く調査の上で相當の措置を執るであらうが、若し後ちに至って事實の申立てが相違して居れば、お前は死罪を免れぬぞヨ。能いか、確と申立に相違はないな。』

『御尤もです、後日若し私の申立てが偽りでございましたら喜んで御処刑を受けまする。』

許女は落着き拂ってこう云って退け、訟廷を退いて家に帰った。

준비는 빈틈이 없었다. 가슴에서 마른 육신을 꺼내어 부사에게 전하였다. 부사는 그것을 손에 넣고 보았지만, 과연 사람의 형태를 다소 갖추고 있는 듯하였다. 부사도 고개를 갸웃거리었지만, 잠시 후 허녀에게,

“더욱 잘 조사한 뒤에 그에 상응하는 조치를 집행하겠지만, 혹 나

중에 사실이라고 주장한 것이 다르기라도 한다면 너는 죽을죄를 면하지 못할 것이다. 알겠느냐? 분명히 틀림없음이렷다?"

"지당하십니다. 후일 만약 저의 말이 거짓이라면 기꺼이 처벌을 받겠습니다."

허녀는 매우 침착하게 이렇게 말하고 물러났다. 그리고 송정을 물러나서 집으로 돌아왔다.

(一三) 何よりの捷徑
(13) 가장 좋은 지름길

其夜、深更に、今度は薔花と紅蓮が姉妹連れで府使の前に顯はれた。

私共は、明官の御威力に依り、必らず不義の冤を伸ぶることができると信じきって居りましたが、公も又、彼の奸惡無道な許女の荊舌に惑はされ、因循して決する所のないのは深くお恨みに存じます、私共は最早今後どこへ訴へる所もなくなりました

と二人して泣き伏した。

그날 밤 한밤중에 이번에는 장화와 홍련 자매가 함께 부사 앞에 나타났다.

"저희들은 명관의 위력에 의지하여 반드시 불의한 원통함을 풀 수 있을 것이라고 믿고 있었습니다만, 이렇게 또 저 간악부도한 허녀의 혀에 현혹되어 구태의연하게 결정된 바 없는 것이 무척이나 원망스럽습니다. 저희들은 이제는 앞으로 어디에도 호소할 곳이 없어졌습니다."

라고 두 사람은 엎드려 울었다.

府使は之を慰め劬はって、

『イヤ、決して因循して決しないのではない、唯だ緩つくり事実を取
調べて相當の措置をする考へで居る、時に何か反證を立ててあの許女
に犯した罪を自白させたいと思ふ、何か反證はあるまいか。』

其の證據は他に求めるまでもなく、差出しました流産のものをお調
べになれば夫れが何よりの捷徑です

『実はそれに心附かぬではないが、どういふ風に調べれば能いか喃。』

부사는 이들을 위로하며,

"아니 결코 구태의연하게 결정내리지 않은 것이 아니다. 다만 천
천히 사실을 조사하여 상응하는 조치를 할 생각이다. 경우에 따라서
는 무언가 반증을 세워서 저 허녀가 범한 죄를 자백하게 하려고 생각
한다. 무언가 반증이 없겠느냐?"

"그 증거는 연못에서 찾을 것도 없이 유산한 것이라고 제출한 것
을 조사해 보면 그것이 가장 좋은 지름길입니다."

"실은 그것을 알아차리지 않은 것은 아니나, 어떠한 방법으로 조
사하면 좋으냐?"

薔花と紅蓮は、府使に其の方法を授けた後ち更に、

此の方法さへお取りになりますれば、如何に奸惡無道の許女も卽坐
に事実を自白致しませう、許女が刑罰を受けるのは勿論ではあります
が、或は父も連累の科で御處分を受けることになるかも知れません、

併し、父は元来毫しも悪心あって致したことではなく、根が善良の人丈けに許女の巧みな舌に乗せられたに過ぎぬのですから、父丈けは萬望無罪にして御放免下さいませ、切って御願を申上げます

二人は、恁う云ひ終ると、青鶴に乗じて空中に去った。

홍련과 장화는 부사에게 그 방법을 전수한 후에 다시,

"이 방법으로 조사하신다면, 아무리 간악무도한 허녀라도 그 자리에서 사실을 자백할 것입니다. 허녀가 형벌을 받는 것은 당연합니다만, 혹 아버지도 연루되어 처분을 받게 될지도 모릅니다. 하지만 아버지는 원래 조금도 나쁜 마음이 있어서 하신 것이 아닙니다. 심성이 선량한 사람인지라, 허녀의 간교한 혀에 현혹된 것에 지나지 않습니다. 그러하기에 아버지만큼은 간절히 바라오건대 무죄로 하여 방면하여 주실 것을 절실히 부탁드립니다."

두 사람은 이렇게 말이 끝나자 파란 학을 타고 하늘로 사라졌다.

(一四) 罪業と天刑
(14) 죄업과 천벌

翌日府使は東軒に出て、再び使令を派し、裵坐首夫婦を拘引せしめ、前日の流産塊を取上げ、仔細に撿めると、ナル程、贋物に相違なかった。府使は許女をハッタと見下し、

『これは果して流産したものに相違ないか。』

『仰せの通りでございます。』

府使は嫐ッとなって、

『上を欺くとは不屈至極な奴、汝が如何に強辯するとも今は早や争はれぬ。若し此の物が真に流産のそれでないとすれば、汝の首は無くなるが能いか。何故真ッ直ぐに申立てぬ。』

다음 날 부사는 동헌에 나가, 다시 사령을 파견하여 배좌수 부부를 구인시켰다. 전날 유산한 덩어리를 꺼내어 자세히 검사해 보니, 과연 거짓임에 틀림없었다. 부사는 허녀를 매섭게 내려다보고,

"이것은 정말로 유산한 것이 틀림없느냐?"

"말씀한 그대로입니다."

부사는 발끈하여,

"윗사람을 속이는 것을 보니 굴하지 않음이 지극한 자로구나. 네가 아무리 강변하더라도 지금은 이미 하소연할 수 없다. 만약 이 물건이 정말로 유산한 그것이 아니라면, 너의 목은 없어질 것이다. 알겠느냐? 왜 사실대로 고하지 않느냐?"

許女も今は糞度胸を据え、白を切って實を申立てぬので、府使は使令に命じて其の肉塊を半分に割かしめた。すると其中から鼠の糞が大分出て来た、それを目撃して居た甲乙は、皆な驚きの眼を睜ると共に、許女の太々しさを憎まぬはなく、薔花紅蓮の薄命は今更ながら並み居る人々の胸を推った。

허녀도 지금은 강심장으로 시치미를 떼며 사실을 이야기하지 않았기에, 부사는 사령에게 명하여 그 육신을 반으로 가르게 하였다. 그러자 그 안에서 쥐의 배설물이 상당히 나왔다. 그것을 목격한 사

람들은 모두 놀란 눈을 함과 동시에 허녀의 뻔뻔스러움을 증오하지 않을 수 없고, 장화 홍련의 박명(薄命)은 새삼스럽게 줄지어 앉아 있는 사람들의 가슴을 아프게 하였다.

『これは何ぢゃ、これでも尚官長を僞って自白を致さぬか、汝は国法を怖れざる不逞の女、今直ぐ此場で所刑して差支ないのであるが、官廳の手續もあるゆゑ二三日のゆとりを置くであらう、汝は最初よりの事実を明白に申立てよ。』

"이게 무슨 일이냐? 이래도 여전히 관장(官長)을 속이고 자백을 하지 않을 것이냐? 너는 국법을 무서워하지 않는 부정(不逞)한 여자구나. 지금 바로 이 장소에서 처형해도 무방하나 관청(官廳)의 절차도 있으니, 이삼일 여유를 두겠다. 너는 처음부터 사실을 명백하게 아뢰어라."

裴坐首は先の程より恥ぢ且つ恐れ入って居たのであるが、寃枉の水鬼となった薔花紅蓮のいぢらしい姿がアリアリと見えるやうで、今は早や堪へ難く、涙に咽びながら、
『私の罪は萬死尚償ふに足りませぬ、今は謹んで府使様の御処分を待つばかりとなりました、此期に及んで何をかお包み申しませう、有りし事ども逐一申上げます、私の先妻張氏は、誠に賢淑な婦人でしたが、不幸にも二人の女の子を残して死んで往きました。男の子がありませんので家督を相続させることも出来ず、巳むを得ず後妻を求めました、後妻は婦徳の無い女でしたが、男の子が三人までも産れました

ので、夫れに免じて何事も申さず仲善く暮して居りました、或日のこ
と餘所から私が帰って参りますと、後妻が顔色を變へて申しますの
には、公は薔花を掌中の珠のやうに愛して居るが、薔花には以前から淫
らな行ひがあるのを知って居る、本人には時々戒めても居たが、今夜
不思議なことがあるので調べて見ると流産をして居る様子、往って實
地を見たら能からうとのことに、その通り往って見ますと老眼で慥か
に身分けが附きませんでしたが、其時は慥かに流産をしたらしい物を
見ましたので、家門の名にかかはる一大事と遂に薔花を殺して了ひま
した。今思へば空おそろしい罪業です私の罪は萬死尚償ふに足りませ
ぬ。』

배좌수는 조금 전부터 부끄럽고 또한 죄송해 하였지만, 원통하게
물귀신이 된 장화와 홍련의 가련한 모습이 선명히 보이는 듯하여 이
제는 참기 어려워 눈물을 흘리면서,

"저의 죄는 만 번 죽어도 속죄할 수 없습니다. 지금은 정중하게 부
사 어르신의 처분을 기다릴 뿐입니다. 이 지경에 이르러 무엇을 말
씀드릴 수 있겠습니까? 일어난 일을 남김없이 말씀드리겠습니다.
저의 전처 장씨는 참으로 현숙한 부인이었습니다만, 불행하게도 두
명의 여자 아이를 남기고 죽었습니다. 남자 아이가 없기에 대를 이
을 수도 없어 어쩔 수 없이 후처를 구하였습니다. 후처는 부덕(婦德)
이 없는 여자였습니다만, 남자 아이가 세 명이나 태어났기에 그것에
만족하여서 아무 것도 말하지 않고 사이좋게 지내고 있었습니다. 어
느 날 밖에서 제가 돌아오니 후처가 안색이 변하여 말하기를, 그대
는 장화를 애지중지하게 사랑하고 있습니다만, 장화에게는 이전부

터 음란한 행동이 있음을 알고 있습니까? 본인에게는 때때로 훈계하고 있었습니다만, 오늘밤 불가사의한 것이 있기에 살펴보니 유산을 하였습니다. 가서 실제를 본다면 좋을 것이라고 하여, 그 말대로 가서 보았더니 노안으로 확실하게 구별할 수 없었습니다만, 그때는 분명히 유산을 한 듯한 물건을 보았기에, 가문의 명예가 걸린 큰일이라고 생각하여 마침내 장화를 죽이고 말았습니다. 지금 생각해 보면 하늘에 무서운 죄업입니다. 저의 죄는 만 번 죽어도 여전히 속죄할 수 없습니다.”

裴坐首は、心から罪を悔悟して居る、恁う云ひ来って慟哭語を繼ぐことだに得せぬ。府使は裴坐首を差控えしめ、許女を刑臺に載せた。許女も今はこれまでとウソを混ぜての實を吐き出した。

『私も相當門閥の家に生れましたが、裴坐首の後妻になって嫁入って見ますと、先妻の産んだ二人の娘が非常に美しく、私も可愛がって居ましたが、娘達が段々大きくなるに連れて私の云ふ事を聞かず、寄ると觸ると姉妹二人で亡くなった張氏の事ばかり申して居り、何時か私が立聞きして居るとも知らず、私を謀害しやうとする危險な相談を致して居りましたから、いっそ殺して了はうといふ心になり、鼠の皮を剝いで流産したもののやうに見せ懸け、私の子の長釗に計畧を授けて薔花を連れ出させ池に入れて殺させました。紅蓮は其の後ち其の事を聞いて、自分も薔花と同じ目に逢はされると思って夜逃げをしたことは、前にも申しました通りで、私の罪は官廳の御処分を仰ぐの外はありませんが、私の子長釗は、薔花を池に入れる時、虎に啖はれて、片輪者になり、不自由に活きて居りますものゆゑ、長釗丈けは寛大な御

処分をお願ひ致します。』

배좌수는 마음으로부터 죄를 뉘우치고 깨달았다. 이렇게 말하고 는 통곡하여 말을 잇지를 못하였다. 부사는 배좌수는 보류하고, 허 녀를 형대에 올렸다. 허녀도 지금은 이제까지와 같이 거짓을 섞어서 사실을 토해냈다.

"저는 상당한 문벌가에서 태어났습니다만, 배좌수의 후처가 되 어 시집을 와 보니 전처가 낳은 두 명의 딸이 매우 예뻐서 저도 귀여 워했습니다. 하지만 딸들이 점점 성장함에 따라 제가 하는 말을 듣 지 않고 모이기만 하면 자매 둘이서 돌아가신 장씨의 일만을 이야기 하였습니다. 언제가 제가 몰래 듣고 있다는 것도 알지 못하고, 저를 모해(謀害)하고자 하는 위험한 상담을 하고 있었기에 한층 죽여 버리 려는 마음이 되었습니다. 쥐의 가죽을 벗겨서 유산한 것과 같이 보 이게 하고, 저의 아들 장소에게 계략을 전달하고 장화를 데리고 가 서 연못에 빠져 죽게 하였습니다. 홍련은 이렇게 해서 이후 그 사실 을 듣고 자신도 장화와 똑같은 일을 당할 것이라고 생각하여 밤에 도 망갔다는 것은 전에도 이야기 한 그대로입니다. 저의 죄는 관청의 처분을 기다리는 수밖에 없습니다만, 저의 아들 장소는 장화를 연못 에 넣을 때, 호랑이에게 먹히어 불구자가 되어 불편하게 살아가고 있습니다. 그러하기에 장소만은 관대한 처분을 부탁드립니다."

長釗の三兄弟は許女の自白に次いで『私共は別に申上げることもあり ませぬが、ただ父母の刑罰は私共が代って受けたいと存じます。』と申 出た。

119

장소 3형제는 허녀의 자백에 차례로,

"저희는 따로 이야기 할 것이 없습니다만, 단지 부모의 형벌은 저희가 대신하여 받고자 합니다."

라고 자청해서 말하였다.

府使は鞫問を終って後ち裴坐首夫婦と長釗に桎梏を籤めて入獄を命じ、罪案を具して平壌監司に上報した。平壌監司は熟考の末左の如く執行方を府使に命じた。

許女は陵遲處斷(頭、手、足、を斷つ刑)長釗は絞に處し、裴武勇は其娘の切なる願に依り無罪放免、薔花姉妹の屍體を池中より出し、淸安なる山地に安葬して其の墓前に寃枉の事実を書いた石碑を建てること

부사는 죄를 추궁하는 것이 끝난 후 배좌수 부부와 장소에게 수갑 등을 차게 하여 옥에 들어갈 것을 명하고 죄상을 기록한 것을 평양감사에게 보고하였다. 평양감사는 숙고한 끝에 다음과 같이 집행 방법을 부사에게 명하였다.

"허씨는 능지처참(머리, 손, 다리를 토막 내는 형)하고, 장소는 교수형에 처하며, 배무용은 그 딸의 간절한 바람에 의하여 무죄방면하고, 장화 홍련의 사체는 연못 속에서 꺼내어 조용하고 편안한 산지에 안장하여 그 묘 앞에 원통한 사실을 적은 비석을 세우도록."

府使は監司の命を承けて、許女を斬り、其首を市街に持ち廻はって萬人の戒めとし、長釗は絞臺に縊り、今度は裴坐首を呼んで叱り附けるのであった。

『汝は如何に薏愚なりと云へ、許女の奸惡に心附かず、罪なき我子を
水死せしめたる段、家庭不取締の罪は當然免れぬ、併し、汝を處刑せ
ば薔花紅蓮の靈魂之をよろこびざらむ、仍て特に赦免を申し渡す、但
し嚴に將来を戒めよ。』

　　부사는 감사의 명을 받아서, 허녀의 목을 베고 그 목을 거리에 들
고 다니면서 많은 사람들을 훈계하였다. 장소는 교수형으로 목을 매
게 하고, 이번에는 배좌수를 불러서 화를 내었다.
　　"그대는 아무리 어리석다고 하더라도 허녀의 간악함을 알아차리
지 못하고 죄 없는 자신의 아이를 물귀신이 되게 하고 가정을 다스리
지 못한 죄는 당연히 피할 수 없다. 하지만 그대를 처형하면 장화와
홍련의 영혼이 이것을 기뻐하지 않을 것이다. 그리하여 특별히 사면
을 명령하고 다만 엄숙하게 전도를 훈계할 것이다."

裴坐首は思ひも懸けぬ寬大の処分に感涙を流した。
　府使は官屬を伴って親しく薔花紅蓮の身を沈めた池畔に至り、大搜
索の結果、屍體を取上げて見ると、二人とも其の顔色さへ變っては居
なかった。
　人々不思議な思ひして屍體を棺に收め、地を相して安葬し、監司の
命令通り石碑を建て、府使が祭文を朗讀し、姉妹二人の幽魂を慰め
た。鐵山郡は勿論、其の附近一帶の各郡までも府使の名官たることを
賞讃せぬ者とてはなく、同時に薔花紅蓮の伸冤を祝し、一しきり、そ
の噂で持ち切った。

배좌수는 생각지도 못한 관대한 처분에 감동의 눈물을 흘렸다.

부사는 관속을 거느리고 다정하게 장화와 홍련이 몸을 던진 연못 근처에 이르러 대수색한 결과 사체를 건져보니 두 사람 다 그 안색조차 변하지 않았다. 사람들은 불가사의하다고 생각하며 사체를 관에 넣어 땅을 점치고 안장하였다. 감사의 명령대로 비석을 세우고 부사가 제문을 낭독하며 자매 두 사람의 영혼을 위로하였다. 철산군은 말할 것도 없이 그 부근 일대 각 고을까지 부사가 명관이라고 칭찬하지 않은 자가 없었다. 동시에 장화와 홍련의 억울함이 풀리기를 기원하였는데, 한동안 이와 같은 노력이 소문으로 이어졌다.

(一五) 榮えに榮えて
(15) 번영을 거듭하여

或日、府使の夢枕に、薔花紅蓮が立った。

公の明察を垂れ玉ひたる恩德に依り、我等の仇を復し、又遺骨は安葬せられ、父の罪は不問に附せられ、重ね重ね感謝に勝へません、假令我等は冥々たる地中に界を異にしましても、必ず草を結んでも御恩德に報ゆることを期します、公は遠からず官位も御栄達遊ばしますが、夫れは我等の微衷御恩德に酬うる一端ですから何卒お含みを願ひます云ひ了って二人の姿は消へた。府使は目をさまして後ち、後日のたよりにもと特に夫れを書留めて置いたが、果して其月から官位が陞進し始めて終には統制使にまでなった。

어느 날 부사의 꿈자리의 베갯머리에 장화와 홍련이 서 있었다.

"당신이 현명한 판단을 내려 주신 은덕에 저희들은 원수를 갚고, 또한 유골은 안장되고 아버지의 죄는 불문에 부쳐져 거듭 감사할 따름입니다. 설령 저희들이 어두운 땅 속에서 경계를 달리한다 하더라도 반드시 결초보은할 것을 약속합니다. 당신은 머지않아 관위도 영달하실 것입니다만, 그것은 저희들의 변변치 못한 작은 성의로 은덕에 보답하는 일부분이라는 것을 아무쪼록 이해해 주시기를 바랍니다."

말이 끝나자 두 사람의 모습은 사라졌다. 부사는 눈을 뜬 후, 과연 그날로부터 관위가 승진하기 시작하여 마침내는 통제사에까지 이르게 되었다.

扠て一方裴坐首は、奸惡無道の許女が曝し頸になり、薔花紅蓮の寃魂が慰められたので幾分心も平になったが、何の罪もなく變死した薔花紅蓮をいとしと思ふ心が日増に募るばかり、時の經つに從って物狂はしい程になり、今一目此世で逢ひたいと思ひつづけたが、此願丈けはどうして實現されるものか。

한편 배좌수는 간악무도한 허녀가 효수형[22]에 처하게 되고 장화와 홍련의 원귀가 위로해 주었기에 어느 정도 마음도 평온해 졌지만 아무런 죄도 없이 변사한 장화와 홍련을 그리워하는 마음이 나날이 쌓일 뿐이었다. 시간이 지남에 따라 미칠 것 같아 지금 한번이라도 이생에서 만나고 싶다고 계속해서 생각했지만 이 바람만큼은 어떻게 실현될 수 있을 것인가?

---

22 효수형: 일본어 원문에는 '曝し頸'으로 표기되어 있다. 이는 에도시대 참수형에 처한 자의 목을 옥문에 내걸어서 많은 사람들이 보게 한 것이다.

其後裴坐首は、家庭の都合から已むを得ず後妻を迎へた。今度は許女に懲りて居るので、選りに選って鄕班尹光浩の娘を貰った。年は十八歲、性質は非常に順淑で、點の打ちゃうのない賢夫人、裴坐首悅に入って水も漏らさぬ仲睦まじさ、或日裴坐首の夢に薔花と紅蓮が顯はれて恭しく叩頭した後ち、

『私達は、冤枉の水鬼となりました一什始終を玉皇上帝に申上げました所、上帝は私達を憐れに思召されて申さますには、汝等はふびんの者であるが夫れは運で致方もない、ただ汝等は世の中の因緣がまだ切れて居ないから、今一度裴坐首の娘になって父女の愛を充分に盡したがよからう、とのことでした。若しそのやうになれば甚麽にか嬉しいことでせう。』

といふ。

그 후 배좌수는 가정 사정으로 어쩔 수 없이 후처를 맞이하였다. 이번에는 허녀에게 질려 있던 차라, 고르고 골라 향반 윤광호(尹光浩)의 딸을 얻었다. 나이는 18세, 성질은 상당히 온순하고 정숙하며 흠 잡을 데가 없는 어진 부인으로 배좌수의 뜻대로 되어 물샐 틈도 없이 화목하게 지내었다. 어느 날 배좌수의 꿈에 장화와 홍련이 나타나 공손하게 머리를 조아려 절한 후에,

"저희들이 원통하게 물귀신이 된 자초지종을 옥황상제께 말씀드렸더니, 상제는 저희들을 가엾게 생각하셔서 말씀하시기를, 너희들은 가엾은 사람들이지만 그것은 운으로 어쩔 수 없었다. 다만 너희들은 세상의 인연이 아직 끝나지 않았기에 지금 다시 한 번 배좌수의 딸이 되어 부녀의 사랑을 충분히 다하는 것이 좋다고 하셨습니다.

혹 그와 같이 된다면 대단히 기쁜 일일 것입니다."

　라고 말하였다.

裴坐首は大に喜んで、薔花紅蓮の手を執らんとする時、曉告ぐる鷄
の声にさまされた。掌中の珠を無くした思ひで、気が呆うッとなり、
内房に入って行くと、尹夫人が手に蓮花を持って居る。訳を聞くと、
　『ただ今、とろとろとまどろみますと、仙女が天降って蓮花二枝をく
れました、そして云ふには、これは薔花と紅蓮であるが、世の中で罪
もなく寃死したので、上帝がふびんに思召し、公に因縁をお附け下さ
るものゆゑ、愛育して幸福を享けよとのこと、仙女はそのまま居なく
なりましたが、眼をさますと二枝の蓮花は御覧の通り私の手に残った
のです、不思議な夢です。』
　蓮花は靈妙な香を送って居る。裴坐首は蓮花を撫でなから尹夫人に、
　『薔花と紅蓮が屹度この後ち我々夫婦の間から更に生れてくるのであ
らう』

　　배좌수가 크게 기뻐하며 장화와 홍련의 손을 잡으려고 할 때, 새
벽을 알리는 닭소리에 잠에서 깨었다. 애지중지한 딸을 잃어 버렸다
는 생각에 기가 막혀하며 내방으로 들어갔더니, 윤부인이 손에 연꽃
을 가지고 있었다. 이유를 묻자,
　"방금 전 깜박 졸고 있었더니, 선녀가 하늘에서 내려와 연꽃 두 송
이를 주었습니다. 그리고 말하기를, 이것은 장화와 홍련인데 세상에
서 죄도 없이 원통하게 죽었기에 상제가 가엾게 여기셔서 그대와 인
연을 맺게 하니 사랑으로 키워서 행복을 누리도록 한 것이라고 말하

고 선녀는 그대로 없어졌습니다. 하지만 눈을 떠 보니 두 송이의 연꽃은 보시는 바와 같이 저의 손에 남아 있었습니다. 희한한 꿈입니다."

연꽃은 영묘한 향을 보내고 있었다. 배좌수는 연꽃을 어루만지며 윤부인에게,

"장화와 홍련이 반드시 나중에 우리 부부 사이에서 다시 태어날 것이요."

夫婦の喜びは譬ふるに物なく、蓮花を花瓶に挿して、朝夕翫賞して居たが、尹夫人は果して其月から姙娠して十ケ月目に雙兒が生れた、二人共女の子で、その縹緻は実に美しく、恰かも蓮花のやうである。裴坐首はかっての夢を思ひ出して、花瓶を見ると、アラ不思議、今まであった花が何時の間にか無くなって居た。

부부의 기쁨은 비유할 바가 없었다. 연꽃을 꽃병에 꽂고 아침저녁으로 즐기어 보았는데, 윤부인은 정말 그날부터 임신하여 10개월째에 쌍둥이를 낳았다. 두 명 모두 여자아이로, 그 얼굴 생김새는 정말로 아름다워 마치 연꽃과 같았다. 배좌수는 일전의 꿈을 생각해 내고 꽃병을 보니, 참으로 불가사의하게 지금까지 있었던 꽃이 어느새 없어졌다.

裴坐首夫婦は、之は屹度蓮花が二人の娘に變ったので、二人の娘は薔花紅蓮に相違ないと、名もその通りに附け、段々生長して十五六歳になってからは、天の麗質、比ぶべきものなく、其の容貌も在りし日の薔花紅蓮と少しも違はない。居郡の人々も非常に珍しがって、此

事を傳へ合ったが、裵坐首は、年頃になった薔花と紅蓮の為め能き婿
を求めると、

배좌수 부부는 이것은 필시 연꽃이 두 명의 딸로 변한 것이기에
두 딸은 장화와 홍련임에 틀림없다고 생각하여 이름도 그대로 붙였
다. 점점 성장하여 15세가 되어서는 하늘이 내린 미모가 비유할 바
가 없었다. 그 용모도 지난날의 장화와 홍련과 조금도 다르지 않았
다. 고을 사람들도 대단히 신기해하며 이 사실을 서로 전하였는데,
배좌수는 혼기가 찬 장화와 홍련을 위해서 좋은 사위를 찾으려고 하
였다.

ここに同郡の郷班李演浩といふ人がある、家勢は繞足で何不自由な
く、此人の子息が雙胎で、允弼、允錫と稱し、兄弟共容貌秀で気骨凡
骨ならず、両人香って科擧の試に優等で合格し、王様から引見され直
ぐ翰林学士に任ぜられた。此の秀才二人は薔花紅蓮との間に縁談が
整って、仲秋九月十五日に、二人の才子佳人は、目出度く華燭の典を
挙げた。

여기에 같은 고을에 향반 이연호(李演浩)라는 사람이 있었다. 가세
가 풍요로워 무엇 하나 불편함이 없었다. 이 사람의 아들은 쌍둥이
로 윤필(允弼)과 윤석(允錫)이라고 불렀다. 형제 다 용모가 수려하고
기개가 평범하지 않으며, 두 사람 다 일찍이 과거 시험에 우수하게
합격하여 왕을 알현하고 바로 한림학사(翰林學士)에 임명되었다. 이
수재 두 사람과 장화와 홍련 사이에 혼담이 정해지고, 중추 9월 15일

에 두 사람의 재능이 뛰어난 남자와 아름다운 여자는 경사스럽게 화촉을 올렸다.[23]

薔花と紅蓮は、嫁いで後ちも、舅姑に孝養し、夫婦相和し、家庭は春の如く子孫も繁栄し、薔[24]坐首も其後男子三人を挙げ、いづれも立身出世した。(終)

장화와 홍련은 시집 간 후에도 시부모에게 효도를 다하고, 부부가 서로 화목하며 가정은 봄날과 같이 자손도 번성하였다. 배좌수는 그 후 아들 세 명을 얻었는데 모두 다 입신출세하였다.(끝)[25]

---

23 호소이는 이야기의 구조상 지혜로운 부사의 재판으로 소설을 끝낼 때 훨씬 작품성이 있는 것인데, 그렇지 못하고 장화와 홍련이 재생한 후 끝끝내 좋은 혼약을 하는 장면에서 끝내는 모습에서 조선인의 민족성이 집착이 강하다는 점을 지적한다.
24 薔 : 일본어 원문에는 '장(薔)'으로 표기되어 있지만, 전후 문장을 살펴보면 '배(裵)'의 오자인 것으로 보인다.
25 원전 고소설의 말미에는 이야기를 정리하고 교훈을 말하는 저자의 진술이 있지만, 이 부분 역시 호소이는 생략하였다.

제2부

가정소설
숙영낭자전·숙향전

제1장

다카하시 도루의
〈숙영낭자전 일역본〉(1910)

高橋亨,「再生緣」,『朝鮮の物語集附俚諺』, 日韓書房, 1910.

다카하시 도루(高橋亨)

| 해제 |

다카하시 도루의 이 번역작품은 <숙영낭자전>에 대한 축역이며, 그의 저술 속에서 설화와 구분하여 엮어져 있다. 그 저본은 분실된 <숙영낭자전>의 한문본으로 추정된다. 김태준이 펴낸 『증보조선소설사』(1939)에서 밝힌 한문본 <숙영낭자전> 즉, <재생연>의 특성에 부합된 모습이 보이기 때문이다. 첫째, 장회체(章回體) 구분이 없다는 점을 들 수 있다. 둘째, 등장인물명이다. 물론 두 재자가인(才子佳人)이 만나는 지명이 한문본의 특성이라고 할 수 있는 옥련당이 아니라 국문본인 "옥련동(玉蓮洞)"이다. 하지만 남 주인공이 이름이 '백선군(白仙君)'이 아니라 '이선근(李宣根)'으로 되어 있으며, 여주인공 역시 숙영낭자가 아니라 천녀로 되어 있다는 점은 국문본 <숙영낭자전>에서는 볼 수 없는 큰 차이점이다.

┃ 참고문헌

김태준, 『증보 조선소설사』, 학예사, 1939.
권혁래, 「근대 초기 설화·고전소설집 『조선물어집』의 성격과 문학사
    적 의의」, 『한국언어문학』 64, 2008.

今は昔、慶尙道安東郡の兩班李相坤の独り息子に宣根なる風流貴公
子ありけり。容貌秀てて玉樹の皎月に対するが如く、才藻も亦相如揚
雄の流を斟めり。齡既に青春二八に達して漸く物心付きたる頃となれ
ば、漫ろに好心も動きて、あはれ蘇小姐の如き相手もがなと思はざる
にしもあらず。され共家風中々に堅ければ未だ折柳攀花の味も知ら
ず。日夜圖書推裡に端座して攻学にいそしみ。やがては科擧に應じて
家の風をも揚げんと志せり。

지금은 옛날이지만 경상도 안동군의 양반 이상곤(李相坤)의 외아
들로 선근(宣根)이라는 풍류 귀공자가 있었다. 용모가 수려하여 옥수
(玉樹) 교월(皎月)을 대하는 것 같으며, 재주 또한 사마상여(司馬相如)
와 양웅(揚雄)이라는 인물을 대하는 것 같다. 연령이 이미 이팔(二八,
16세) 청춘에 이르러 겨우 철이 들 무렵이 되자, 뚜렷한 이유도 없이
만연히 색을 좋아하는 마음이 움직여, 가련한 소소저(蘇小姐)와 같은
상대가 있었으면 좋겠다고 생각하지만 [그런 상대가] 없었다. 그렇
다고는 해도 가풍이 상당히 완고하여 아직 화류계의 맛을 알지 못하
였다. 밤낮으로 책을 읽으며 단좌하여 학문에 힘썼다. 멀지 않아 과
거에 응하여 가풍을 높이고자 마음먹었다.

131

一日書に倦み机に倚りてまとろみたるに、夢非夢の間に絶麗の天女
雲裳翩遷として現はれ来り、口展然として一笑し、妾は上界の天女な
れども玉皇上帝の結び玉へる奇縁にて、郎君の箕箒を奉ずべき身の上
なり。され共猶未だ天機至らざれば幾年かを待つべし、郎君も心得玉
ひて日夜身を堅固に保ち、決して仇し女に心動かし玉ふなと、紅潮頰
を染め、さらば妾はもはや帰りなんとて、深々と禮をなし恍惚たる彼
を顧みつつはや雲間遠く昇り去りぬ。彼は驚き覚むれば、是れ現に似
て現にあらず、夢にして夢にあらず、眼を閉づれば眼前に麗容現は
れ、静かに聴けば耳裡に嬌音きこゆ。立ちて窓を開けば日猶午にして
香草上に飛々たる蝶蜂長閑かなり。これより秀才思慕の情胸に欝し、
晝は精神雲間に飛び、夜は夢圓かならず。形容漸く枯稿し神気も亦た
衰へたり。思に餘りては涙潛然として墮ち声を擧げて青天に天女を呼
ひぬ。

　　하루는 책을 게을리 하며 책상에 기대어 깜빡 졸았는데, 비몽사몽
간에 절세의 수려한 천녀(天女)[1]가 구름을 타고 치마를 휘날리며 나
타나 생긋 웃으며,
　　"소첩[2]은 상계(上界)의 천녀입니다만, 옥황상제가 맺어 주신 기이
한 연으로 낭군의 부인이 될 운명이 되었습니다. 그렇기는 하지만,

1　천녀(天女): 일본어 원문에 표기되어 있는 '天女'는 천상계(天上界)에 산다고 하
　는 여자를 지칭한다(松井簡治·上田万年編, 『大日本国語辞典』03, 金港堂書籍,
　1917).
2　소첩: 일본어 원문에는 '妾'로 표기되어 있다. 이는 보살피다, 곁에서 보다, 혹은
　부인 이외의 처라는 뜻을 나타낸다(棚橋一郎·林甕臣編, 『日本新辞林』, 三省堂,
　1897).

또한 아직 천기(天機)에 이르려면 몇 년간을 기다리시지 않으면 안
되니, 낭군도 깊이 이해하시고 밤낮으로 몸을 굳건히 유지하여 결코
해로운 여인에게 마음을 움직이시지 마십시오."

라며 홍조로 볼을 물들이고는,

"그럼 이만 소첩은 돌아가야 합니다."

라며 깊이 예를 다하고 황홀해 하는 그를 뒤돌아보며 급하게 구름
사이로 멀리 올라가버렸다. 그는 놀라 잠에서 깨어나니, 이는 현실
인 듯 현실이 아닌 듯 꿈이지만 꿈이 아닌 듯, 눈을 감으면 눈앞에 아
름다운 얼굴이 나타나고, 조용히 들어 보면 귀 속에 아름다운 소리
가 들리었다. 일어서서 창문을 여니 날은 더욱 낮(12시부터 2시간)으
로 한낮에 향기로운 풀 위에 날아든 나비와 벌이 한가로웠다. 이로
부터 수재는 사모의 정으로 가슴이 답답하고, 낮에는 정신이 구름
사이에 떠다니고 밤에는 꿈동산을 헤매었다. 용모가 점차로 마르고
기력 또한 쇠약해졌다. 생각한 나머지 눈물이 떨어지고 소리를 내어
청천(靑天)[을 향해] 천녀를 불렀다.

一日復たもかの天女現はれ来り、郎君妾が為に日夜思ひを苦め玉
ふこと天上にも通ひて、妾も同じく思ひに堪ず。され共天分未了玉皇
上帝妾が下界に降るを許し玉はず。実に桃栗を植ゆとも実を結ばしむ
るには三年を辛乏すべし。我等の縁も猶幾年かを待たではあるべから
ず。思ひ玉はるなとにはあらね共、思ひて身を損じ玉ふな。され共忘
れ玉ふは嬉しからじ。こは妾が姿を天上の畵工に頼みて描かしめしも
のなり。妾と思ひて欄間に掛けて眺め玉へ。又これは金製童子なり。
君が筆架に机上におきて妾が志を賞で玉へとて、二品を渡せば、秀才

は涙迸らして彼女の手を握り、天人とは何故かく心強きものなるか。この世の一年は天国の一日なりと云へばなるか。桃栗は実らずとも我には何かあらん、君と逢ふこと一年晩まりなば我はこの世に長らうべくも思はじ。君にも情あらばこの儘この世に留まり玉へと離さんとせず、天女も情に迫まれども流石に振り解きて、天分未了は如何ともすべからず。君が家に召使はるる梅月といふ侍女は容姿中々美しく、心立も賢しげなり。妾と逢ひ玉ふ迄の慰めに彼女を近け玉へとて、又も雲上に昇りたり。秀才は涕泣して目を開けば、夢中のかの二品はまさしく机上におかれたり。軸を披き見れば真に名手の作と見え、天女直ちに其処に立てるが如し。之を楣間に掛けて眺むれば、姿はおなじけれとも思ひは遂ぐべくもあらず。畫ける餅を與へて餓を癒せよといふ天女の心強さのいとど覚ゆるなり。され共天女の教へしが如く之を眺め暮し、金童を机上に置き、梅月を近け、欝々として月日を送りけり。やがて家人かの肖像と金童を見付け、来歴を聞きて驚き、之を口より口に傳へたれば、近隣の人々も李氏は古今未聞の寶物を天より授かりたりとて我も我もと見物に来り、中には品物を齎して見せてもらふもありて、李氏は思はぬ得つきたり。

　　하루는 다시 천녀가 나타나,

　　"낭군이 소첩 때문에 밤낮으로 생각을 괴롭히는 것이 하늘 위로 전해져 소첩도 같은 생각에 참을 수가 없습니다. 그렇다고는 해도 직분이 끝나지 않아 옥황상제가 소첩이 하계에 내려오는 것을 허락하지 않습니다. 실로 복숭아와 밤을 심으면 열매가 맺을 때까지 3년을 참지 않으면 안 됩니다. 우리들의 인연도 또한 몇 년간을 기다리지 않으면 안 됩니다. 생각하시지 말라는 것은 아닙니다만, 생각으로 몸을 상하게는 하지 마십시오. 그렇다고는 하더라도 잊으시는 것은 기쁘지 않습니다. 이것은 소첩의 모습을 천상의 화가에게 부탁하여 그린 것입니다. 소첩이라고 생각하시고 문 사이에 걸어 두시고 바라보십시오. 또한 이것은 금으로 만든 동자(童子)입니다. 그대의 필가(筆架)나 책상 위에 두시고 소첩의 뜻을 감상하여 주십시오."

라고 말하고 두 가지 물품을 전하자, 수재는 눈물을 흘리며 그녀의 손을 잡고,

"천상계의 사람이란 어찌 이리 마음이 강한 것인가? 이 세상의 1년은 천국의 하루라고 말할 수 있는 것인가? 복숭아와 밤이 열매를 맺지 않는다고 하더라도 나에게는 아무 것도 없다. 그대를 만난 지 1년이 되면 나는 이 세상에 존재하지 않을 것이니라. 그대에게도 정이 있다면 이대로 이 세상에 남아 주게나."

라고 말하며 놓아주지 않으려 하자, 천녀도 정을 강요받았지만 역시 떨치며,

"천분을 끝내지 않았습니다. 아무래도 [이것은] 하지 않으면 안 됩니다. 그대의 집에서 부리는 매월이라는 시녀는 용모가 상당히 아름답고 마음씨 또한 현명합니다. 소첩을 만날 때까지 위안으로 그녀를 가까이 하시기를 바랍니다."

라고 말하고는 다시 구름 위로 올라갔다. 수재는 눈물을 흘리며 울다가 눈을 뜨니, 꿈속의 그 두 가지 물품이 틀림없이 책상 위에 놓여 있었다. 족자를 열어서 보니 정말로 명인[3]의 작품처럼 보이며 천

---

3 명인: 일본어 원문에는 '名手'로 표기되어 있다. 이는 뛰어난 기술을 지닌 사람이라는 뜻이다(松井簡治·上田万年編,『大日本国語辞典』04, 金港堂書籍, 1919).

녀가 바로 그곳에 서 있는 것 같았다. 이것을 방 사이에 걸어 두고 쳐다보니, 모습은 같지만 생각은 이루어 지지 않았다. 그림의 떡을 주고는 배고픔을 달래라고 말하는 천녀의 강한 마음을 한층 깨달았다. 그렇지만 천녀의 가르침처럼 이것을 바라보며 생활하고, 금동을 책상 위에 두고 매월을 가까이 하며, 우울한 마음으로 시간을 보내었다. 이윽고 집안의 사람이 이 초상과 금동을 발견하고 내력을 듣고는 놀라 이를 입에서 입으로 전하니, 인근의 마을 사람들도 이씨가 전대미문의 보물을 하늘로부터 받았다고 생각하고 앞을 다투어 구경하러 왔는데, 그 중에는 물품을 가지고 와서 보기를 청하는 사람도 있어 이씨는 생각지도 않게 득을 보게 되었다.

され共秀才は思病愈々烈しく今ははや、父母の目に付きてかく衰へては長かるまじと心を悩ます許りなり。又一夜の夢に天女現はれ、繪姿見玉ふ許りにてはまだ心治まり玉はずとや。なまじひ妾が天縁の結了を待てばこそ君にもかかる憂ひを見せしむるなれ。妾も今は心決しぬ。遠からず君に逢ひまつらん。され共此処は俗地なれば下ること難し。妾は玉蓮洞に君を待たむとて、又昇天し去りぬ。秀才は暗夜燈火を得しが如く思ひて、父母の許に往きて我も近頃気分いと勝れず、日夜心地苦し。人の言葉に烟霞に親れば欝心解くとか、今日より幾月かの暇を賜はりて旅行に上らしめ玉へと願ふに。父母もかよわき我が児が旅行するに堪へべきや、猶少し病怠りて出発せよと止めたれ共、聴かざればさらばとて從者一人添はしめて立たしやりぬ。玉蓮洞とのみききつれ、何道何郡といふことを知らされば、唯だ到る処の名山勝景を尋ねて、其処か此処かと歴巡れ共終に、玉蓮洞を得ず。され共処換

れば気も換はり、欝胸漸く開きて健康回復し、旅用豊かなる儘に猶東
西南北を歩きまはれり。

　그렇기는 하지만 수재의 상사병은 더욱더 깊어져 이제야 저제야
하고 있었는데, 부모의 눈에 띄게 이렇게 쇠약해져서는 오래 살지
못할 것 같아 마음은 괴롭히기만 하였다. 또 어느 날 밤 꿈에 천녀가
나타나,

　"그림 속의 모습을 보는 것만으로는 아직 마음이 치유되지 않는
듯합니다. 내키지는 않으나 소첩이 하늘의 인연이 다하기를 기다리
려고 하니, 그대에게 가해지는 고통을 보게 되었습니다. 소첩도 이
제는 마음을 결심하였습니다. 머지않아 그대를 만나러 올 것입니다.
그렇기는 하지만 이곳은 세속의 땅이라 내려오기가 어렵습니다. 소
첩은 옥연동(玉蓮洞)에서 그대를 기다리겠습니다."

　라며 또 하늘로 올라갔다. 수재는 어두운 밤 등불을 얻은 것 같은
생각이 들어 부모가 계시는 곳으로 가서

　"제가 근래 기분이 여느 때만 못하여 밤낮으로 심기가 괴롭습니
다. 다른 사람의 말에 의하면 고요한 산수의 경치와 친해지면 우울
한 마음이 풀어진다고 하니, 오늘부터 몇 달간 시간을 주셔서 여행
에 이르게 하여 주십시오."

　하고 부탁하니 부모도 연약한 자신의 자녀가 여행한다고 하니 견
딜 수밖에 없다고 생각하였다. 하지만 조금이라도 병이 치유되고 나
서 출발하도록 말려 보았지만 말을 듣지 않아, 그렇다면 종자(從者)
[노비] 한 사람을 붙여서 떠나게 하였다. 옥연동이라고만 듣고 어느
도(道) 어느 군(郡)이라는 것을 알지 못하기에 그냥 도처의 명산승경

137

(名山勝景)을 찾아서 이곳인가 저곳인가 하고 차례로 순회하였지만, 결국 옥연동을 찾지 못하였다. 그렇기는 하지만 장소가 변하면 마음도 변하여 울적한 가슴이 점차로 열리며 건강도 회복하고 여행의 비용도 풍족하니 한층 동서남북을 걸어 다녔다.

一日風光極めて勝れたる山中に尋ね入り、あはれこの世にもかかる景色のあるものかとて賞玩し、猶一逞を辿りて奥深く進み往けるに、山に倚り溪流に枕して一軒の風流樓閣峙ち、牌して玉蓮洞と云へり。秀才手を拍ちて踊躍し、此処なりけり、実に我が天女の棲むらん処なりとて、足を早めて閣中に進み入れば、風鈴静かに鳴りて青簾軽く動き、中に人ありとおぼしく琴声妙に響けり。案内を乞へば簾を捲いて絶代の美人顔を現はせり。其の容顔を眺むれば夢寐忘れやらぬかの人に彷彿たり。この人なりきとて更に進み入らんとすれば、美人は怫然としてここは仙境なり、何処の俗士か妄りに侵し入り玉ふ、早々帰り玉へと云ふにぞ。秀才は案に相違して、縁ありて来れる我なり、何とて情なく待遇し玉ふとて去らんとはせず、され共美人は更に言葉強く必ず立去り玉へ、入り玉ふなと拒めば、秀才も詮方なく、悄然として一僕を隨へ元来し道へ戻りかかれば、かの美人何思ひけむ急に笑ひ崩れて喃郎君帰り玉ふな、君来るやと待ち居たりしものを入り玉へと喚び返し、口展然として打笑み、如何に君と因縁深かりとて、初より許しまゐらすべき、一度は拒むが女の常なりとて、いそいそと足をすすがせ、手を取り中に入れ、我が室へと案内しぬ。実に調度の美しさ物として目を驚かさぬはなし。まして彼女の容顔の麗しさ、夢ならぬ今の現に近づき観れば、例へば秋水より出てたる玉蓮に似たり。な

べて世間の婦女子は之に向ひては婦女子とは云ふべからず。

　　하루는 풍광이 더없이 뛰어난 산중을 찾아 들어가,

　　"아아, 이 세상에 이와 같은 경치가 있을 수 있는가"

　　하고 감상하며 더욱 한 바퀴를 돌며 깊숙한 곳으로 나아가 들어가
니, 산에 기대어 계곡의 푸른 물을 베개 삼은 듯한 한 채의 풍류누각
(風流樓閣)이 우뚝 솟아 있었는데, 현판에 옥연동이라고 적혀 있었다.
수재는 손을 치며 뛸 듯이 기뻐하며,

　　"이곳이로구나, 실로 나의 천녀가 살고 있는 곳이로구나."

　　하고 말하며, 걸음을 재촉하여 누각 안으로 들어가니, 풍경이 조
용히 소리 내고 푸른 대발이 가볍게 움직이니 안에 사람이 있는 것처
럼 거문고 소리가 묘하게 울려 퍼졌다. [들어가는 길의] 안내를 부탁
하니 발을 걷고 절세미인의 얼굴이 나타났다. 그 용모를 바라보니
꿈속에서도 잊을 수 없었던 그 사람과 똑같았다. 이 사람이라 생각
하여 더욱 안쪽으로 들어가려고 하니, 미인은 불끈 화를 내며,

　　"이곳은 신선이 사는 곳이거늘 어디 사는 세속의 선비가 함부로
침입을 하였습니까? 어서 돌아가십시오."

　　라고 말하였다. 수재는 생각했던 것과는 달라서,

　　"인연이 있어서 온 나이거늘 어찌하여 무정하게 대우하는가."

　　하고 말하고 떠나려고 하지 않자, 그래도 미인은 더욱 말을 강하게,

　　"반드시 떠나가십시오. 들어오지 마십시오."

　　하고 거절하자 수재도 어쩔 수 없이 풀이 죽어 노비를 거느리고
오던 길을 돌아가려고 하니, 이 미인은 무슨 생각인지 갑자기 몸을
가누지 못할 만큼 크게 웃으며

"낭군 돌아가지 마십시오. 그대가 올 것이라고 기다리고 있었으니 들어오십시오."

하고 부르며 미소를 보이고는,

"얼마나 그대와 인연이 깊은데 처음부터 마땅히 허락하였어야 하나, 한 번은 거절하는 것이 보통 여자이기에 그러하였습니다."

하고는 서둘러서 발을 씻게 하고 손을 잡아 안으로 들어가게 하여 자신의 침실로 안내하였다. 실로 세간의 아름다운 물건으로 눈을 놀래지 않을 수 없었다. 더구나 그녀의 용모의 아름다움이 꿈이 아닌 지금 현실에서 가까이 다가가 바라보니, 예를 들면 맑은 물에서 나오는 옥연(玉蓮)과 같았다. 일반적으로 세상의 부녀자는 이를 향해서는 부녀자라고 말해서는 안 될 것이다.

二人打解けて心行く迄物語りし、酒出て肴出て、折からの明月に彼女は琴かき鳴らすに松籟溪声通ひ響きて、秀手の魂は天外に飛揚せり。され共彼女は打笑みながら、君が已み難き願ひに暫く此処に降り来りたれ共、まだ天縁結了の時期にあらねば、夫婦の契りは許されじ、之を犯せば天譴免れじ、ただかくて君と二人、夫婦にあらず、兄弟にあらず。朋友にもあらず、楽しく幾月を送りまつらむ。君もこれを聞分け玉へと云ふに。秀手は又心平かならず、やがて酒二人の頬を染めたる頃、男心の剛きは女を打負して、天時まだ到らぬを人力を以て到らしめたり。

두 사람은 마음을 터놓고 흡족할 때까지 이야기를 하였다. 술이 나오고 안주가 나와 마침 그때 밝은 달에 그녀가 거문고를 울리자 소나무 숲과 계곡의 소리가 통하여 퍼지니 수재의 혼은 하늘 밖으로(아주 멀리) 날아가는 듯하였다. 그렇기는 하지만 그녀는 웃음을 띠면서,

"그대의 어쩔 수 없는 소원에 한 동안 이곳에 내려와 있기는 하지만, 아직 하늘의 인연이 마치는 시기가 아니니 부부의 약속은 허락되지 않습니다. 이를 범한다면 천벌[4]을 면치 못할 것이니, 그저 이처럼 그대와 둘이서 부부가 되지 못하고 형제도 되지 못할 것입니다. 친구도 되지 못하고 즐겁게 몇 개월을 보내지도 못할 것입니다. 그대도 이것을 이해하십시오."

라고 말하였다. 수재는 다시 마음이 진정되지 못하고, 이윽고 술로 두 사람의 뺨을 물들이고 있을 즈음, 남자 마음의 강함은 여인을 완전히 꺾으며 하늘이 준 기회는 아직 이르지 않았으나 사람의 힘으로 이르게 하였다.

秀麗なる玉蓮洞には玉蓮の如き婦と住める秀手は、月日の立つの早きに打困じつれ共、もはや家を出てて月数も積りたれば、親君の如何に我が為に憂ひ玉ふらんとて、或日女にも相談して乗物仕立て我家に向ひぬ。父母は独り子の秀才が数月杳然として消息なければ日夜憂愁したりしに、忽然絶世の美女を伴ひて帰り来りたれば、甦り帰りし如く打喜び、始終の話共よく聴きて願の如く夫婦となし、別に一棟を邸内に起して、新夫婦を住まはせたり。

수려한 옥연동에서 옥연과 같은 부인과 살고 있던 수재는 세월의

---

4 천벌: 일본어 원문에는 '天譴'로 표기되어 있다. 이는 하늘로부터의 비난, 천벌을 뜻한다(松井簡治·上田万年編, 『大日本国語辞典』03, 金港堂書籍, 1917).

흐름이 빠른 것에 곤란해 하면서,

"이미 집을 나선지 수개월 지났으니, 부모님이 얼마나 나 때문에 걱정하시겠는가."

하고 말하며, 어느 날 여인에게도 의논하여 탈 것을 만들어서 자신의 집으로 향했다. 부모는 외아들 수재가 수개월 동안 아득히 소식이 없어 밤낮으로 근심하였는데, 별안간 절세미녀를 데리고 돌아오자 죽은 사람이 살아 돌아온 듯 크게 기뻐하며, 자초지종을 자세히 듣고는 원대로 부부가 되게 하여, 별도로 한 채의 집을 저택 내에 지어 새 부부를 살게 하였다.

女は天人なれども諸藝に達し、この世の主婦のする業は總てなさざる所なければ、父母も喜譬ふるにものなく、嫁女嫁女と愛しけり。まして秀才は揚貴妃を得たる玄宗ならねど、彼女と共にあらされればこの世の何物も樂しからず、日夜彼女と相添ひて、共に笑ひ、共に喜ぶにぞ、口善惡なき村人は鴛鴦ぞと惡口もしけり。

여자는 선녀이지만 모든 기예에 능하여 이 세상의 주부가 하는 일은 못 하는 것이 없으니 부모도 기쁨이 비할 바가 없어 '며늘아, 며늘아.' 하며 사랑하였다. 더구나 수재는 양귀비를 얻은 현종이 된 듯, 그녀와 함께 하는 것이 아니라면 이 세상의 어떤 것도 즐겁지 않다고 밤낮으로 그녀와 서로 떨어지지 않으며 함께 웃고 함께 기뻐하니 무책임하고 생각 없이 떠드는 마을 사람들은 원앙이라고 험담도 하였다(시샘했다).

やうやう年月も經行きて、はや彼女は一男一女を擧げ、琴瑟益相
和し、秀才は蝶、彼女は花、瞬時も離れず、家名を揚げんの念も打忘
れ居たるに、不日都にて科擧ありとの報きこえたれば、父は彼を招き
汝も年頃になりたれば今番科擧に應じて登竜門の道を開けといふに、彼
は少しも心進まず、身に不足あればこそ旅もし勉強もして科擧も應せ
め。我が如き願ひ既に盡く足れるものは何の為に更に苦路に就かんとい
ふに、父もほとほと困じたり。其夜彼は妻に今日の話をすれば、妻は端
然と形を正し、其は我が夫の言とも覚えず。大凡男子と生れては竜門に
登りて高官を得、我が名を輝かし家風を揚ぐるを以て面目とす。

家に心惹かれてこの儘鄙に埋れ了らんとし玉ふは、男子の中の男子
と常に誇る妾が所天にも似ませぬ事なり。必ず決心して明日早く都に
立ち玉ひて首尾よく科擧に及第し玉へ。若しこ度落第し玉ふことあら
ば、妾は再び君を見むとせずと強諌するにぞ、彼は力なく然らばとて
旅立の用意して一僕を伴ひ驢に騎して京に向ひぬ。

이리저리 세월이 흘러 어느덧 그녀는 1남 1녀를 얻고 금슬이 더욱
더 좋아졌다. 수재는 벌, 그녀는 꽃, 한시도 떨어지지 않고 가문의 영
예를 높이고자 하는 생각도 잊어버리고 있는데, 머지않아 서울에서
과거가 있다는 알림이 들려오니 아버지는 그를 불러,

"너도 어느 정도 나이가 되었으니 이번에 과거에 응하여 등용문
의 길을 열거라"

고 말하였는데 그는 조금도 마음이 내키지 않아,

"몸에 부족함이 있어야 여행도 하고 공부도 하여 과거에 응할 것
이거늘. 저는 소원이 이미 다하여 만족하거늘 무엇을 위하여 새로이

고생길에 오르지 않으면 안 되는 것입니까?"

라고 말하니, 아버지는 아주 몹시 곤란해 하였다. 그날 밤 그가 부인에게 오늘 있었던 이야기를 하자, 부인은 단호하게 자세를 바로하며,

"그것은 제 남편의 말이라고는 생각지 않습니다. 대체로 남자로 태어나서는 용문에 올라 고관의 지위를 얻고, 자신의 명예를 빛내어 가풍을 드날리는 것으로 면목이 섭니다. 집에 마음이 끌리어 이대로 시골에 묻혀 끝내시려고 하는 것은, 남자 중의 남자라고 항상 자랑하는 첩의 남편에게는 어울리지(닮지) 않은 일입니다. 반드시 결심하여 내일 일찍 서울로 떠나서서 순조롭게 과거에 급제하십시오. 혹시 이번에 낙제하시는 일이 있다면 첩은 두 번 다시 당신을 보지 않을 것입니다."

라고 강하게 조언을 하니, 그는 힘없이 '그렇다면'이라고 하며 여정을 떠날 준비를 하고, 하인을 한 사람 거느리고 당나귀를 타고 서울로 향하였다.

され共幾年間須臾も離れざりし我が妻と幾月が別るるといふなれば、涙闌干として手綱を濕し、一步進みては止まり、二步進みては顧み、終に堪へえで四里にして驢を下りて宿りぬ。客舍の冷かさは更に寂寥を增さしめて堪へ得ず。私かに驢を引出して一鞭を加へて我屋に戻り、土墻を越えて妻の房に忍び入りたり。妻は驚きて拒め共力なし、今宵限りぞ明日よりは足を早めて都に上り玉へと戒めつ。彼は翌朝昧爽人知れず復た客舍に帰り、此に始めて眼に就き、日三竿にして起き出て緩々として朝食し、昨日の如く慢行すれば、二里にして日暮

れたり。此の夜も亦驢に鞭ちて妻を驚かし、翌日も亦かくて連夜三度妻を訪ひ、流石に路の遠ざかるにぞ、四日目よりは思を断ち始めて足を早めて都に着きぬ。

그렇기는 하지만 몇 년간 잠시 동안도 떨어진 적이 없는 자신의 부인과 몇 달을 떨어져 있어야 한다니 눈물이 줄줄 흘러 고삐를 적시며 한 걸음 나아가서는 멈추고 두 걸음 나아가서는 되돌아보고는 결국에는 꾹 참고 4리를 가서는 당나귀에서 내려 숙박하였다. 객사(客舍)의 차가움은 더욱 더 적막함을 더하여 견딜 수가 없었다. 몰래 고삐를 꺼내어 채찍을 가하고 자신의 집으로 돌아가 담장을 넘어 부인이 있는 방으로 몰래 들어갔다. 부인은 놀라서 거절하려고 해도 힘없이,

"오늘밤까지입니다. 내일부터는 걸음을 재촉하여 서울로 가십시오."

라고 훈계하였다. 그는 다음 날 아침 이른 새벽에 사람들이 모르게 다시 객사로 돌아가서 이에 비로소 잠자리에 들고, 해가 중천에 있을 때 일어나서 느지막이 아침 식사를 하고, 어제처럼 느리게 움직이더니 2리를 가서는 해가 저물었다. 이날 밤도 또 당나귀에 채찍질하여 부인을 놀라게 하고, 다음 날도 또한 이렇게 연이어 3일 밤을 부인을 방문하니, 과연 길이 멀어지게 되어 4일 째부터는 단념하기 시작하여 걸음을 재촉하여 서울에 도착하였다.

科擧ある時の都大路の有様こそ賑はしけれ。各道より上り来れる数萬の秀才共肩摩轂撃し、あはれこの中誰か果して龍門に登りて昇天

するか。されば李宣根は元来賢しき秀才なれば、我こそ必ず壯元を占めめと発奮して攻学したれば、應製の文章雲錦の五彩を放ち、数萬の秀才顔色なく、此に目出度く壯元第一に及弟し、京鄙に風采を想望せらる。及弟となれば色々の儀式共あり、又任官の命を待つべければ、心は常に故郷の天愛妻の傍に通へ共、一日一日と数月間京都に滯在しけり。

　　　과거가 있을 때 서울 큰길의 모습은 그야말로 떠들썩하였다. 각 도에서 올라 온 수만의 수재들이 모여 어깨를 스치고 북새통을 이루어,
　　"아아, 이 중에 누가 과연 용문에 올라 승천할 것인가?"
　　그렇게는 말하지만, 이선근은 원래 현명한 수재이기에 '나야말로 반드시 장원을 차지할 것'이라고 분발하여 학문에 힘쓰니, 과거(科擧)의 문장은 구름비단에 오채(五彩)를 논하고 수만의 수재들이 안색이 변하여 이에 경사스럽게 장원 제일로 급제하니, 서울과 시골에서 풍채를 우러러 사모하였다. 급제를 하니 여러 가지 의식들이 있어 또한 임관의 명을 기다리지 않으면 안 되었는데, 마음은 항상 고향의 사랑하는 부인 곁으로 향하고 있지만 하루하루 수개월 동안 서울에 체재하게 되었다.

　　李宣根の家にて宣根出発せし其の夜、老父は流石に家長の心配りて我子の留守宅を巡視したるに、何かはしらず、ひそひそと我が嫁は男と物語り居るにいと訝しみ、貞操蓮の如き嫁女の誰を引入れて語らふかと足止めたれ共、無下に戸を開けて見るべきにあらねば、其儘帰りぬ。その翌夜も翌々夜も巡視するに男の声の洩れきこゆるに愈々疑心

は晴れやらず。此にかの秀才の侍女梅月女は、初め天女の取持ちにて
秀才に近けられしを此上なき幸と喜び、願くば終生妾となりても此君
に仕へむと思ひしに、程なく秀才は天女を伴ひ来て本夫人となし、己
は忽ち秋の扇と打棄てられ、それよりは梅月居るがとのお言葉もあら
ず、眼前に鴛鴦にも優る夫婦の濃かさを見せしめらるるにそ、心火燃
えて炎々たり。され共固より身分の違へば、ぢつと堪へて笑つて過せ
ども、秀才の應試に京に旅立ちながら、連夜三度数里の遠きを馳せ還
りて、一刻の逢ふを喜ぶを見ては、餘りのことに嫉ましく、終に一番
計を案じ、翌日村裡の一破落戸に錢多く與へて頼み、晩に若夫人の室
前の階下に蹲ませ。

이선근의 집에서는 선근이 출발한 그날 밤, 늙은 아버지는 역시
가장의 걱정으로 아들이 출타 중인 집을 순시하였는데, 무엇인지는
모르겠지만 '소곤소곤' 자신의 며느리가 남자와 이야기하고 있는
것을 수상히 여기고,

  "정조를 지키는 것이 연꽃과 같은 며느리가 누구를 끌어 들여 이
야기를 하는 것인가?"

  하고 말하며, 걸음을 멈추었지만 무턱대고 문을 열어 볼 수도 없
는지라 그대로 돌아갔다. 그 다음 날 밤도 다음다음날 밤도 순시를
하는데, 남자의 소리가 흘러 나와서 더욱더 의심이 풀리지 않았다.
이에 이 수재의 시녀 매월은 처음에는 천녀의 주선으로 수재에게 가
까이 하게 되어 이보다 더한 행복과 기쁨이 없었다. 바라건대 죽을
때까지 첩이 되어 이 사람을 모시기를 생각하였으나, 곧 수재는 천
녀를 데리고 와서 본부인으로 삼더니 자신은 곧 가을날의 부채처럼

버림을 받았다. 그로부터 매월이 있는지를 물어보는 말도 없으니, 눈앞에 원앙보다도 나은 부부의 장난을 보게 되자 마음은 불에 타서 훨훨 타 올랐다. 그렇기는 하지만 원래부터 신분이 다르기에 가만히 견디며 웃으면서 지내었는데, 수재가 시험에 응하러 서울로 여정을 떠나면서 연이어 3일 밤을 수리의 먼 길을 질주하여 돌아와서는 잠시라도 만나 기뻐하는 것을 보고는 너무나 행복한 모습에 질투를 하여 결국은 한 차례 계획을 궁리하여 다음 날 마을의 한 깡패에게 많은 돈을 주고는 부탁하기를, 저녁에 젊은 부인의 침실 앞 계단 아래에 웅크리고 앉아있게 하였다.

老父を欺き、この頃連夜若夫人の室に男の忍ひ入るを見たるに、今夜も確かに其のものらしきもの若夫人の階下に在りと告くるに、老父はいざとて棍棒を提けて窺ひ寄れは、実にもそれらしきものあり。己と走り寄り打たんとすれば、若者は飛鳥の如く土墻を躍り越えて亡げ去れり。老父は即ち怒心頭に激発し、おのれ氏も素狀も知れさる賊賤婦、終に清き我家に汚染を與へぬと、足音荒く内房に躍り上り、嫁の襟髮攪みて死ねよと許り打据えつつ、涙を逬して毎夜知らぬ男を引入れて不義を行ふ賊婦奴と打罵る、彼女はさては彼の事知れしと覚ゆ。され共明ら様に由を説けば我が夫の非行を訐くに似たり。

　노부를 속여,
　　"최근 연일 밤 젊은 부인의 침실에 남자가 몰래 숨어 들어가는 것을 보았는데, 오늘밤도 아마 그런 비슷한 사람이 젊은 부인이 있는 계단 아래에 있습니다."

라고 고하였다. 노부는 혹시나 해서 몽둥이를 들고 엿보았더니 실로 그럴 듯한 사람이 있었다.

"이놈아."

라며 달려가서 치려고 하니 젊은 사람은 나는 새와 같이 담장을 뛰어넘어 도망갔다. 노부는 바로 화난 마음이 머리에 격하게 치밀어

"이년, 성도 근본도 바탕도 알 지 못하는 요괴한 천한 여자가 끝내 깨끗한 우리 집을 더럽혔구나."

라고 말하며, 발소리도 황망히 안방으로 뛰어 올라가, 며느리의 옷깃과 머리채를 휘어잡아 죽도록 두들겨 패고는 눈물을 뚝뚝 흘리게 하며,

"매일 밤 모르는 남자를 끌어 들여 부정한 짓을 저지른 천한 계집 년아."

라고 욕을 퍼부었는데, 그녀는 그러고 보니까 남편의 일이 알려졌다는 것을 깨달았다. 그렇기는 하지만 명백하게 이유를 밝히면 남편의 비행을 폭로하는 것이 되었다.

嘿して打るるに殆ど息も絶えむとす。この時彼女は挿せる玉釵を抜いて誓ひて曰く、我若し実に不義を犯したらば玉釵下りて我胸を刺せ、若し清白ならば降りて階石に刺されと仰いで天に向て投ぜるに、落ち来て階石を貫き釵頭を没す。此に至りて老父は奇蹟に恐駭し、さては我の誤ちなりしか。老人の短気を赦せよとて我が室に退き、母は一層嫁女に同情し、汝の貞操は天地皆知れり、老父の誤りは気に止むるなと丁寧に慰めたり。され共嫁は女として一旦不貞の名を受け、まだ明ら様に證據の立たぬ内はこの儘恬と生存らへ難し。恋しき夫の顔

一度見たけれ共此も亦定まる運と諦め、小劍を拔いて咽喉を突かんと
するに、側に遊び居たる九歲になれる長女は、驚きて母君危し、何と
てさ様のもの咽喉に突立てむとし玉ふ。止め玉へと手に繼れば、母は
力萎えて打笑み、實に可愛ゆき其方等のあるものを忘れたりき、明日
は母が伴ひて近くの山に花見に往かむ。この新らしき衣着て見よやと
て、仕立てし許りの赤き衣取出て姉と弟とに着せ、もはや夜も晩くな
りぬ。早く寢ねて明朝早く起きよと賺し、眠りたるを窺ひ、心靜かに
咽喉を貫き香魂空しく天に歸し了りぬ。

　　멍들도록 맞고는 거의 숨이 끊어질 지경에 이르렀다. 이때 그녀
는 꽂혀 있던 옥비녀를 뽑아서 맹세하며 말하기를

　　"제가 만약 실제로 불의를 범하였다면 옥비녀가 떨어져서 나의
가슴을 찌를 것이며, 만약 결백하다면 떨어져서 계단의 돌에 꽂힐
것입니다"

　　라고 말하며 우러러 하늘을 향해 던지니, 떨어져서 계단을 뚫고 비
녀 머리가 꽂혔다. 여기에 이르자 노부는 기적에 두려워하고 놀라며,

　　"그렇다면 나의 착각인가. 노인의 성급함을 용서해 주거라."

　　고 말하며 침실에서 물러나니, 어머니는 한층 더 며느리를 동정하며,

　　"너의 정조는 하늘과 땅이 모두 알고 있으니 노부의 오해는 마음
에 담아 두지 말거라"

　　고 말하며 자상하게 위로하였다. 그렇기는 하지만 며느리는 여자
로서 일단 부정하다는 오명을 쓰고 아직 명백하게 증거를 세우지 못
한 채 이대로 편안하게 살아가는 것은 어렵다. 그리운 남편의 얼굴
을 한번 보고 싶지만 이도 또한 정해진 운명이라고 체념하고는 작은

칼을 뽑아서 목을 찌르려고 하니, 옆에서 놀고 있던 9살이 된 장녀는 놀라서,

"어머니 위험합니다. 어찌된 일로 목에다 찌르려고 하십니까? 멈추십시오."

라고 말하고 손에 매달리자, 어머니는 힘없이 미소를 지으며,

"실로 귀여운 그대들이 있다는 것을 잊었었구나. 내일은 어머니와 함께 가까이에 있는 산에 꽃구경을 가자꾸나. 이 새로운 옷을 보거라."

고 말하며 갓 지은 붉은 옷을 꺼내어 누나와 동생에게 입히니 어느덧 밤이 깊어졌다. '일찍 잠을 자고 내일 아침 일찍 일어나자'고 달래고 잠든 것을 살피고는 차분히 목을 뚫으니 넋은 덧없이 하늘로 돌아갔다.

翌朝兄弟は朝より目覚し、母の有様に驚きて泣號し。やがて父母婢僕迄きき付け走り来り、殊に老夫は我が軽卒なる疑より貞節正しき嫁を殺し了りたり、この事京なる悴知りなば彼も到底生きてはあるまじ、悴を失ひて我が餘生何の楽みかあらむ。実に誤れり短慮なりきとて面を仰いで長太息す。母は其処に泣伏して三国一の嫁を非命に死せしめたりとて、専ら老父を打怨す。されどかくてあるべきにあらねば、葬儀の準備もせではとて、かの刃を取り去らむとするに、堅く握りて離れむとせず。さらば其儘に死體を移さむと力を合せて持ち擧げむとするに、例へば磐石の地より根生ひし如く動かすべからず。さては貞女の一念此に上まりて悴の来る迄は動かじとてなるか。恐るべし畏むべしとて、流れし血潮を奇麗に拭ひ、室の装飾怀清淨にし、一家神に事ふるが如く敬へ畏しみたり。

151

다음 날 아침 일어난 형제는 어머니의 모습에 놀라서 울부짖었다. 이윽고 부모와 노비들도 듣고 달려왔는데 특히 노부는,

"나의 경솔한 의심이 정절 바른 며느리를 죽게 하였구나. 이 일을 서울에 있는 아들이 알게 된다면 그도 도저히 살아 갈 수가 없을 것이거늘. 자식을 잃고 내가 여생을 어떻게 즐길 수 있겠는가. 실로 잘못된 얕은 생각이도다."

하고 얼굴을 보며 길게 한숨을 쉬었다. 어머니는 그곳에서 엎드려 울며 삼국(三國) 제일의 며느리를 비명에 죽게 하였다며 오로지 노부를 원망하였다. 그렇기는 하나 이와 같이 있어서도 안 되는 일이지만, 장례 준비도 하지 않으면 안 되어, 이 칼을 뽑으려고 하여도 단단히 꽂혀 있어서 떨어지지를 않았다. 그렇다면 그대로 사체를 움직이고자 힘을 합하여 들어 올리려고 하였으나, 예를 들어 반석이 땅에 뿌리 내리고 있는 것처럼 움직이지 않았다.

"그러고 보니 정조의 깊음이 이보다 더할 수는 없어 아들이 올 때까지는 움직이지 않을 듯하구나. 놀랍고 두려운 일이로다."

라고 말하고, 흘러내린 피를 깨끗이 닦아 내고는 방의 장식들을 깨끗이 하여 일가(一家)는 신을 섬기는 것처럼 경외하였다.

都に滞在せる秀才は、彼此と事多き儘に思はずも客舎に月日を過し居る内。一夜夢に最愛の妻咽喉より血淋漓として逬らし、顔色蒼然として枕邊に現はれ、詳かにありし事共物語り、我か念ひは未だ残骸に残り留まりて君を待つとて消え失せぬ。秀才は夢の如くなれ共覚めて猶動悸烈しく、冷汗背に浹かれば、心中々落付かず。用事も無理に片付けて夜を日に継ぎて故郷へと向ひぬ。

서울에 머물러 있던 수재는 이런 저런 일이 많이 생긴 줄도 모르고 객사에서 세월을 보내고 있는 중이었다. 어느 날 밤 꿈에 가장 사랑하는 부인이 목에서 피를 철철 흘리며 안색도 창백하여서 베갯머리에 나타나, 상세히 있는 모든 사정을 이야기하고는,

"저의 생각은(결의는) 아직 버려진 시체로 남아 있어 그대를 기다리고 있습니다."

라고 말하고는 사라졌다. 수재는 꿈인 것 같지만 깨어서 보니, 더욱 심하게 심장이 두근거리며 식은땀이 등을 흘러내리고 마음이 좀처럼 안정되지 않았다. 용무도 무리하게 정리하고는 밤낮을 가리지 않고 고향을 향하였다.

父は我が児壮元に及第せし通知に接し家門の名譽是上なし、これより李氏昌へむと。親族へも其々知らせやり、限りなく悦へども、嫁の一件を思ひ出せば、忽ち冷水を濺かるるが如し。忰の奮発も半は嫁の勧めに因り、帰る彼も妻や如何に悦ばむと勇み来るべきを、我か誤りにて死に致しきと知りなば定めて失望もし怨みもせむ。困りたり如何にかせんと日夜老妻と額を鳩めて凝議し、終に漸々これならばと思はるる一計を案出したり。火を救ふには火を用ふべし。水を救ふに水を以てすべし。婦人故の憂なれば又婦人を用ひなば解けむぞとて、慶尚道中美人第一の聞えある大兩班の祕藏娘に縁談を申込めるに、壮元及第の秀才よりの縁談なれば、二ッ返事に承諾し。これも老父の考案にて、忰が一旦我家に帰り着きて、妻の惨狀子等の哀れを視ては中々再婚の念起るべからず、忰を半途に擁して何然云ひ賺し、無理に婚姻を承引せしめ、其の場に直ちに儀式を擧げむ。さすれば新婦も慶尚第一

153

の美人なり、やはか之に心の移らざるべき、かくて道中幾夜の旅寝を
重ねて家に帰り着かば、悲しからめども亦慰楽する所もあらむとて、
此由詳かに先方にも知らしやり、乗物美しく仕立てて、老父も自ら之
に附添へ、富めるに任せ幾人かの従者僕をも従ひ、忰の出立の日取を
問ひ合せて、之を中途に待ち受けたり。

　　아버지는 자신의 아들이 장원으로 급제하였다는 통지를 접하고는

　　"가문의 명예가 이보다 더 할 수는 없을 것이며 이제부터 이씨는
번창할 것이다"

　　라고 하였다. 친척들에게도 각각 알리고 한없이 기뻐하였지만,
며느리의 일을 생각하면 갑자기 찬물을 끼 얹는 듯하였다.

　　"아들의 분발도 절반은 며느리가 권하였기 때문이거늘, 돌아오
는 그도 부인이 얼마나 기뻐할까 생각하며 급히 돌아오고 있을 것을,
나의 오해로 죽음에 이르게 된 것을 알게 된다면 틀림없이 실망하고
원망할 것이다. 난처하구나. 어찌하면 좋을 것인가?"

　　하고 밤낮으로 늙은 부인과 이마를 맞대고 의논을 하였는데, 마침
내 점점 '이것이라면'이라고 생각되는 하나의 계획을 생각해 내었다.

　　"불을 구하기 위해서는 불을 이용하여야 한다는 것이다. 물을 구
하기 위해서는 물로 하여야 한다는 것이다. 부인 때문에 근심한다면
또한 부인을 이용하면 해결될 것이다."

　　라고 하며 경상도 안에서 제일 미인이라고 소문난 대양반의 애지
중지하는 딸에게 연담을 보내니, 장원급제를 한 수재로부터의 연담
인지라 두 말 없이 승낙하였다. 이도 노부의 고안으로 아들이 일단
우리집에 돌아와서 부인의 참상과 자녀 등의 슬픔을 보면 좀처럼 재

혼의 생각이 들지 않을 것이니, 아들을 중도에서 맞이하여 가능한 한 속여서 무리하게 혼인을 승인시켜 그 장소에서 곧바로 의식을 올리고자 하였다.

또한 신부도 경상도 제일의 미인으로 어느덧 이것에 마음이 움직일 것이라고 생각했다. 이와 같이 길가는 도중에 며칠 밤을 객지에서 잠을 자는 것을 거듭하여, 집에 돌아오면 슬프지만 또한 위안과 즐거움도 있을 것이라는 생각이었다. 이런 이유로 소상하게 먼저 상대방에게도 알리어 탈 것을 아름답게 만들어서 노부도 스스로 이것에 시중을 들고, 부유함에 맡기어 몇 명의 노비를 따르게 하여 아들의 출발 날짜를 물어서 그를 중도에서 기다렸다.

秀才は彼の悪夢以来、食味を覚えず、目に好色なく、耳に好音なく、走馬に更に鞭を加へて、道を倍して急ぎ来れば、中途の一駅にて老父の出迎ひを受け、不番に堪えねど、流石に禮儀正しく忝きを聞え上げなどするに。老父は云ひ澁りながら嫁女の非命に斃れし事の顚末物語り、誠に我の粗忽なりしかども、疑心生ずるは神ならぬ身の免れぬ所、我も決して悪意ありての為にはあらず。汝もいろいろの苦労して添ひ遂げたる妻の頓死は悲しからむも、是迄の縁と諦らめくれずや。其の代り我も汝への罪滅しに某郡某氏の女、慶尙道第一の美人を汝の後妻にと択び、縁談既に調へて汝の承諾を待ち居れり。我も一度彼女を見しに、太液の芙蓉か、春雨の梨花か、天人は人間ならねば先妻とは較ぶべからざるも、人間中にはか許り美しきは又あるまじと思ひたり。まして才調優れて貞淑の聞え亦高し。逝者は水の如し、復た追ふべからず。思ふべからざるを忘るるは賢者の業なり。汝も先妻を

悲みて傷せず。更にかの淑女を迎へて老父の老懷を安ませくれずやと
言葉巧みに説くに、秀才は胃潰れ容を正して父に向ひ、妻の悪名は雪
がれたるに似たれ共未だ明し立ざれば我も恥を忍ひて聞え上くべし
とて、京へ旅立ちの夜より三晩忍ひて妻を訪ひたるとを打明け、全く
妻の死は我か情に流れて淫に至れる罪なり。我が為に疑を受けて我に
立つる貞節の為に彼女は自決せり。彼女の墳墓も未た定めざる今日、
何の耳ありてか再婚の話を聴く。今の我か眼には三千世界の女は見え
ず。あはれ父君母君と残る筺の二人の児さへなくば、我はこの儘妻の
後を追はまく思ふものを。父上も憂きに心暗み玉へるか、常にもあら
ず人情を斟まぬとを宣ふもの哉。重ねては決してこの事云ひ出し玉ふ
なとて、押へんとして押へ切れぬ怒りの景色さへも現はれたれば、父
も案に相違し、とつおいつ思案も急に浮ひ出でず。棟を隔ててかの新
夫人は、今や使の来る早く来よかし。見ぬ人なれど噂さは既によくき
きて慕ひまゐらする風流貴公子なれば、まつ間千秋の思ひをなし、粧
ひを凝らして鏡に向ひ、附けたる紅を又附け直し、〆めたる帯を又し
め直し、坐しつ起ちつ悶え居る。秀才は思ひ寄らぬ父の勧めをきき心
地いと悪しく、坐にも堪へで我か室に退き、衾被きて打臥したり。父
はかくてあるべきにあらねば、新夫人の房に往きて、云ひ出すもしど
ろもどろに、とにかくも云ひきかせ、思ひの外に彼が悲みの深ければ
今俄かに事調ひ難し、徐かに取り行ふべければ其方はこの儘里へ帰り
て待ちくれずやと告ぐるに、新婦は且つ悲み且つ恥しく、答へも出で
す打臥してよよと泣くのみ。

　수재는 그 악몽 이후로 음식의 맛을 느끼지 못하고 눈에 호색도 없고 귀에 소리(소식)도 없이 말을 달려 더욱 채찍을 가하여 배를 타고 서둘러 왔는데, 도중 한 역에서 노부가 마중 나온 것을 맞이하게 되어 수상함[5]에 견딜 수 없었으나 과연 예의 바르게 감사함을 전하니, 노부는 이야기하기를 주저하면서 며느리가 비명에 죽은 일의 전말을 이야기하였다.

"참으로 나의 경솔함이다. 의심이 나는 것은 신이 아닌 몸으로는 피할 수 없음으로 나도 결코 악의가 있어서 그랬던 것은 아니다. 너도 여러모로 고생을 하며 따라 준 부인의 갑작스러운 죽음이 슬프겠지만 여기까지의 인연이라고 포기해 주지 않겠느냐? 그 대신 나도 너에게 죄를 감하는 의미로 모군(某郡) 모씨(某氏)의 여인으로 경상도 제일의 미인을 너의 후처로 택하여 연담을 이미 갖추어서 너의 승낙을 기다리고 있었다. 나도 한번 그녀를 보았는데 태액지(太液芠)의 부용(芙蓉)인가? 봄비 속의 배꽃인가? 천인이어서 인간이라고 할 수 없는 전처와는 비교할 수는 없지만, 인간 중에서는 계측할 아름다움이 또한 없다고 생각한다. 더구나 재주도 뛰어나고 정숙하다는 소문 또한 높다. 죽은 자는 물과 같아 다시 쫓아서는 안 된다. 생각해서는 안 되는 것을 잊는 것은 현자의 업이다. 너도 전처[의 일로] 슬퍼하여 상처받지 말거라. 다시 이 숙녀를 맞이하여 늙은 아버지의 마음을 편안히 해 주거라."

고 말을 교묘히 설명하니, 수재는 슬픔과 고통으로 가슴이 미어지는 얼굴을 바로 하고 아버지를 향하여,

---

5 수상함: 일본어 원문에는 '不審'로 표기되어 있다. 이는 의심스러운 것, 수상한 것, 또는 불가사의라는 뜻을 나타낸다(棚橋一郎·林甕臣編, 『日本新辞林』, 三省堂, 1897).

"부인의 오명은 씻어진 것과 같지만 아직 밝혀지지 않았으니, 나
도 부끄러움을 참고 들은 대로 올립니다."

라고 말하며 서울로 떠난 날 밤부터 3일 밤을 몰래 부인을 찾아 갔
던 것을 밝히며,

"오로지 부인의 죽음은 저의 정에 휩쓸려 음탕함에 이르게 한 죄
입니다. 나 때문에 의심을 받고 나를 세우고자 정절을 위해 그녀는
자결을 하였습니다. 그녀의 분묘(墳墓)도 아직 정해지지 않은 오늘
[날] 무슨 귀가 있어 재혼의 이야기를 듣겠습니까? 지금 저의 눈에는
삼천세계(三千世界)의 여자는 보이지 않습니다. 아아, 아버지와 어머
니와 남아 있는 유물인 두 아이가 없다면, 나는 이대로 부인의 뒤를
따라 가려고 생각합니다. 아버지도 괴로움에 마음이 어두워지셨겠
지만, 항상 그렇지는 않지만 인정을 짐작케 하는 것을 말하십니까?
두 번 다시는 결코 이 일을 말하지 마십시오."

라고 말하며, 억누르려고 해도 억누를 수 없는 분노의 모습조차도
나타나지 않으니, 아버지도 생각했던 것과 달라서 생각이 정해지지
않으니 좋은 궁리도 급히 떠올리지 못하였다. 기둥을 사이에 두고
이 새 부인은 이제 곧 심부름꾼이 올 것인데 빨리 왔으면 했다. 본 적
없는 사람이지만 소문은 이미 자주 들어서 연모해 오던 풍류 귀공자
였으니, 기다리는 사이가 긴 세월이라고 생각되어 몸단장을 하며 화
장을 다시 고치고 거울을 향하여 바른 입술을 다시 고쳐 바르며 매어
둔 허리띠를 다시 고쳐 매고 앉았다가 일어났다하며 생각하였다. 수
재는 생각지도 못한 아버지의 권유를 듣고 심기가 좋지 않았다. 앉
지도 않고 자신의 방으로 돌아가서는 이불을 덮고 들어 누웠다. 아
버지는 이래서는 안 된다고 생각하여, 새 부인의 방으로 가서 말을

꺼내는 것도 갈팡질팡하며 여하튼 말을 들려주고는,

"생각했던 것보다 그의 슬픔이 깊어 지금 갑자기 준비하는 것은 어려울 듯하오. 천천히 거행하지 않으면 안 되니 그대는 이대로 고향으로 돌아가서 기다려 주게나."

라고 고하니, 신부는 슬프고도 또한 부끄러워 대답도 하지 못하고 들어 누워서 울기만 하였다.

翌朝よりは一しほ馬の足掻を早めて、程なく我家に到着き、靴脱く まも忙しく、妻の屍骸の前に至り抱いて哀號し、血涙迸りて瀧の如 し。やがて立ちて咽喉に刺されし刄を抜かんとするに、漆して附けた るが如く少動せず。訝かしと思ひて尸を擧げんと試むるに、大地より 根生ひしが如し。あはれ猶寃魂ここに留まりて全く死せじとおぼゆ。 さるにても怪しきは婢梅月なり、彼奴を喚びて訊問しむとて招かす るに、流石に毒婦も胸躍るか顔色蒼白擧止落着かず、色々と問ひ糺せ ども容易に実を吐かざれば、手痛き鞭を加へて訊問し、漸々白状せし め。この女こそ我妻の残れる思ひなりけり。おのれ悪むべき賊毒婦と 激怒に任して刃を以て咽喉を裂き殺し、其の腸綿を取出して尸骸に供 へ、今ぞ讐を報じ寃を雪きたる。思ひ残すこともあるまじと告げぬ。

다음 날 아침부터 말의 발걸음을 재촉하여, 이윽고 자신의 집에 도착하여 신발을 벗는 것도 바쁘게 부인의 시해 앞에 이르러서 안고 는 슬피 부르짖었는데, 피눈물이 떨어지는 것이 빗물 같았다. 이윽 고 일어서서 목에 찔린 칼을 빼려고 하니, 옻칠하여 붙인 것 같이 조 금도 움직이지 않았다. 괴이하게 여겨 시체를 들어 올리려고 시도하니, 대지에 뿌리가 난 것과 같았다. 불쌍하게도 더욱 원혼이 이곳에 머물러서 완전히 죽지 않았다고 생각되어졌다. 그런데 괴이한 것은 계집종 매월이었다. 그 노비를 불러 심문을 하려고 부르니, 과연 악독한 여자도 가슴이 뛰고 안색이 창백해져 행동거지가 안절부절 못하였다. 여러 가지를 물어 문초를 하여 용이하게 사실을 실토하게 하려고 손이 아프게 채찍을 가하여 고문을 하니 점점 소상히 자백하였다.

"이년이야말로 내 부인이 여기에 남아 있는 원한이로다. 이 나쁜 천한 악독한 여자."

라고 격노하여 들고 있던 칼로 목을 찔러 찢어 죽이고, 그 창자를 꺼내어 시체에 가져가서는,

"이제야 원수를 갚았으니 원혼을 씻어라. 남은 원한도 없을 것이다"

라고 알리었다.

天女は彼の夜自殺したるに、其の幽魂天国に昇りて玉皇上帝に謁し、今迄の事共詳しく奏上なしたるに、上帝熟熟聞召し、実に我まだ許さぬに下界の人の情に綻されて終に夫婦の契りを結べるこそ、是れ大罪なり。かかる報いの来るは當然なり。され共弱きは女性の常なり。罪を悪むで其人を憎むべからず。今度は特に容赦し再び魂を下界に降遺はして李宣根と百年の契りを終らしめんと勅諚あり。

천녀는 그날 밤 자살하여 그 넋이 하늘로 올라가 옥황상제를 알현하고, 지금까지의 모든 일을 모두 상세하게 아뢰어 올리니 상제는 깊이 들으시고는,

"실로 내가 아직 허락하지 않았는데, 인간 세계의 사람과 정에 빠져서 마침내 부부의 연을 맺게 되었으니 이것은 큰 죄이다. 이와 같은 응보가 오는 것은 당연한 것이다. 그렇기는 하지만 약함은 여성의 일상이거늘. 죄는 미워하되 그 사람은 증오하지 말아야 할 것을. 이번은 특별히 용서하니 다시 혼은 하계에 내려가 남아있는 이선근과 백년의 가약을 마치거라."

고 칙명을 내렸다.

李宣根は梅月の腸綿を尸の前に供へて額付き居るに、尸骸の閉ちたる目再び開きて、明眸玉盃に月を宿せしが如く。蒼白なりし頬再び紅潮して紅薔薇に似たり、咽喉に刺したる刄自然に抜け落ちて創痍一點も見えず。やがて口展然と打笑みて、なつかしき我夫帰り給ひしか、科擧も首尾よく壯元に及第し玉ひ、家門の名譽是上なしと恭しく禮をなせば。並み居る皆皆仰天し、鬼神に非ずや、夢ならずやと打騒ぐ。天女は静かに玉皇上帝の勅諚の程を物語り此に忽ち春風一坐に吹き渡りて、父母夫児の喜び譬ふるに物なし。即ち秀才壯元の祝ひと妻の再生の祝とをかねて大祝宴を開き連日親族知人を招く。

이선근이 매월의 창자를 시체 앞에 바치고 얼굴을 맞대고 있으니, 시해는 감았던 눈을 다시 뜨고 맑은 눈이 술잔에 달이 머무는 것과 같았다. 창백한 볼도 다시 홍조를 띠며 붉은 장미와 같았다. 목구멍에 찔렸던 칼이 자연스럽게 뽑아 떨어지고 상처가 한 점도 보이지 않았다. 이윽고 기뻐서 미소를 띠우고 그리운 자신의 남편에게 돌아와주니,

　　"과거도 순조롭게 장원으로 급제하시고, 가문의 명예가 이보다
더 좋을 수는 없습니다."

　　라고 공손하게 예를 다하였다. 함께 있던 사람들이 모두 깜짝 놀
라 귀신도 아니고 꿈도 아니라고 떠들썩거렸다. 천녀가 조용히 옥황
상제의 칙명을 내린 것을 이야기하니, 이에 갑자기 춘풍이 한 자리
에 불어 건너오고 부모와 남편과 아이들의 기쁨은 비유할 바가 없었
다. 곧 수재 장원의 축하와 부인의 재생에 대한 축하를 겸하여 큰 잔
치를 열어 연일 친척과 지인을 초대하였다.

　　此に哀を留めしは彼の約婚せし兩班の娘なり。秀才の父は自ら往
き天女再生の趣を事詳しく告げて、約束は水に流し、早く再良緣を定
められよと勸めたれば、親は固より一議なく承引し、雨の降る程云ひ
寄れる緣談の特によしとおもふを擇びて娘に勸むるに。娘は儼として
拒み、我兩班の女として女德を以て生命となす身の、たとひ未だ契り
は結ばずとも、既に我心を許し參らせたる李秀才の外に男を持つ氣は
更ら更らなし。彼の君と添ひ遂げられずば、この儘髮を剃り毀ちて一
生尼に終るべしとて、常には優しき彼女の親の言葉にも從はねば、已
むなく其の志の通りに獨居させ、されども若き處女の長くは保つまじ
と思ひ居たるに、歲華流去して三年、守操愈愈堅固にして譽れ里閭に
高し、この事自ら李宣根の夫人の耳にも入り、夫人はいとど心を動か
し、女心は皆同じ、いかで生涯を朽ちさすべきと、夫に勸めて迎へて
右夫人となし、兩夫人相和して內助の功益周密なれば、李秀才の官位
も愈愈貴く終に大官に上りたり。二貞夫人の貞節も褒賞ありて、左夫
人を貞烈夫人、右夫人を淑烈夫人と賜號ありきとぞ。

이에 슬픔이 남아있던 것은 그와 약혼했던 양반의 딸이었다. 수재의 아버지는 스스로 가서 천녀가 재생한 내용을 상세히 알리고는 약속은 없었던 걸로 하여 어서 다시 좋은 인연을 정할 것을 권하자, 부모는 진실로 한 마디 의논 없이 승낙하고, 비 오듯 내리는 연담 중에서 특히 좋다고 생각한 것을 선택하여 딸에게 권하였다. 딸은 엄격히 거절하고,

"저는 양반의 여식으로서 여인의 덕을 생명같이 여기는 몸이거늘, 비록 가약을 맺지는 못하였다고는 하더라도 이미 제 마음을 허락했던 이수재 외에 남자를 가질 마음은 더더욱 없습니다. 그 사람과 평생을 같이 살지 못한다면, 이대로 머리를 깎고 훼손하여 일생을 비구니로 마치겠습니다."

라고 말하며, 평소에는 온화한 그녀가 부모의 말도 따르지 않았다. 그러자 어쩔 수 없이 그 뜻하는 대로 혼자 살게 하였다. 그렇기는 하나 젊은 처녀가 그리 오래 견디지는 않으리라 생각하였다. 그런데 세월은 물 위에 떨어진 꽃잎이 흘러가듯이 3년, 정조를 지키는 것이 더욱 더 견고하니 명예가 마을에 높아 이 일이 저절로 이선근의 부인의 귀에도 들어가게 되고, 이로 인해 부인은 점점 마음을 움직여,

"여심은 모두 같은 것이거늘. 어떻게 생애를 낭비할 수 있겠는가?"

라고 말하며 남편에게 권유하여 [여인을] 맞이하여서 우부인(右婦人)으로 삼으니, 두 부인이 서로 화합하여 내조를 하는 공 또한 주도면밀하여, 이수재의 관위도 점점 귀해져 마침내 대관(大官)에 오르게 되었다. 두 정부인(貞婦人)의 정절도 칭송을 받아 좌부인을 정렬부인(貞烈婦人), 우부인을 숙렬부인(淑烈婦人)으로 호를 하사하였다.

163

제2장

호소이 하지메의〈숙영낭자전〉 줄거리 개관(1911)

細井肇 編,「再生緣」,『朝鮮文化史論』, 朝鮮硏究會, 1911

호소이 하지메(細井肇)

| 해제 |

　우리가 여기서 일역한 <재생연 일역본> 역시 <장화홍련전 일역본>과 같이 호소이 하지메가 펴낸『조선문화사론』(1911)에 수록된 일종의 줄거리 요약이다. 호소이는 다카하시 도루가 이미 한국고소설을 일역한 사실을 잘 알고 있었으며, 다카하시의 번역문을 읽어보는 것만으로도 해당 고소설 원전작품을 충분히 잘 알 수 있다고 판단했다. 따라서 다카하시의 번역작품에 대해서는 단지 해당 작품의 줄거리만을 제시했다. 호소이가 일역본의 제명을「재생연」이리고 한 짐에서 알 수 있듯이, 그가 소개하고자 한 작품 저본은 다카하시가 활용한 저본이기도 했던 잃어버린 <숙영낭자전>의 한문본으로 추정된다. 김태준이 펴낸『증보조선소설사』(1939)에서 밝힌 한문본 <숙영낭자전>

즉, 〈재생연〉의 특성에 부합된 모습이 잘 반영되어 있다. 특히 남주인공 이름이 '백선군(白仙君)'이 아니라 '이선근(李宣根)'이며, 여주인공 역시 숙영낭자가 아니라 천녀로 되어 있다. 또한 두 재자가인이 만나는 지명이 한문본의 특성이라고 할 수 있는 옥련당으로 되어 있다.

참고문헌

김태준, 『증보 조선소설사』, 학예사, 1939.
권혁래, 「근대 초기 설화·고전소설집 『조선물어집』의 성격과 문학사적 의의」, 『한국언어문학』 64, 2008.

昔、慶尙道安東郡の兩班李相坤に宣根と呼ぶ独り息子ありけり、容貌秀麗の貴公子なり、一日書に倦み机に倚りてまどろみたるに、艶麗の天女を夢み覺めての後ちも思慕の情に勝えず、思ひ餘りて病を得んばかりなり、又一日天女夢に顯はれ、妾は遠からず、郎君の箕箒を奉ずべき身なれど上帝未だ俗界に下るを許し玉はねば、尙三五年はこれを忍び玉へそれ迄郎君の侍女梅月を近附けて解けぬ心をほどき玉へと言終り片身の品を與へて再び搔消えたり、これより宣根の思病愈よ甚だしく、他の目にも餘る程となりぬ、然るに又一夜夢に天女顯はれ、郎君の心斯くまで切なるを見るに勝えず、今は心を決したり、玉蓮堂にて郎君に遇ひ參らすべし、とて又々そのまま昇天し去りぬ。

옛날 경상도 안동군에 양반 이상곤(李相坤)에게 선근(宣根)이라 불리는 외아들이 있었는데 용모 수려한 귀공자였다. 하루는 책 읽기를

165

게을리 하며 책상에 기대어 깜빡 졸았는데, 요염하고 아름다운 천녀(天女)[1]의 꿈을 꾸고는 꿈이 깬 후에도 사모의 정에 이기지 못하여 생각한 나머지 병을 얻기만 할 뿐이었다. 또 하루는 천녀가 꿈에 나타나서,

"소첩[2]은 머지않아 낭군의 부인이 될 것입니다만, 상제가 아직 속계에 내려오는 것을 허락하지 않으셨으니 앞으로 삼오 년은 참으시고, 그때까지 낭군의 몸종인 매월을 가까이 하시어 풀어지지 않는 마음을 추스르십시오."

라고 하고는 말이 끝나자 증표의 물건[3]을 건네며 다시 홀연히 사라졌다. 이때부터 선근의 상사병은 더욱 깊어지게 되고, 다른 사람 눈에도 딱할 정도에 이르렀다. 그러하자 또 어느 날 밤에 천녀가 나타나,

"낭군의 마음이 이토록 간절한 것을 보니, 이길 수 없어 지금 마음을 결심하였습니다. 옥련당(玉蓮堂)으로 낭군을 만나러 오겠습니다."

라고 말하고는 또 그대로 승천하여 사라졌다.

玉蓮堂とのみ、いづれを的と定めもなけれど恋になやむ身の千里も一里、旅寝の夢を重ねて一日、とある風光の勝れたる山間に至りしに、山

---

1 천녀: 일본어 원문에 표기되어 있는 '天女'는 천상계(天上界)에 산다고 하는 여자를 지칭한다(松井簡治·上田万年編,『大日本国語辞典』03, 金港堂書籍, 1917).

2 소첩: 일본어 원문에는 '妾'로 표기되어 있다. 이는 보살피다, 곁에서 보다, 혹은 부인 이외의 처라는 뜻을 나타낸다(棚橋一郎·林甕臣編,『日本新辞林』, 三省堂, 1897).

3 증표의 물건: 일본어 원문에는 '片身'로 표기되어 있다. 이는 신체의 절반, 꿰매어서 맞춰야 하는 옷의 일부분이라는 뜻을 나타낸다(棚橋一郎·林甕臣編,『日本新辞林』, 三省堂, 1897).

に倚り流に枕む一軒の樓閣あり、扁額には玉蓮堂とぞ記されたり。

宣根案内を請へば翠廉輕く捲上げられ、中より顯はれしは夢寐にも
忘れぬ天女なりけり。天女は連りに天緣の未了を説いて、暫しを忍び
玉へと云ふ宣根心平らかならず、酒を行ふての後天時未だ到らざるに
人力を以て到らしめたり。

> 옥련당이라는 것뿐 어떠한 짐작 가는 것도 없었지만, 사랑에 괴로
> 워하는 몸으로 천리도 일리 객지에서 잠을 자며 꿈을 거듭하던 어느
> 날 어떤 풍광 뛰어난 산간에 이르니, 산에 기대어 흐르는 곳에 여정
> 을 풀 수 있는 한 채의 누각이 있었는데 편액에는 옥련당이라고 적혀
> 있었다.
>
> 선근이 안내를 청하자 비취색의 발을 가볍게 걷어 올리고 안에서
> 나타난 것은 꿈에서도 잊지 못했던 천녀였다. 천녀는 연결되어 있는
> 하늘의 연이 아직 끝나지 않았음을 설명하고,
>
> "조금만 참으십시오."
>
> 라고 말하자 선근의 마음은 평온하지 못하고, 술을 마신 후 하늘
> 이 주는 좋은 기회가 아직 이르지 않았으나 인력으로 이르게 하였다.

斯くて宣根は天女を伴ひ帰りけるより、父母の喜び譬ふるに物な
く、宣根も亦天女を愛して傍らを離れず、遂に一男一女をさへ擧げに
ける。

適ま京に科擧あり、父妻の強ゐてすすむるがままに、心を決して科
擧に應ずべく家を出でぬ。

されど愛妻に心惹かれて進むべくもあらず、道途の第一夜、客舍の

167

寥廓に得堪えでひそかに我家に帰りて墻を乗り超え、内房に入りて妻を驚かし、第二夜も第三夜も途中より引返し四日目よりは遂に京へと志しぬ。

이리하여 선근이 천녀를 동반하여 돌아오고 나서 부모의 기쁨은 비유할 바가 없었고, 선근도 또한 천녀를 사랑하여 곁을 떠나지 않으며 마침내 1남 1녀를 두게 되었다.

때마침 서울에 과거가 있어, 아버지와 부인이 강요하는 대로 마음을 정하여 과거에 응하기 위해 집을 나섰다.

그러하지만 사랑하는 부인에게 마음이 끌리어 나아가지도 못하고, 길을 가던 도중 첫날 밤 객사의 텅 비고 고요함을 참지 못하고 몰래 자신의 집으로 돌아가서 담을 타고 넘어가 내방에 들어가서 부인을 놀라게 하더니, 이틀째 밤도 사흘째 밤도 도중에 돌아갔는데 나흘째부터는 결국 서울로 가고자 하였다.

ここに侍女の梅月は天女の此家に来りてより、秋の扇と捨てられて、復び顧みんともせざる宣根の無情を怨みけるが、京へ出立ちて後も夜な夜な帰り来りて曉近くまで睦言を交すを心憎く、第四夜に及び無頼漢を頼み、天女の室前の階下に蹲ませ、怪しき男夜な夜な夫人の室に入り今宵も現に夫人の室の階下にありと相坤に告げ口せり。

이에 몸종 매월은 천녀가 이 집에 오고부터 가을날 부채처럼 버림을 받게 되고 두 번 다시 돌아봐 주지 않는 선근의 무정함을 원망하였는데, 서울로 떠난 후에도 밤마다 돌아와서는 아침 가까이까지 정

담[4]을 나누는 것이 얄미워, 나흘째 밤에 이르러서는 무뢰한(無賴漢)[5]
에게 부탁하여 천녀의 침실 앞 계단에 숨어 있도록 하게 하고는,

"수상한 남자가 밤마다 며느리의 침실에 들어가는데, 오늘밤도
지금 며느리의 침실 계단 아래에 있습니다."
라고 시아버지인 상곤에게 고자질을 하였다.

父の相坤も、兼て深夜に及び夫人の室に男のささやく聲するを訝れ
る折柄とて怒りむらむらと心頭に燃へ棍棒手にして夫人の内房に躍り
入り己れ賤婦めと云ひさま滅多打ちに打据えたり、夫人は息も絶え絶
えとなりけるが、この時玉釵を抜いて、我に罪あらば玉釵下りて我胸
を刺せ、若し冤ならば降りて階下に刺されと云ひさま玉釵を天に向つ
て投げげるに不思議や玉釵は落ちて階石を貫き釵頭を没しぬ。父はこ
の寄蹟に驚き、母は父の粗忽を責めるが、其夜夫人は不義の名に辱
められたるを果敢なみ件の玉釵を以て心静かに咽喉を貫き敢なき最後
を遂げにける。

아버지 상곤도 진작부터 심야에 이르러 며느리의 방에 남자의 소
곤거리는 목소리를 의심하던 차에,
화가 불끈 불끈 마음속에 타올라 몽둥이를 손에 들고 며느리의 내

---

4 정담: 일본어 원문에는 '睦言'이라고 표기되어 있다. 이는 화목하게 이야기를 나
누는 것 또는 정답게 서로 이야기를 나누는 것이라는 뜻이다(棚橋一郎·林甕臣
編, 『日本新辞林』, 三省堂, 1897).

5 무뢰한: 일본어 원문에 표기되어 있는 '無賴漢'에서 '無賴'는 일정한 직업이 없
는 사람, 무법자의 뜻으로 여기서 '無賴漢'은 그런 사람을 지칭하는 표현이다(松
井簡治·上田万年編, 『大日本国語辞典』04, 金港堂書籍, 1919).

방에 뛰어 들어가

"네 천한 계집이로다."

라고 말하며 마구 때리고 늘씬하게 때리니 며느리는 숨도 쉴 수가 없을 정도가 되어 이때 옥비녀를 뽑고서는,

"저에게 죄가 있다면 옥비녀가 떨어지면서 나의 심장을 찌를 것이나 만약에 무고하다면 떨어져서 계단에 꽂힐 것입니다."

라고 말하고는 옥비녀를 하늘을 향하여 던지니, 희한하게도 옥비녀는 떨어져서 계단의 돌을 관통하여 옥비녀의 머리를 감추었다. 아버지는 이 기적에 놀라고 어머니는 아버지의 경솔함을 책망하지만, 그날 밤 며느리는 뜻하지 않게 이름을 더럽히게 된 것을 비관하여 그 옥비녀로 차분하게 목을 찔러 허망하게 최후를 맞이하였다.

ここに宣根は科擧に應じて壯元に及第し文名一世に振ひ家門の名譽を発揚しけるより、急ぎ立帰らんとの報あり。

父相坤大いに打惑ひ、天女の死後その軽忽なりしを悔ひ屍を手厚く葬らんとするに怨魂凝つてここに止まれるか、其動かざること盤石の如く、餘儀なく血痕なぞ洗ひ淨め、一家神に事ふるが如くに敬ひけるが、扨て忰の帰り来らば何とせんと心もたろたろ落附かず遂に一計を案出し、慶尙道第一の美人として隠れもなきさる兩班の祕藏娘を嫁女に請ひ受け、縁談も纏りたれば宣根を途中に擁してとにかくと説きすすむれど、宣根いつかな聞入れず、事の始終を聞くに及んで魂消えんばかりに打驚き、急ぎ我家へと立帰りしが、天女は怨魂永へに止まりて、大地より根生ひせるが、如く依然として動かず、變り果てたるさまに宣根涙の有らん限りを乾せしが、訝しきは婢梅月なりとて痛き目

見せて究問するに包みきれず、其夜の事ども逐一白状しけるより宣根
怒り甚しく、刄を振つて梅月の咽喉を裂き殺しぬ、然るに不思議や、
天女の幽魂忽然として下降し、蒼白なりし頬再び紅潮を呈し、明眸笑
みを含んで星の如く突刺したる咽喉の玉釵自づと抜け落ちければ人皆
夢にはあらずやと打驚きわけても宣根の喜び限りなく、壮元の祝ひと
妻の再生の祝ひとに連日大祝宴をぞ催ふしける。ここに、曩に緣談を
結びたる兩班の祕藏娘は無下に斥けられたるより、我身をはかなみ、
尼となりて一旦許したる心の操を立て貫かんと云ふにぞ、天女も痛く
感動し、女心は皆一つなりいかで其儘打果しむべきと、夫にすすめて
右夫人となし、李秀才の官位も日に月に高まり二貞夫人も褒賞あり、
目出たき終りを身たりとぞ。

이에 선근은 과거에 응하여 장원급제하고 글로 명성을 온 세상에 떨치며 가문의 명예를 드높이고는 서둘러 돌아간다는 보고가 있었다.

아버지 상곤은 크게 당황해 하며, 천녀의 사후에 그 경솔함을 후회하고 시체를 극진하게 묻어주려고 하였으나, 원혼은 꼼짝도 하지 않고 그곳에 멈추었다. 그 움직이지 않는 것이 반석과 같아 어쩔 수 없이 혈흔을 깨끗이 씻어내어 일가의 신에게 제사를 지내는 것처럼 경의를 표하였다. 하지만 그렇다고는 하더라도 아들이 돌아오면 뭐라고 할지 마음도 허둥지둥 안정되지 않아, 마침내 한 가지 방안을 생각해 냈다. 경상도 제일의 미인으로 세상에 널리 알려져 있는 양반의 애지중지하게 기른 딸을 며느리로 청하고는 연담을 맺어 선근을 도중에서 막고는 어찌하였든 설명을 하였지만, 선근은 아무리 해도 받아들이지 못하였는데, 일의 전후 사정을 듣고서는 혼이 나간 것처럼 깜짝 놀라 서둘러 자신의 집으로 돌아왔다. 하지만 천녀는 원혼이 영원히 멈추어서 대지로부터 뿌리가 내린 듯이 의연하게 움직이지 않았다. 이전과 다른 모습에 선근의 눈물은 있는 대로 말랐다. 수상한 것은 몸종 매월이라고 생각하여 따끔한 맛을 보이며 추궁하니, 숨기지 못하고 그날 밤의 사정에 대해 결국은 자백을 하게 되니, 선근은 크게 노하여 칼을 휘둘러 매월의 목을 찔러 죽였다. 그러자 희한하게도 천녀의 영혼이 홀연히 하강하여, 창백한 볼이 다시 홍조를 띠고 맑고 아름다운 눈동자에 웃음을 머금고, 별과 같이 꽂혀 있던 목의 옥비녀가 자연히 뽑혀 떨어졌다. 그러자 사람들 모두 꿈이 아닌가하고 깜짝 놀라고, 선근의 기쁨은 끝이 없어 장원의 축하와 부인의 재생 축하로 연일 대축연을 베풀었다. 이에 앞서 연담을 맺고자 하였던 양반의 애지중지하게 기른 딸은 박정하게[6] 물러나게 되자, 자신의 몸을 포기하고 비구니가 되어 일단 허락한 마음의 정조를 지키겠다고 하니, 천녀도 몹시 감동하여 여심은 모두 하나인데 어떠한 이유로 그대로 죽게 할 수 있겠는가 하고 남편에게 권하여 우부인으로 삼으니, 이수재의 관위도 날이 갈수록(날이 가고 달이 갈수록) 높아지고 두 정부인도 포상을 받으며 경사스러운(축하할 만한) 결말을 보았다.

---

6 박정하게: 일본어 원문에는 '無下に'로 표기되어 있다. 여기서 '無下'란 일률적으로, 오로지, 또는 그 고집, 완고라는 뜻이다(松井簡治·上田万年編, 『大日本国語辞典』04, 金港堂書籍, 1919).

제3장

자유토구사의
〈숙향전 일역본〉(1923)

紹雲 李圭瑢 著, 淸水鍵吉 譯,『鮮滿叢書』8, 自由討究社, 1923.

이규용(李圭瑢) 저, 시미즈 겐키치(淸水鍵吉) 역

▌해제▐

　자유토구사가 발간한 〈숙향전 일역본〉은 〈숙향전〉 이본과는 현격한 차이점이 존재한다. 그 이유는 국문본 〈숙향전〉을 저본으로 하지 않았기 때문이다. 자유토구사의 〈숙향전 일역본〉은 원저자의 이름이 소운(紹雲) 이규용이라고 밝혀 놓았다. 이규용은 구한말의 한학자로『해동시선(海東詩選)』,『훈몽집요(訓蒙輯要)』등을 편찬한 인물이다. 그는 회동서관에서 1916년경 발행한『한문현토 숙향전(漢文懸吐 淑香傳)』의 저자였고, 자유토구사는 이 한문현토본을 저본으로 번역했다. 이규용이 발행한 한문현토본은 〈숙향전〉 이본들의 소위 비현실적인 요소들이 상당수 탈락한 반면, 인물 간의 애정문제에 대해서는 더욱 현실적으로 진실하게 그린 판본이다. 일역본은 이를 충실히 번역한 것이다.

　　애스턴은 그의 논문(1890)에서 <숙향전>을 주석상으로 언급하며, 상대적으로 짜임새 있는 작품이라고 평가했다. 이러한 작품성에 대한 평가는 시미즈 겐키치 역시 마찬가지이다. 시미즈 겐키치는 서문에서 <숙향전>의 줄거리 개관을 제시한 후, 이 작품을 그냥 "한 편의 소설로 읽고 마는" 행위는 너무나 생각이 모자란 행위라고 말했다. 특히 숙향의 대사는 진실함과 애절함이 오롯이 새겨진 것으로 평가했다. 저자는 그러한 숙향의 말들에 중점을 두고 번역했으나 자신의 역술이 원작에 결코 부합하지 못하다고 자평했다.

┃ 참고문헌

이상구, 「숙향전의 문헌학적 계보와 현실적 성격」, 고려대 박사학위논문, 1994.

차중환, 『숙향전 연구』, 월인, 1999.

(一) 沜河の金龜

(1) 판허의 남생이

　　紹興の中頃に、南陽に金鈿と呼べる気品の高い青年があった。金鈿は、其頃道徳文章一世の宗として仰がれた雲水先生行簡の子である。雲水先生は朝廷から惜まれ、吏部尙書諫議大夫の顯職に就くことを度々勸められたが、恩を謝して固く辭退し、終に山林に隠遁して餘生を送った。斯様な家庭に成育された金鈿は、世を襲いでからも清徳高く、家事に恬淡であった。

중국 소흥(紹興)의 중엽[1], 남양에 김전이라고 불리는 기품이 높은
청년이 있었다. 김전은 당시 도덕과 문장이 당대의 우두머리라고 우
러러보는 운수(雲水) 선생 행간(行簡)의 아들이다. 운수 선생은 조정
에서 아낌을 받아, 이부상서(吏部尙書) 간의대부(諫議大夫)의 요직에
앉을 것을 여러 차례 권유 받았지만, 은혜에 사과하고 완고히 사퇴
하여 마침내 산림에 은둔하여 여생을 보냈다. 그러한 가정에서 성장
한 김전은 세상의 엄습으로부터도 맑고 덕이 높으며 가정 일에 대범
하였다.[2]

或日のこと、鈿は二三の親しい客と酒を載せて舟を泲河の清流に浮
べた。風のまにまに岸邊近くへ来ると、其処には数人の漁夫が一匹の
金龜を捉まへて、今將さに燒いて食はうとする所であった。之を見た
鈿は遽てて押止め、

『龜は頭に天の字を戴き、腹に王の字を抱ける四靈中の目出度い靈物
で、帝王の祥瑞とさへ敬はれてゐる。食べるものではないから放して
やるが可い』

と懇々説得したが、漁夫等は一向に聴き容れない。

어느 날 김전은 두세 명의 친한 객과 술을 싣고 판허(泲河)의 청류
에 배를 띄웠다. 바람이 부는 대로 강가 근처에 오니, 그곳에는 여러
명의 어부가 남생이 한 마리를 잡아서, 지금 바로 구워 먹으려고 하

---

1 일반적으로 〈숙향전〉의 시대배경은 '송'으로 되어 있다. 일역본에서 제시한 시
대배경은 한문현토본과 동일하다.

2 김전의 부친 운수선생 행간의 자질에 대한 상세한 묘사가 주를 이루고 있는 모
습도 한문현토본의 특징이다.

던 차였다. 이것을 본 김전은 재빠르게 막으며,

"남생이는 머리에 천 자를 받들고, 배에는 왕 자를 품는 네 가지 영
(靈) 중에서 축하할 만한 영물로, 제왕(帝王)의 길조[3]라고조차 공경을
받았느니라. 먹는 것이 아니니까 풀어 주는 것이 좋소."

라고 정성스럽게 설득하였지만, 어부들은 전혀 들으려고 하지 않
았다.

『俺達は終日斯うして網を打ってゐるが、まだ何一つ獲物がねえの
で、身體は疲れる、腹は空る、堪らねえ所へ此の亀が捉まったのだか
ら、これこそ天の與へだ、お前などは黙って引込んでゐろ。』と恐ろし
い權幕なので、鈿も一寸返す言葉に困ったが、亀を見ると、如何にも
物悲しさうに鈿を見上げて救を求める態なので、惻隱の情止み難く曩
時沈思してゐたが、ふと所持の酒を思ひ出して、その亀と、この酒と
交換しようと懸合った。漁夫等は酒と聞いて一も二もなく肯諾した。
亀を河に放してやると、亀は中流に向って泳ぎながら、何度も鈿を振
顧っては禮を述べるらしい容子をした。

"우리들은 종일 이렇게 해서 그물을 치고 있지만, 아직 아무 것도
획득하지 못했기에 몸은 피곤하고 배는 비어 있소. 감당할 수 없는
곳에서 이 남생이가 붙잡힌 것이므로 이것이야말로 하늘이 주신 것
이니라. 너는 잠자코 쑥 들어가 있어라."

고 무서운 태도로 말하였기에, 김전도 순간적으로 받아칠 말[이

---

3 길조: 일본어 원문에는 '祥瑞'로 표기되어 있다(棚橋一郎·林甕臣編, 『日本新辞
林』, 三省堂, 1897).

없어] 곤란하였다. 하지만 남생이를 보니 정말로 서글프게 김전을 올려다보며 목숨을 구해달라는 태도였기에, 측은한 마음이 멈추지 않아 삽시간 침묵하고 있다가 문득 가지고 있던 술을 떠올리며 그 남생이와 그 술을 교환하려고 해 보았다. 어부들은 술이라는 말을 듣고 두말없이 승낙하였다. 남생이를 강에 풀어 주려고 하자, 남생이는 중류를 향해서 수영하면서 몇 번이고 김전을 돌아보며 예를 말하는 듯한 모습이었다.

(二) 金亀の霊異
(2) 영묘한 남생이

その翌年の四月に、鈿は要事があって襄陽に出懸けた。途中白雲橋の中央に差蒐ると、俄然大音響を発して橋が落ちた。通行人の多くは阿鼻叫喚の声を挙げて溺死した。鈿は木板に嚙り付いて一生懸命に対岸へ泳ぎ着かうとしたが、急流の為めに水中に落ち、悶掻けば悶掻くほど押流された。と忽ち鈿の前に一塊の岩が浮上った。鈿は狂喜してそれに取縋ると、岩は飛箭の勢で突進を始めた。鈿は一時人事不省に陥ったが、やがて息を吹返して見ると、遙かの波間に頭顱だけ擡げてゐる異様な物がある。何んであらうと、尚も熟視すると、頭に天の字があったので、『ハハア、沜河で助けた亀だな』と思った。亀は連りに叩頭拝謝して、曩日救はれた恩義に報ゆるやうな容子であったが、忽然長虹の気を吐き、彩霧空に横はり、虹光照徹して鈿の座前を直射した。

177

그 다음 날 4월에 김전은 중요한 일이 있어서 양양으로 외출하였다. 도중에 백운교(白雲橋) 중앙으로 올라가니, 갑자기 큰 소리를 내며 다리가 떨어졌다(무너졌다). 통행인의 대부분은 아비규환으로 소리를 지르며 익사하였다. 김전은 널빤지에 달라붙어서 열심히 물가로 수영하여 가려고 하였지만, 급류로 인해 물속에 떨어져 발버둥치면 발버둥 칠수록 떠밀려갔다. 그러자 갑자기 김전 앞에 한 덩어리의 바위가 떠올랐다. 김전은 미친 듯이 기뻐하며 그것에 매달리자, 바위는 매우 빠른 화살과 같은 기세로 돌진하기 시작했다. 김전은 일시적으로 인사불성이 되었지만, 이윽고 되살아나서 보니 조용한 파도에 머리만을 들고 있는 이상한 물건이 있었다. 무엇인가 하고, 계속해서 잘 살펴보니, 머리에 천 자가 있었기에,

"아하, 판허에서 도와준 남생이구나."

라고 생각했다. 남생이는 연이어서 머리를 조아리고 감사의 인사를 하며 지난번에 살려 주신 은혜에 보답하려는 듯한 모습이었는데, 갑자기 무지개를 토하며 안개 낀 하늘을 넓게 채색하였다. [그리고] 무지갯빛을 환하게 비추어 김전이 앉아 있는 자리 앞을 바로 비추었다.

鈿は驚異の眼を睜ったが、須臾にして虹消霧散、亀も亦姿を掻き消した。霊異の感に打たれてゐると、其処には二つの眞珠が残されてあった。宛ら露の華の如く、五彩燦爛として眩ゆく、地上界のものとは思へなかった。珠の中には隠し字があって、一つには壽とあり、他の一つには福とあった。鈿は心の中で、これは沜河の亀が去年の恩に感じて、自分の今日の災厄を救ひ、更に眞珠を禮物としたのであらうと、不思議に思ひながら持ち帰った。鈿は此時十八歳であった。

김전은 경이로움에 눈을 떠 보았는데, 잠깐이었던 무지개가 사라지고 없어졌다. 남생이도 또한 모습을 감추었다. 영묘하고 강한 감동을 받고 있는데, 그곳에 진주가 두 개 남겨져 있었다. 마치 이슬의 화려함과 같은 찬란함에 눈이 부셨다. 지상계의 것이라고는 생각할 수가 없었다. 진주 안에는 숨어 있는 글자가 있었는데, 하나에는 장수라고 적혀 있고 다른 하나에는 복이라고 적혀 있었다. 김전은 마음속에서 이것은 판허의 남생이가 작년의 은혜를 느끼고 오늘 겪은 재앙으로부터 자신을 구해주고, 또한 진주를 감사의 선물로 준 것일 거라는 불가사의한 생각을 하면서 들고 돌아왔다. 김전은 이때 18세였다.

(三) 金鈿の結婚
(3) 김전의 결혼

鈿は名利を逐はざる高踏逸士の家に生れたので、餘り富裕でなかったから妻も迎へずに居た。潁川の長者に蔣厚といふ人がゐたが、此人は簪纓の一族で、仕官することを嫌ひ、力めて家産を興すことに勵み、巨萬の財産を造った。一人の娘があって、才色人に優れた絶世の佳人なので、父親は大層可愛がって、どうか良き婿をと心を碎いてゐた。

김전은 명리를 좇지 않고 세속을 떠나서 살고 있는 은자의 집에서 태어났고, 그다지 부유하지도 않았기에 부인도 맞이할 수 없었다. 영천에 살고 있는 큰 부자 중에 장후라고 불리는 사람[4]이 있었는데,

---

4 한문현토본에만 인물명이 장후로 되어 있으며, 다른 판본은 장회로 나온다.

이 사람은 귀인의 일족으로 관직에 오르는 것을 싫어하고 되도록 가산을 일으키는 것에 힘쓰며 막대한 재산을 만들었다. 딸이 하나 있었는데 재주와 용모가 남에게 뒤떨어지지 않고 절세가인이기에 부친은 무척이나 귀여워하였다. 아무쪼록 좋은 사위를 [얻고자] 마음을 쓰고 있었다.

丁度其時、金鈿の才智尋常にあらざるを聞いて深く敬慕し、媒酌人を送って婚約を結んだ。鈿は無一物の身の結納の仕度も出来ないので、金亀から恵まれた二箇の眞珠を禮物とした。婿のこの貧しい禮物に母親の方は大不服を唱へ、『娘には名公巨卿から婚を求める者が沢山あるのに、金生のやうな貧乏者を婿に択むとは物好にも程がありませう。』と喰って懸ったが、父親は一向気にも止めずに、『身分財産を目あてに婚姻をを結ぶ心なき夷虜のすることである、賢愚をこそ心配もすれ、貧富は問ふ所でない、且夫、この眞珠は世間に有りふれたものとは異って真に天下の至寶である。』と諭責め、早速玉工を喚寄せて、一対の玉指環を作らせ、黄道吉日を択んで華やかな結婚式を挙げた。

바로 그때 김전의 재능과 지혜가 예사롭지 않다는 것[5]을 듣고 깊이 존경하며 중매인을 보내어 결혼을 맺었다. 김전은 무일푼의 몸으로 예물 준비도 할 수 없기에 남생이로부터 받은 두 개의 진주를 예물로 하였다. 사위의 이런 가난한 예물에 어머니 쪽은 결정을 따르지 않겠다 하며,

---

5 예사롭지 않다는 것: 일본어 원문에는 '尋常'으로 표기되어 있다. 이는 눈에 띄지 않은 것이라는 뜻이다(棚橋一郎·林甕臣編, 『日本新辞林』, 三省堂, 1897).

"딸에게는 높은 벼슬아치로부터 결혼을 바라는 자가 아주 많이 있는데, 김생과 같이 가난한 사람을 사위로 선택하시다니 유별난 남자를 좋아하는 데에도 정도가 있습니다."

라고 달려들었지만, 아버지는 전혀 신경 쓰지도 않고,

"신분과 재산을 노리고 혼인을 맺는다는 것은 마음 없는 오랑캐들이 하는 짓이오. 현명한 사람은 어리석음이야말로 걱정을 하고 빈부를 물어서는 안 되오. 게다가 이 진주는 세상에 흔해 빠진 것과 달라서 참으로 천하의 지극한 보물이오."

라고 야단치고, 즉시 옥공을 불러 들여 옥 반지 하나를 만들게 하고, 최고의 길일을 선택하여 화려한 결혼식을 거행하였다.

(四) 淑香の誕生
(4) 숙향의 탄생

鉫が蔣氏を娶ってからは贅沢な暮しが出来た。鴛鴦の契り睦ましく日を送る中に、五年目に蔣厚夫妻は現世を去った。鉫夫婦は厚く其跡を祀り、遺産全部を相続したので、富貴一世に隆々たるものであったが、ただ一つの不足は子寶の無いことであった。夫婦は一心に神佛に祈願したが一向に験が見えないので悲歎に暮れてゐると、

김전이 장씨를 맞이하고부터는 사치스러운 생활이 가능하였다. 원앙의 맺음과 같이 화목하게 시간을 보내는 사이, 5년 째 되던 해에 장후 부부는 이 세상을 떠났다. 김전 부인은 마음을 다하여 그 뒤를 [이어] 제사지냈다. 유산 전부를 상속하였기에 부귀가 당대에 높아

졌지만, 단 한 가지 부족한 것은 자식이 없다는 것이었다. 부부는 일심으로 신불에게 기원하였지만 전혀 효험이 보이지 않기에 비탄으로 지내고 있었다.

一夕蔣氏の夢に、鸚鵡が飛んで来て懐に入ったと思ふと目覚めた。胎夢とでも云ふのか、それ以来身重になったので、鈿の喜びは譬るに物なく、どうか男の子であって欲しいと心に願ってゐたが、月満ちて安々と産れ落ちたのは女児であった。産まれ落ちると同時に、産室は名香の薫りに満ち満ちてゐたので、淑香と名けた。鈿は此夜妙な夢を見た。四季の花一枝を手折って愛玩してゐると、一陳の狂風が北から起って、花を跡形もなく飛散して了った。さなくとも女児の生れたのを恨事としてゐた鈿は、斯様な不吉な夢にまたも心を痛めたが、淑香の立勝った可愛い姿に、それもこれも打忘れて抱いたり、頬摺りしたり、只管掌中の珠と鍾愛した。

그러던 어느 날 저녁 장씨의 꿈에 앵무새가 날아와서 품에 들어왔다고 생각하다가 깨어났다.[6] 태몽이기라도 한 것인가? 그 이후로 임신을 하였기에 전의 기쁨은 비유할 바가 없었으며, 아무쪼록 남자아이였으면 하는 바람을 마음으로 기원하고 있었는데, 달이 찬 후 순산으로 태어난 것은 여자아이였다. 태어남과 동시에 산실은 명향의 향기로 가득하였기에 숙향(淑香)이라고 이름 지었다. 김전은 이날 밤 묘한 꿈을 꾸었다. 사계절의 꽃 한 가지를 꺾어서 귀여워하고 있

---

6 선녀의 하강 내용이 없고 앵무새가 품에 들어오는 꿈이 기술되는 모습은 한문 현토본만에 있는 화소이다.

었는데, 한바탕 강풍이 북쪽에서 일더니 꽃은 형태도 없이 날아가 버렸다. 그렇지 않아도 여자아이가 태어난 것을 근심하고 있던 김전은 그와 같은 불길한 꿈에 또다시 마음이 아팠는데, 숙향의 뛰어나게 귀여운 모습에 이런 저런 것을 잊어버리고, 안기도 했다가 뺨을 문지르기도 했다가 한결같이 애지중지하며 사랑하였다.

淑香が三歳になった時は、容止があまりに高貴であり、動作が勝れて大人のやうなので、悧口過ぎて短命なのではなからうかと心配して、黄鈞と云ふ卜者に占って貰った。卜者は熟々と淑香を視て、『この子は世にも稀れな高貴なお方である、これは地上の人でなく、月の世界の霊であるが、不圖したことから罪を上帝に得て、暫らく下界に貶謫されたのであるから、その罪滅しに有ゆる困厄険苦を嘗めた後ち、始めて人間界の人となって榮耀榮華の身となる、五歳の時、風に驅らるる落葉の如く、水に漂ふ浮萍の如く、一たび父母に別れ、千里相思の憂き艱難を經て、十五年後に圖らず邂逅するであらう。』と云はれたので、鈿は頗る不快な顔をして、この卜者が何を知るかと気にも懸けずにゐた。

숙향이 3살이 되었을 때는 자태가 너무나도 고귀하고 행동이 뛰어나서 어른과 같았기에 너무 영리해서 단명하는 것이 아닌가 하고 걱정이 되어, 황균이라 불리는 점쟁이[7]에게 점을 보았다. 점쟁이는 숙향을 자세히 보더니,

---

7 한문현토본에만 점쟁이의 인물명이 왕균이 아닌 황균으로 되어 있다.

"이 아이는 세상에 드문 고귀한 사람입니다. 이것은 지상의 사람이 아니라 달세계의 영입니다만, 뜻밖의 일로부터 상제에게 죄를 지어 한 동안 인간 세계에 귀양을 온 것이기에, 그 죄는 선한 일을 하여야 갚을 수 있는 것으로 곤란함과 험난함을 겪은 후에, 비로소 인간계의 사람이 되어 부귀영화를 누리는 몸이 될 것입니다. 5살이 되었을 때 바람에 쫓겨난 낙엽과 같이 물에 떠오르는 부평초와 같이, 한번 부모와 헤어져 천리에 상응하는 근심스러운 가난을 겪고, 15년 후에 다시 만나게 될 것입니다."

라는 말을 들었기에, 김전은 매우 불쾌한 얼굴을 하였지만 이 점쟁이가 무엇을 알까 하는 [마음에] 신경도 쓰지 않았다.

(五) 一家離散
(5) 일가가 뿔뿔이 흩어짐

徽宗の崇寧元年、淑香が五歳になった歳に、北方の軍兵が大挙して南侵し、陝西諸郡を攻落し、勝に乗じて諸方に暴威を揮ふので、郡民は狼狽へ惑って逃竄した。鈿も亦一家を引纒めて江陵に兵亂を避けやうとしたが、行く途で賊に遇ひ、路銀も、食料品も、召使まで掠奪され、淑香を交る交る背負って命からがら逃げ出したが、江陵に行くことが出来ないので、山谷の間を辿り、巖穴の中に潜伏してゐると、賊兵は益々追窮して山中深く分け入り、財貨を奪ひ、良民を殺戮し、號哭の声は天地に掀動して凄じき修羅場と化し、

휘종 숭녕 원년, 숙향이 5살이 되는 해에 북방의 군사가 대거 남침

해 와서 섬서의 여러 군을 공격하고 승리를 거두며 여러 방면에 맹위를 떨쳤기에, 군민은 낭패에 당혹하여 도주하였다. 전도 또한 일가를 거느리고 강릉으로 병란을 피하려고 하였지만, 가는 도중에 도적을 만나 노자도 식료품도 머슴까지 약탈당하였다. 숙향을 새끼줄로 묶어서 짊어지고 목숨만 겨우 건져 도망갔지만 강릉에 갈 수가 없었기에 산골짜기 사이에 올라가 바위굴 속에 잠복하였다. 그러자 적병은 더욱 더 추궁하여 산 중 깊이 들어와서 재화를 빼앗고 양민을 학살하니 슬피 우는 소리가 천지에 요동쳐서 굉장히 수라장이 되었다.

父子相失ひ、夫妻相離れ、右往左往に逃げ走って生を圖った。鈿の身邊も危くなって来たので、鈿は覺悟を定めて泣いて妻に告げた。

『斯うしてゐては私達の命も危い、逃げ延びられるだけ早く逃げなけれはならない。若し九死に一生を得れば天の幸ひである、此処で夫婦諸共賊双に斃れては、骨を山野に晒すばかりか、祖先の香火も永遠に絶たねばならぬ、可哀想ではあるが、此児を棄てて身輕になって逃げるより途はない。』

四邊には賊兵が群り来り、危難は刻々に迫るばかりであった。

부자가 서로 잃어버리고 부부도 서로 헤어지며 우왕좌왕하며 달아나 목숨을 건졌다. 김전의 몸도 위험해졌기에 김전은 각오를 정하고 울면서 부인에게 알렸다.

"이렇게 해서는 우리들의 목숨도 위험하오. 도망갈 수 있는 곳만큼 어서 도망가지 않으면 안 되오. 만일 구사일생으로 살아난다면 하늘의 행운일 것이오. 이곳에서 부부가 함께 도적에게 죽는다면 뼈를 산야에 방치해 두는 것뿐만 아니라 선조의 제사도 영원히 끊어지게 되오. 불쌍하기는 하지만 이 아이를 버리고 가벼운 몸으로 도망가는 것 말고 방법이 없소.”

사방에는 적병의 무리가 와서 위험함이 더욱 더 다가왔다.

鉏夫人は身も世もあらせず泣き悲しんだが、心を静めて、

『妾は淑香と一緒に此処で死にます、郎君は一刻も早く此場を逃げて下さい、そして萬一助かることが出来たら、妾と淑香の骨を拾って下さいまし、それが何よりのお願ひでムいます。』

鉏は夫人の手を固く握って痛泣した。

『お前と淑香をみすみす此処で殺して了って、それでどうして私が生きてゐられると思ふ、いっそ手を接いで三人一緒に此処で死なう。』

夫人は憂悶遣る方なく、左手に淑香を抱き締め、右手に金鉏を押し遣り、

『お言葉は嬉しう御座いますが、左様な女々しいことを言って居られては御大切な御身を如何遊ばします、どうぞ妾達二人に御懸念なく、早く此場を逃げ去って下さいまし、早く、早く…。』

金鉏は頭を掉り手を支へ、二人を見殺にして立去らうとはしなかった。夫人は良人の動かぬ気色に、今は是非なしと心を据えて、

『妾の申上げることをお聞き入れ下さらないので、危急は愈々迫りました。子の愛に溺れて、千金の郎君の御身に禍があっては取返しがつきません、淑香は棄てませう、決然思ひ切って、御一緒に逃げられるだけ逃げ延びませう。』

　　김전 부인은 몸도 세상도 없는 듯 슬피 울었지만, 마음을 조용히
하며,

　　"소첩은 숙향과 함께 이곳에서 죽겠습니다. 낭군(郞君)은 어서 이
곳을 도망가십시오. 그리고 만일 살아날 수 있다면 소첩과 숙향의
뼈를 주워 주십시오. 그것이 무엇보다도 중요한 부탁입니다."

　　김전은 부인의 손을 굳게 잡고 슬프게 울었다.

　　"그대와 숙향을 빤히 보고도 이곳에서 죽게 하고, 그리고 내가 살
아갈 것을 생각하니, 차라리 손을 잡고 세 사람이 함께 이곳에서 죽
는 것이 낫겠소."

　　부인은 근심하고 번민할 것도 없이, 왼쪽 손으로 숙향을 끌어안고
오른 손으로 김전을 떠밀면서,

　　"말씀은 기쁩니다만 그런 연약한 것을 말하고 있어서는 중요한
몸을 어떻게 보존하시겠습니까? 아무쪼록 소첩들 두 사람에게 신경
쓰지 마시고 어서 이곳을 도망가십시오. 어서, 어서…"

　　김전은 머리를 흔들고 손으로 지탱하면서 두 사람을 죽게 내버려
두고 떠나려 하지 않았다. 부인은 좋은 사람으로 움직이지 않는 기
색에 지금은 어쩔 수 없다고 마음의 결정을 내리고,

　　"소첩이 말하는 것을 들으시지 않기에 위급함이 점점 다가왔습니
다. 자식을 사랑하는 마음에 빠져 천금과 같은 낭군의 몸에 화가 있
어서는 돌이킬 수 없는 일입니다. 숙향을 버립시다. 단호히 단념하
고 함께 도망갈 수 있는 곳만큼 도망가도록 합시다."

流石に愛着の念に引かされ、篏めて居た寿字の指環と、小瓢子の一
半を淑香の身に着け、一包の食物を袖に入れ、耳元近く小声に、

187

『餒じくなったらこれをお食べ、咽喉が渇いたら此の瓢からお飲み、そしてどんなことがあっても此処を離れずに、迎ひに来るまで待ってて御呉れ、きっと──きっと、ね、好い児だから聞分けてね…。』

涙に咽びつつ抱締めた手を解かうとすると、淑香は母親の胸に犇と縋り着いて、『嫌嫌、阿母さま去ってはいや、一緒に連れてって頂戴、阿母さま、阿母さま…。』と声を呑んで歔泣して止まない。鈿は斷腸の思に去るにも去られず、騙し賺すやうに、

『溫順しく待っておいで、明日の朝屹度迎ひに来るから、静かにしてゐないと怖い人に殺されて了ふから、黙って溫順しく待っておいで、淑香は好い児だ。』と云ふ中にも賊兵の騒がしい声が近寄って来たので、鈿夫婦は手を取合って逃走した。

　　　역시 애착하는 마음에 이끌리어 끼고 있던 수(壽) 글자가 적혀 있던 반지와 작은 표주박의 절반을 숙향의 몸에 붙이고, 한 끼의 음식을 소매에 넣어서 귓전 가까이에 작은 소리로,

　　　"배고파지면 이것을 먹거라, 목이 마르면 이 박으로 마시고, 그리고 어떠한 일이 있더라도 이곳을 떠나지 말고 데리러 올 때까지 기다려 주거라. 반드시, 반드시, 응, 착한 아이니까 잘 알아들었지…"

　　　목메어 울면서 안고 있던 손을 풀려고 하자, 숙향은 어머니 품에 매달려서,

　　　"싫어요, 싫어요, 어머니[8] 가면 싫어요. 함께 데리고 가 주세요. 어머니, 어머니…"

---

8 어머니: 일본어 원문에는 '阿母'로 표기되어 있다. 이는 친밀하게 어머니를 부르는 호칭이다(落合直文編, 『言泉』01, 大倉書店, 1922).

라고 소리를 삼키며 흐느껴 울기를 멈추지 않았다. 김전은 애타는 마음에 떠나려고 하여도 떠나지도 못하고 [숙향을] 속이며,

"조용히 기다리고 있으면 내일 아침까지 데리러 올 것이다. 조용히 하지 않으면 무서운 사람에게 죽임을 당할 것이니 말하지 말고 조용히 기다리고 있거라. 숙향은 착한 아이지?"

라고 말하는 중에도 적병의 소란스러운 소리가 가까워졌기에, 김전 부부는 서로 붙잡고 도망쳤다.

淑香は追ひ縋らうとして、轉んだり匍ひ上ったりして、阿父さまア、阿母さまア…と声を限りに泣き叫んだが、両親の姿はもう見えなかった。淑香は悄々と元の巖穴に還って、身を悶えて嗚咽した。賊兵は此声を聞いて殺到し、淑香を捉へて目を瞋らし、『お前の親達は何処へ行った、言へばよし、言はなければ殺して了ふぞ』と脅した。淑香は怖しさに慄えながら、『阿父かまも、お阿母さまも、妾を捨てて何地かへ逃げて仕舞ったの…。』と又もや咽び泣した。賊中の一人は漫ろに哀れを催ふし、此児は凡庸でない、必ず由緒ある人の児に違ひない、若し殺せば天罰を受けるだらう、且夫今宵一夜斯うしてゐたら、凍死するか虎豹の餌とならう、助けて遺れと仲間を宥めて、淑香を背負って村端れに連れて行き、『俺にもお前のやうな児かあった、お前を見ると他人とは思へない、お前も両親に別れて嘸悲しからう、其中に邂逅うこともあらうから、泣かないで探すが可い。』と菓子を與へて立去った。

숙향은 쫓아가려고 하다가 넘어지기도 하고 기어오르기도 하면

189

서, 아버님[9], 어머니…라고 소리가 계속해서 나오는 한 울부짖었는데, 양친의 모습은 이미 보이질 않았다. 숙향은 근심하며 원래의 동굴로 돌아와서 몸을 걱정하며 목메어 울었다. 이 소리를 듣고 적병이 쇄도하여 숙향을 붙잡고 눈을 부릅뜨며,

"너의 부모들은 어디에 갔느냐? 말하는 것이 좋다. 말하지 않는다면 죽여 버리겠다."

라고 협박하였다. 숙향은 무서움에 두려워하면서,

"아버님도, 어머니도, 소첩을 버리고 어딘가로 도망을 가 버렸습니다."

라고 다시 흐느껴 울었다. 도둑 중에서 한 사람은 공연스럽게 동정심을 불러일으키며,

"이 아이는 범상하지가 않소. 반드시 유서 있는 집의 아이임에 틀림없소. 만일 죽인다면 천벌을 받을 것이오. 게다가 오늘 저녁 하룻밤을 이렇게 있다가는 동사하든가, 호랑이와 표범의 밥이 될 것이오. 살려 줍시다."

라고 동료들을 달래서 숙향을 짊어지고 마을 끝으로 데리고 가서,

"나에게도 너와 같은 딸이 있다. 너를 보니 남이라는 생각이 들지를 않는구나. 너도 양친을 잃어버리고 필시 슬프겠지? 그러다가 만날 수도 있으니까 울지 말고 찾는 것이 좋다."

라고 말하고 과자를 주고는 사라졌다.[10]

---

9 아버님: 일본어 원문에는 '阿父'로 표기되어 있다. 이는 아버지를 높이 부를 때 사용하는 표현으로 아버님이라는 뜻이다(落合直文編, 『言泉』01, 大倉書店, 1922).
10 까치와 잔나비 등이 등장하여 숙향을 돕는 내용이 없다.

(六) 漂へる淑香
(6) 떠도는 숙향

淑香は独りトボトボと無人の曠野を漂らひ歩いた。日は暮れ、空は寒く、悲しさと怖ろしさに泣き號びながら目途もなく彷徨った。夜は次第に更け、寒さは泌々と身に迫り、淑香は力盡きて、林藪に倒ふ臥れた。

金鈿夫妻は、辛くも虎口を脱れたが、淑香の行衛が分らないので悲しみに悶え、『今頃は、嘸かし父よ母よと探してゐることであらう。可愛い淑香よ、嫋い體質だから死んで仕舞ひはせぬか…。』と悲嘆に暮れてゐた。

숙향은 홀로 터벅터벅 사람이 없는 광야를 떠돌아 걸었다. 날이 저물어 하늘은 차갑고, 슬픔과 두려움에 흐느껴 울면서 목표도 없이 걸었다. 밤은 점점 깊어져가고 추위는 몸에 스며들어와, 숙향은 힘이 다하여 수풀에 쓰러졌다.

김전 부부는 간신히 위험한 상태는 면했지만, 숙향의 행방을 알 수 없어서 슬픔에 괴로워하며,

"지금쯤 틀림없이 아버지, 어머니 하면서 찾고 있을 것일 거야. 가엾은 숙향아, 허약한 체질이라서 죽어버린 것은 아닌가…"

라고 말하며 비탄에 젖어 지내고 있었다.

淑香は乞食姿となり、村から村へと父母の所在を捜ねたが、それらしい人にも逢はず悲しい其日々々を過してゐた。町や村は、兵亂の騷

ぎで混雑してゐたが、宋から李鄴を派遣して金に和睦を申込んだの
で、世は再び平和に還った。金銓夫妻も、兵亂が□まると郷里に戻っ
たが、淑香の身の上が案じられて、且けては嘆き、暮れては悔み、八
方に手分けして搜索したが、何の音便もないので、最早現世には居な
いものと諦めて、只管冥福を祈ってゐた。

숙향은 거지 모습이 되어 마을에서 마을로 부모의 소재를 찾았지
만, 그러한 사람을 만나지도 못하고 슬픈 나날을 보내고 있었다. 동
네와 마을은 병란의 소란으로 혼잡해 있었지만, 송나라에서 이업(李
鄴)을 파견하여 돈으로 화목을 신청하였기에 세상은 다시 평화가 돌
아왔다. 김전 부부도 병란이 진정되어[11] 고향으로 돌아갔지만, 숙향
의 신상이 걱정되어 날이 밝으면 한숨, 날이 지면 후회, 팔방으로 분
담하여서 수색하였지만, 어떠한 소문[12]도 없기에 이미 이 세상에는
없는 것이라고 포기하고 한결같이 명복을 빌었다.

淑香は、父恋し母恋しに心も空洞となり、西も東も見分かぬ林に踏
み迷った、白日は西に匿れ、寒風は梢に鳴り、物凄い夜が来た。淑香
は凄愴の気に襲はれ、樹に凭り懸ってシクシクと泣いてゐると、忽然
空より一羽の大鳥が舞下り、翼音高く淑香を浚って去った。気が付い
て見ると、四望曠漠として目を遮ぎるものもない。と亦其処へ何処か
らともなく一匹の白鹿が現はれて淑香を背負ひ、谷を渡り、峰を越

---

11 원문 판독 불가. 전후 문장을 고려할 때 '진정되다'로 해석하는 것이 자연스럽다.
12 소문: 일본어 원문에는 '音便'으로 표기되어 있다. 이는 어조의 편의에 의해 그
   소리를 온화하게 하여 부르는 일정한 음격을 뜻한다(松井簡治·上田万年編,『大
   日本国語辞典』03, 金港堂書籍, 1917).

え、雲か霞かと見紛ふ高臺の見晴しの佳い一軒の屋敷内に置去りにした。この屋敷は當時名声を馳せた張丞相應漢の屋宅であった。

　숙향은 아버지 어머니를 그리워하는 마음에 공허해져서 서쪽도 동쪽도 알지 못하고 숲에서 길을 잃고 헤매었다. 태양은 서쪽으로 기울고, 차가운 바람은 나뭇가지 끝에서 울리는 굉장한 밤이 왔다. 숙향이 처량한 마음이 엄습하여 나무에 기대어서 훌쩍훌쩍 울고 있으니, 갑자기 하늘에서 한 마리 큰 새가 내려와서 날개소리 높여 숙향을 안아서 사라졌다. 정신을 차려보니, 사방은 넓고 넓어 눈을 방해할 것이 없었다. 그러자 다시 그곳에 어디에서라고도 할 것 없이 한 마리의 흰 사슴이 나타나서 숙향을 업고[13] 계곡을 지나 봉우리를 넘어 구름인지 안개인지 알 수 없는 높은 경치 좋은 한 채의 집 안에 내버려두고 가 버렸다. 이 집은 당시 명성이 자자한 장승상(張丞相) 응한(應漢)[14]의 거택이었다.

(七) 亟相夫妻に救はる
(7) 승상부부에게 구원을 받다

　折柄亟相は書齋で古書の涉獵に餘念なかったが、子供の泣声に庭の方を見遣ると、気品の高い一少女が、頻りに哀を乞ふ姿を見た。亟相は少女の勝れた姿に恍惚として直ぐさま呼入れて事情を訊ねた。淑香は涙に咽ひながら手を挙げて方角を指し、

---

13 한 마리의 흰 사슴이 숙향을 업고 : 한문현토본에만 있는 화소이다.
14 장승상 응한: 한문현토본에만 장승상의 인물명이 제시되어 있다.

『阿父さまと阿母さまと彼地の方へ一緒に行ったの、そうすると、明日の朝来るから待っておいでと云って何処かへいって仕舞ったの…』と悲しい懐ひを訴へた。亟相は太息して、亂離飄散してこの憂目を見たのであらう、立派な家柄の児らしいのに可哀想なものよ。と夫人にも仔細を話して、

『自分には子の無いことを恨みに思ってゐたが、斯様な気高い少女を得たのも何かの縁であらう、養女として愛育してはどうか。』

と相談すると、夫人も大層喜んで、淑香を抱き上げ、頭を撫で頬摺りして可愛がった。

때마침 그때 승상은 서재에서 고서 읽기에 여념이 없었는데, 아이가 우는 소리가 들려 뜰 쪽을 바라보았다. 그러자 기품이 있는 한 소녀가 계속해서 동정을 구걸하는 모습을 보였다. 승상은 소녀의 뛰어난 모습에 황홀해서 바로 불러들여서 사정을 물었다. 숙향은 눈물을 삼키면서 손을 들어 방향을 가리키면서,

"아버님과 어머니와 저쪽에 함께 있었어요. 그러자 내일 아침에 올 테니까 기다려 달라고 말하고 어딘가로 가버렸어요…"

라며 슬픈 마음을 호소하였다. 승상은 크게 한숨 쉬며 난리에 사방으로 흩날려서 이 괴로운 일을 당한 것일 거라고 훌륭한 가문의 아이인 듯한데 불쌍하다며 부인에게 소상히 말하였다.

"나에게는 아이가 없는 것을 한으로 생각하고 있었는데 그러한 기품 있는 소녀를 얻는 것도 무언가 인연이 아니겠는가? 양녀로 키운다면 어떠하겠는가?"

라고 의논하자 부인도 크게 기뻐하며 숙향을 안고 머리를 어루만

지고 뺨을 만지며 귀여워했다.

淑香は亟相夫婦の愛を一身に聚めて、幸福な日を送りつつ十四の春を迎へた。淑香の容姿は年と共に美しくなるばかり、桃花水路の情を含んだ姿は、亟相さへも時に恍惚となるのであった。亟相夫婦は蝶よ珠よと可愛がり、輕々しくは門外にも出さず、早く佳婿を得て老後を楽みたいとばかり願った。才藻の豊麗な淑香は、詩文の道にも長じ、物の哀れを知るにつけても、双親を思ふ情の止み難く、遺品の玉環と瓢子とを取出しては袖を濡らしつつ、一聯を賦して粧奩の上に書き付けた。

숙향은 승상부부의 사랑을 한 몸에 받으며 행복한 날을 보낸 지 14번의 봄을 맞이했다. 숙향의 용모는 해가 갈수록 아름다워지기만 하고 도화수로(桃花水路)의 정을 품은 모습은 승상조차도 때때로 황홀해질 정도였다. 승상부부는 나비야 구슬이야 하면서 귀여워하며 경솔하게는 문밖으로 내보내지도 않고 서둘러 좋은 사위를 얻어서 노후를 즐기고 싶다고 바랐다. 재주가 풍부한 숙향은 시문의 분야에서도 뛰어났는데 무상함을 알게 되면서 양쪽 부모를 생각하는 마음이 멈추지를 않았기에 유품인 옥반지와 표주박을 꺼내어서 소매를 적시면서 일련의 시를 지어서 화장품 상자 위에 써두었다.

一隻玉環一半瓢　　看来不覚旅魂消
可憐父母在何処　　含涙時時仰碧霄

옥가락지 하나에 반쪽이 된 표주박

살펴보니 나도 몰래 떠돌이 혼 녹아나네

가련하다 부모님 어디에 계시는지

푸른 하늘 우러르며 때로 눈물짓는다오

淑香の遺る瀨なき情は、これを詩文に慰めるの外に途はなかった。

숙향의 안타까운 마음은 이것을 시문으로 달래는 수밖에 방법이 없었다.[15]

(八) 淑香冤に泣く

(8) 숙향 원통하게 울다

亞相は淑香の何事にも立勝って敏捷なのに驚嘆して、翡翠の翔けるやうだと賞めそやし、家事一切を淑香に委せることとした。夫人は大層悅んだが、多くの召使は怨みに思った。女中頭の四香と云ふのは、今まで亞相のお氣に入りで、何にも彼も切盛りしてゐたが、自分の仕事を奪はれて了ったので、深く淑香に怨望の念を懷いてゐた。

승상은 숙향이 무엇이든지 뛰어나고 민첩함에 경탄하여, '비취가 나는 듯하다'며 칭찬을 하고 집안일 일체를 숙향에게 맡기기로 하였

---

15 재주가 풍려한 ~ 방법이 없었다 : 숙향이 헤어진 부모를 생각하며 하는 이러한 행동들은 한문현토본에만 있는 내용이다. 본래 <숙향전 일역본>에는 해당 한시에 대한 번역문이 없으며 시문 읽기를 도와주는 표지만이 존재하지만 번역자가 번역하여 풀이했다. 이는 이후 등장하는 한시 역시 번역을 함께 제시한다.

다. 부인은 크게 기뻐하였지만 많은 하인은 원망하였다. 하녀의 우
두머리에 사향이라고 불리는 자는 지금까지 승상의 마음에 들어 모
든 것을 처리해 왔다. 그런데 자신의 일을 빼앗겨 버렸기에 숙향에
게 깊은 원망의 마음을 품었다.

　四香は一策を案じて淑香を陥れやうと圖った。誰れにも知れないや
うに、夫人の鳳釵と、巫相が秘藏せる玉竜刀を盗み取って、淑香の簞
笥の中へ隱匿して置いた。翌日巫相は、玉竜刀を取出さうとしたが無
い。夫人の鳳釵も亦紛失してゐた。巫相は青筋を立てて捜索を命じ
た。四香はベロリと舌を出して、何喰はぬ顔で夫人の前に出て、

　『昨夜淑香孃が、何か分らぬ品物を持って御自分の室にお這入りにな
りましたが…。』

　と故意と疑はしい眼顔を示した。

　사향은 계략 한 가지를 생각해 내어 숙향을 함정에 빠지게 하려고
도모하였다. 누구도 알지 못하게 부인의 비녀와 승상이 애지중지하
는 옥용도(玉龍刀)를 훔쳐서 숙향의 장롱 속에 숨겨 두었다. 다음 날
승상은 옥용도를 꺼내려고 하였는데 없었다. 부인의 비녀도 또한 분
실하였다. 승상은 핏대를 올리며 수색을 명하였다. 사향은 혀를 날
름 내밀며 시치미를 떼고 부인 앞에 나와서,

　"어젯밤 숙향 아가씨가 무언가 알 수 없는 물건을 들고 자신의 방
에 들어갔습니다만…"

　라고 고의로 의심스러운 표정을 지었다.

夫人は早速淑香の簞笥を調べて見ると、中から玉竜刀と鳳釵が現はれた。夫人は一圖に嚇乎となって丞相に告げた。丞相は烈火の如く怒って、淑香を折檻した。

『お前は何といふ不埒な奴だ、五歳の時に袖乞となって迷って来たのを救上げ、身に餘る鍾愛を受けながら、何が不足で斯樣な不都合を働くのだ、お前のやうな奴は一時も家には置けぬ、早く出て往け。』と面色を變へて叱罵した。四香は猶も油に火を注けるやうに添口して、

『淑香孃は、前には一度も斯樣なことはなかったので御座いますが、縁組のお話しがあってから、急にそはそは遊ばして、善くないことも目に止まり、外の男の方とも密々交際して居られるやうで御座います。こんな事は申上げたくありませんが、若し召使達が疑はれますやうでは甚だ迷惑を致しますので、在りのままをお話し申上げたので御座います。』

　　부인은 서둘러 숙향의 장롱을 조사해 보니, 안에서 옥용도와 비녀가 나타났다. 부인은 바로 발끈하여서 승상에게 고하였다. 승상은 열화와 같이 화를 내며 숙향에게 체벌을 가하였다.

　　"너는 이 무슨 발칙한 년이냐? 5살 때 거지가 되어 헤매고 있는 것을 구해 주었다. 분에 넘치는 사랑을 받으면서 무엇이 부족하여 이와 같은 괘씸한 일을 하였느냐? 너와 같은 년은 한 시라도 집에 둘 수는 없다. 어서 나가거라."

　　고 얼굴색이 변하면서 호되게 꾸짖었다.[16] 사향은 더욱 기름에 불

16 너는 이 무슨 발칙한~호되게 꾸짖었다 : 장승상이 직접 숙향을 불러 꾸짖는 장면은 현토본에만 있는 장면이다.

을 붓듯이 말을 덧붙였다.

　"숙향 아가씨는 전에는 이러한 일은 없었습니다만, 결혼 이야기
가 있고부터 갑자기 안절부절 못하고 놀더니 좋지 않은 모습도 눈에
띠며 외간 남자와도 비밀스럽게 교제를 하는 듯 하였습니다. 이러한
것은 말씀드리고 싶지 않았습니다만, 만일 하인들이 의심받는다면
매우 폐가 되는 것이 되므로 있는 사실을 말씀드린 것입니다."

　淑香はこれを聞くと仰天した。言ひ訳をしようと思っても、亟相夫
婦の激怒に、冤を雪ぐ詮術もなく、泣く泣く室に戻って罪を待って居
た。

　亟相の怒は益々募るばかりで、今度は淑香を土間に曳据え、

　『お前は高恩を受けた夫人を欺くばかりでなく、身を忘れて鍾愛した
此の乃公をも偽らうとするのか、鳳釵は女の欲しがるものだから盗む
としても、何の用があり、誰れに贈らうとして、乃公の秘藏の玉竜刀
まで盗んだのか、黙って居れば家中の貨財を皆んな盗み取る心意だら
う、お前は段々物心が付いて来たので、両親のことを思ひ出して、其
処へ運ぶ考へなのだらう。真の親以上に愛育しても、我子でないもの
は仕方のないものだとのことが、今熟く解った。それは可いとして
も、お前のやうな者は見るのも嫌だ、早く立去れッ』

　亟相は四香に命じて、淑香の衣類所持品を取縢め、門外に追放させ
ようとした。

　숙향은 이것을 듣고 깜짝 놀랐다. 변명을 해 보려고 생각했지만,
승상부부가 격노하였기에 원한을 씻을 방법이 없어서 울면서 방으

로 돌아와서 벌을 기다리고 있었다.

　승상의 화는 더욱 더해지며 이번에는 숙향을 토방에 꿇어앉히고,

　"너는 높은 은혜를 받은 부인을 속인 것뿐만 아니라 자신도 잊고 애지중지하였던 이 나를 속이려고 한 것인가? 비녀는 네가 갖고 싶어서 훔쳤다 하더라도 무슨 용무가 있어서 누구에게 주려고 내가 애지중지하는 옥용도까지 훔치었느냐? 잠자코 있으면 집 안의 재산을 모두 훔칠 마음이었구나. 너는 점차 철이 들면서 양친의 일을 떠올려 그곳으로 가져갈 생각이었구나? 친부모 이상으로 사랑으로 키워도 내 자식이 아닌 것은 어쩔 수 없는 것이로구나. 지금 잘 알았다. 그것은 그렇다 하더라도 너와 같은 녀석은 보는 것도 싫구나. 어서 떠나거라."

　승상은 사향에게 명하여 숙향의 의류와 소지품을 챙겨서 문밖으로 추방하게 하였다.

　淑香は在るに在られぬ無念さ口惜さに、止め度なく堰き来る涙に泣き悶えた。

　『亟相さま、奥さま、どうぞ妾の冤罪を御賢察下さいまし、御夫婦の身に餘る厚きお情けは、深く淑香の心に刻み付けられ、お忘れ申した日とて御座いません。亟相さま奥さま、妾は五つの歳に両親の懐を離れ、西も東も分らぬ千里の路を乞食姿となり彷徨って居ました。御夫婦の御愛育なくば、妾は疾くに現世のものでは御座いません。妾が御夫婦のお情けを受けますやうになったも、皇天のお恵みであり、鬼神の御冥護であると、片時も忘れたことは御座いません。妾の身は假令紛微塵にならうとも、永く御夫婦に仕へて力のあらん限りを盡し、海

山の御恩に報ゐたいと、唯そればかりを案じ煩ってゐたので御座います。それだのに、——それだのに、思ひ懸けない物盗みの名を被せられて、御恩の深い此家を追ひ出されるとは、何といふ悲しいことで御座いませう。妾は天に誓って妾の身の潔白を申上げます。妾の無実の罪は何れ晴れる日が御座いませう。どうぞ丞相さま、奥さま、もう一度御裁量を仰ぎます。紛失した品は妾の簞笥の中にありましたので、盗名悪行の疑を身に受けましても、免れようが御座いませんが、奥さまの鳳釵や、丞相さまの玉竜刀を盗みまして、妾がどうしやうと云ふので御座いませう。丞相さまのお言葉を返して済みませんが、妾の両親と云ひましても未だに生死さへ分らぬもので御座います、刀を何物に贈ると被仰っても、贈らうとする何者も御座いません。妾は虚弱の身の、歩行にも艱ましく、衣類道具など、どうして持参出来ませう。若しどうあっても追出すとの仰せなれば、着のみ着のままの身一つでお暇申します。』

　숙향은 있어서는 안 되는 일에 분하여 멈출 줄 모르고 흐르는 눈물에 괴로워하였다.

　"승상어르신, 부인, 아무쪼록 소첩의 원통한 죄를 잘 살펴주십시오. 부부의 과분한 동정은 깊이 숙향의 마음에 새기어 잊어 본 적이 없습니다. 승상어르신, 소첩은 5살에 양친의 품을 떠나, 서쪽도 동쪽도 알지 못하는 천리의 길을 거지가 되어 배회하였습니다. 부부의 사랑이 없었다면 소첩은 벌써 이 세상의 사람이 아니었습니다. 소첩이 부부의 동정을 받게 된 것도 황천(皇天)의 은혜이며 귀신의 가호인 것을 한 번도 잊은 적이 없습니다. 소첩의 몸은 가령 먼지가 된다

201

고 하더라도 오래도록 부부를 섬기고 힘닿는 대로 바다와 산과 같은 은혜에 보답하고 싶다고 오직 그것만을 생각하고 있었습니다. 그럼에도 생각지도 못하게 도둑의 누명을 쓰고 은혜 깊은 이 집을 쫓겨나게 된 것은 뭐라고 말할 수 없는 슬픔입니다. 소첩은 하늘에 맹세하고 소첩의 결백을 고합니다. 소첩의 원통한 죄는 언제가 풀릴 일이 있을 것입니다. 아무쪼록 승상어르신, 부인, 다시 한 번 재량을 베풀어 주십시오. 분실한 물건은 소첩의 장롱 속에 있었기에 악행(惡行) [을 저지른] 도둑이라는 의심을 받았더라도 벗어날 수가 없습니다만, 부인의 비녀와 승상어르신의 옥용도를 훔쳐서 소첩이 어떻게 하려고 하였겠습니까? 승상어르신의 말씀에 말대꾸를 하여서 죄송합니다만, 소첩의 양친이라고 말씀하셔도 아직껏 생사조차 알 수 없습니다. 칼을 누군가에게 보낸다고 말씀하셨는데 아무도 없습니다. 소첩은 허약한 몸으로 걷는 것도 어려운데 의류 도구 등을 어떻게 지참할 수 있겠습니까? 만약 아무리 그래도 추방한다고 말씀하신다면 몸에 걸친 옷과 몸 하나만으로 작별을 고하겠습니다."

淑香は言ひ訖ってまたよよとばかりに泣き伏した。そして此世の見納めにもう一度自分の房室を見させてと哀願した。淑香は自分の房室に帰ると、限りなき感慨に咽せんで、哀怨詩四韻を壁上に題した。

숙향은 말을 끝내고 다시 흑흑하고 엎드려 울었다. 그리고 이 세상에서의 마지막 일을 하기 위해서 다시 한 번 자신의 방을 보여 달라고 애원하였다. 숙향은 자신의 방에 돌아가자 한없는 감개에 눈물을 삼키며 슬퍼하고 원망하는 시 사운(四韻)을 벽 위에 적었다.

一別雙親独苦辛　　賴天陰隲保微身

銘心欲報夫人渥　　結草難忘相国恩

鳳釵竜刀知莫用　　伯夷盗跖辨無因

今朝出去從何処　　天地茫茫涙満巾

　　부모님 이별하고 갖은 고생 겪으면서

　　하늘의 도움으로 이 한 몸 보전했네

　　명심해서 갚아야 할 부인의 사랑이요

　　결초[17]해도 잊지 못할 상국의 은혜로다

　　봉황 비녀 청룡도는 전혀 쓸 줄 모르고

　　백이와 도척[18]은 구별할 길이 없네

　　오늘 아침 나서면 어디로 가야할지

　　천지는 망망한데 수건엔 눈물 가득

　　書き畢って淑香は房室中を見廻した。永年詩文に親しんだこの房室
も、これが永き訣別かと思へば、去るにも去られず悲愁に袖を濡らし
た。淑香は寃を拂ふに由なく、丞相夫婦に厚き訣別の辞を残して中門
を出た。

---

17 결초 : 결초보은. 은혜를 죽어서도 잊지 않고 갚는다는 의미이다.

18 백이와 도척 : 백이는 중국 은(殷)나라 때 충신으로 주나라 무왕이 은나라를 치
려고 하니 아우인 숙제와 함께 간했으나 받아들여지지 않자 주나라의 곡식을
먹는 것을 부끄럽게 생각하여 아우 숙제와 함께 수양산에 들어가 고사리를 캐
어 먹다가 굶어 죽었다고 한다. 청렴하고도 착한 사람의 대명사이다. 한편 도척
은 중국 춘추시대 전설상의 대도둑으로 성격이 포악하여 날마다 무고한 사람들
을 죽이고 사람의 간을 생으로 먹고 재물을 약탈하였으며 수천의 부하를 모아
천하를 횡행하고 여러 나라를 뒤흔들어 놓았다고 한다. 포악하고 탐욕스러운
사람의 대명사이다.

　　다 적은 숙향은 방 안을 돌아보았다. 오랜 시간 시문과 친숙한 방
도 이것으로 오래도록 결별인가 하고 생각하니 떠나려고 하더라도
떠날 수 없는 슬픔에 소매를 적시었다. 숙향은 원통함을 벗지 못하
고 승상부부에게 깊이 결별의 인사를 남기고 중문을 나섰다.

(九) 亞相夫人の悲嘆
(9) 승상부인의 비탄

　　淑香が泣く泣く中門の外まで出た時、夫人は急ぎ足で追驅けて来て、
　『お待ち、淑香!、お話しがある、私が亞相に告げたものだから、飛
んだことになって了った。明日になれば丞相の心も釋けるだらうか
ら、気を入れ替へて戻ってお呉れ妾は何処までもお前を自分の子だと
思ってゐるのだが、お前はどうしても出て行く気かね。』
　　淑香は地に伏して夫人を拜み、
　『妾は頼りのないものです、妾の一身は奥さまに委せて御座います、
どうして自分から出て行かうなどど思ひませう、亞相さまのお叱りを
受け、居るにも居られないからで御座います。どうぞ奥さま、亞相さ
まにお執成しをして下さいまし。』と夫人の手に縋り着いた。

　　숙향이 울며불며 중문 밖까지 나섰을 때, 부인은 빠른 걸음으로
쫓아와서,
　"기다리거라, 숙향아! 할 말이 있다. 내가 승상에게 고하였기에
큰 일이 되어 버렸다. 내일이 되면 승상의 마음도 풀릴 것이니까 마
음을 바꾸어서 돌아와 주거라. 나는 어디까지나 너를 자신의 아이라

고 생각하고 있었다만 너는 무슨 일이 있어도 나갈 마음이더냐?"

숙향은 땅에 엎드려서 부인에게 절하며,

"소첩은 의지할 곳이 없는 사람입니다. 소첩의 일신은 부인에게 달려 있습니다. 왜 스스로 나가겠다는 것을 생각하겠습니까? 승상 어르신의 꾸짖음을 받고 있을 수가 없어서입니다. 아무쪼록 부인 승 상어르신에게 중재를 해 주십시오."

라고 부인의 손에 매달렸다.

其処へ四香が遽だしく走って来て、『亟相さまのお吩咐です、早く淑香を追出しなさい。』夫人はちょっと眉根に皺を寄せたが、『では淑香、少し待ってゐてお呉れ、私から亟相にお願をして許して頂くから…・。』

夫人は急いで亟相の室に行き、亟相の顔色を覗いて『あの淑香のことですが…、あれは熟々考へて見ると、私が淑香の簞笥へ仕舞ったのを忘れて郎君に飛んでもないことを申上げたのでした。私の粗忽で、何処へも行き所のない淑香を逐出すのは可哀想です。假令又それが事実であったとしても、能く調べた上で処置しても脕くはありませんし、十年の間も娘と呼び、母と稱ばれたものを、今遽かに見殺にするのは可哀想でなりません、若し強って出して遺れば、淑香は屹度死んでしまひます。どうか郎君、淑香の罪を宥してやって下さい。』と哀訴した。亟相も今更惜しいと思った矢先なので、黙って首肯いた。夫人は淑香を喜ばせてやらうと急いで起上った。

그곳에 사향이 재빨리 달려 와서,

"승상어른신의 분부입니다. 어서 숙향을 쫓아내십시오."

부인은 잠시 미간에 주름을 지었지만,

"그럼 숙향아, 잠시 기다리고 있어 주거라. 내가 승상에게 부탁을 드려 용서를 받을 테니까…"

부인은 서둘러서 승상의 방으로 가서 승상의 안색을 살피며,

"저 숙향의 일입니다만…, 그것은 잘 생각해 보니, 제가 숙향의 장롱에 둔 것을 잊어버리고 낭군에게 터무니없는 일을 말씀드렸습니다. 저의 경솔함으로 어디에도 갈 곳이 없는 숙향을 쫓아낸 것은 가엾습니다. 가령 또한 그것이 사실이라고 하더라도 잘 조사한 후에 처치하여도 늦지 않습니다. 10년간이나 딸이라고 부르고 어머니라고 부르던 것을, 지금 이렇게 빨리 죽게 내버려 두는 것은 불쌍해서 볼 수가 없습니다. 만일 쫓아내신다면 숙향은 필시 죽어 버릴 것입니다. 아무쪼록 낭군, 숙향의 죄를 용서해 주십시오."

라고 슬프게 호소하였다. 승상도 이제야 와서 불쌍하게 생각하던 차이기에 잠자코 승낙하였다. 부인은 숙향을 기쁘게 해 주려고 서둘러 일어섰다.

此方は四香、早く此間に淑香を逐出さうと思って、

『亟相御夫婦は、お前さんの愚圖々々してゐるのを怒って、早く出て行くやうにしろと私に吩咐けられたのだから、早く外へ出てお仕舞ひなさい。』と淑香を突飛ばして、門をピタリ閉めて了った。淑香は詮術もなく、泣く々々歩き出した。引違ひに夫人が駆付けて見ると、淑香の姿が見えない。四香に訊くと、もう出て行ったと云ふ。直ぐ四香に呼迎へさせたが、四香は空々しく、『淑香さんを声限り呼止めました

が、まるで籠の鳥が放されたやうに、喜んで飛んで行って了ひました、もう影も形も見えません、奥さま、お諦めなさいまし、淑香は此家に居たくないのでせうよ。』と報告した。夫人は残念に思ったが仕方がないので、亟相に仔細を話した。

　사향은 그 사이 서둘러 숙향을 쫓아내려고 생각하였다.

　"승상부부는 네가 꾸물대고 있는 것을 화내시고, 어서 나가도록 나에게 분부하셨다. 그러니까 어서 밖으로 나가거라."

　고 숙향을 냅다 밀치고 문을 탁 닫아 버렸다. 숙향은 어쩔 수 없이 울며불며 걷기 시작했다. 문 쪽으로 부인이 달려와서 보니, 숙향의 모습이 보이질 않았다. 사향에게 물으니, 이미 가고 없다고 말하였다. 바로 사향을 불러 데리고 오게 하였지만, 사향은 뻔 한 거짓말을 하며,

　"숙향 씨를 소리 높여 불러 세웠지만 마치 새장의 새가 풀려난 것처럼 기뻐하며 날아가 버렸습니다. 더 이상 그림자도 형태도 보이지를 않습니다. 부인 포기하십시오. 숙향은 이 집에 있고 싶지 않은 것이겠지요?"

　라고 보고하였다. 부인은 안타깝게 생각했지만 어쩔 수 없었기에 승상에게 소상하게 말하였다.

　亟相は呵々と笑って、

『淑香はお前を忘れて行くのに、お前は淑香を念ってゐる、淑香は勝手に去って了ったのに、お前は追着かなかったのが口惜しいと云ふ、お前くらゐ馬鹿はないね、自分の子の行衛が不明になってさへ探さう

とはしないものがある、お前は自分の子でもない彼のやうな淑香が居なくなったとて、悲しむことはないじゃないか。』と相手にしないので、夫人は取付く島を失ひ、絶望に嗚咽しつつ淑香の房室に入って、切めてもの心を慰めやうとした。床上の粧奩は平素の通り飾ってあっても主は既に居ない、窓間の涙痕は猶未だ乾かずに目の當りの悲劇を語ってゐる。憶へばあれも此れも皆涙の種である。

　　승상은 하하하 하고 웃으며,

　　"숙향은 너를 잊고 갔는데, 너는 숙향을 생각하고 있느냐? 숙향은 마음대로 떠나 버렸는데, 너는 쫓아가지 못한 것이 억울하다고 말하느냐? 너 같은 바보도 없을 것이다. 자기 아이의 행방이 명확하지 않다고 하더라도 찾으려고 하지 않는 자가 있다. 너는 자신의 아이도 아닌 저와 같은 숙향이 없어졌다고 해서 슬퍼할 것은 없지 않느냐?"

　　고 상대를 하려고 하지 않기에, 부인은 매달려 있던 새를 잃고 절망에 울음을 삼키는 듯, 숙향의 방으로 들어가서 그런 대로의 위안거리로 마음을 위로하려고 하였다. 바닥 위 화장품 상자는 평소대로 장식되어 있어도 주인은 이미 없었다. 창틈의 마르지 않은 눈물 흔적이 눈앞의 비극을 이야기하였다. 생각하면 이것도 저것도 모두 눈물의 씨앗이었다.

(一〇) 四香の電死
(10) 벼락 맞아 죽은 사향

淑香は四香に阻まれて門の外へ突出されたが、何処をどう頼るべき

緣邊もない。淑香は天に禱った。

　『天は高けれども卑きに聴き、明光は燭さぬ隈とてないと聞きました。哀れ皇天!、妾の果敢なき運命を護り、再び亟相夫人に会せて下さいまし、賤妾の一身は、今、雲山萬畳、前路杳茫の境に彷徨って居ります、今夜は何れの宿に投ずべきか、明日は誰が家に食を求むべきか。哀れ皇天!、妾の一命をなぜ速かに死に導いては下さらぬ。

　숙향은 사향에게 저지당해서 문밖으로 쫓겨났지만, 어디를 어떻게 의지해야 할지 연고가 있는 사람도 없었다. 숙향은 하늘에 기도하였다.

　"하늘이 높다고 하지만 겸손하다고 들었으며, 밝은 빛은 밝히지 않는 구석이 없다고 들었습니다. 아, 하늘이시여! 소첩의 덧없는 운명을 보호하여서, 다시 승상부인을 만나게 해 주십시오. 비천한 소첩의 일신은 지금 만 겹의 높은 산, 앞길 아득히 먼 경계에서 배회하고 있습니다. 오늘 밤은 어느 숙소에 몸을 내던져야 합니까? 내일은 누구 집에서 음식을 구해야 합니까? 아, 하늘이시여! 소첩의 [이] 한 목숨을 왜 일찍 죽음으로 인도하려고 하십니까?"

　淑香は禱訖ってから自分の服装を顧みて、斯様な姿では暴漢の為めに辱を受けると不可いと、衣服をピリピリに裂き、菰を被り、頭髪を亂し、垢だらけの顔となり、手を後に曲げ、跛歩の真似をして、目途もなく歩いたが、五里ばかり行くと日が暮れた空腹ではあり、足の疼痛は激しいので、路傍の樹に凭れ懸って、思案に暮れてゐた。

숙향은 기도하고 나서 자신의 복장을 돌아보며, 이러한 모습으로
는 폭한(暴漢)에게 욕을 당하게 될 것이다. 의복을 갈기갈기 찢고 버
선을 찢으며, 두발을 헝클어뜨리고 때투성이 얼굴을 하여 손을 뒤로
접어서 절름발이 흉내를 하며 목적지[19]도 없이 걸었는데, 5리 정도
가니 날이 저물었다. 공복이었고 다리의 동통(疼痛)이 심했기에 길옆
의 나무에 기대어서 깊은 생각으로 해가 저물었다.

すると亞相の屋敷邊に、一團の黑雲が湧き起り、紫電一閃、天地も
裂けさうな雷が鳴った。淑香は不思議なことと怪んでゐると、亞相の
女中頭の四香と云ふ女が、雷に打たれて死んだ、それが奇妙なことに
は、背中に『奸陷人を出す』と云ふ四字が燒き付けられてあったさうだ
と。道行く人の話を聞いて、淑香は独り天に謝した。

그러자 승상의 집 근처에 한 덩어리의 검은 구름이 일어났다. 번
갯불이 번쩍이고 땅이 갈라지는 듯한 벼락이 쳤다. 숙향은 이상한
일이라고 괴이하게 생각하고 있었는데, 승상의 하녀 중 우두머리인
사향이라는 여자가 벼락을 맞고 죽었다. 그것이 기묘하게도 등에는
"간악한 사람을 내보낸다."라는 네 글자가 새겨져 있었다고 한다.
길 가는 사람의 이야기를 듣고 숙향은 홀로 하늘에 감사하였다.

亞相家では、淑香が出て去った後で、遽かに四香が變死し、凡ての
事情が解ったので、太く四香の惡企みを憎み、早計に淑香を追放した

---

19 목적지: 일본어 원문에는 '目途'라고 표기되어 있다. 이는 목표, 목적의 뜻이다
(松井簡治·上田万年編, 『大日本国語辞典』04, 金港堂書籍, 1919).

ことを悔んでゐた。

　　승상 댁에서는 숙향이 나간 후에 갑자기 사향이 변사하면서 모든
　　사정을 알게 되었기에 사향이 꾸민 악행을 크게 증오하고 경솔하게
　　숙향을 추방한 것을 후회하고 있었다.

　淑香は良久しく樹下に坐し、物思ひに耽ってゐたが、いっそ亞相家
に戻って事實を聞訊さかうか、否、否、事實でなければ恥を晒すやう
なもの、往かない方が宜からうと、胸に問ひ胸に答へて、身を起して
立去らうとしたが、體は綿のやうに疲れて一步も踏み出せない。遺る
瀨ない思ひに身を唧ちつつ四邊を身廻はすと、其処には大きな河が
あった。淑香は河を見ると急に死にたくなった。そして喘ぎ喘ぎ河邊
に臨み、『此身は何の罪障があって、斯くも憂目を見るのでせう、生き
て往く所が無ければ、死ぬより外に途はない、皇天も照覧あれ、亞相
御夫婦のお疑ひも晴れましたら、妾は地下で今日の汚名を雪いで頂き
ます。さらば父母！　さらば亞相御夫婦！　これが永遠のお訣れで御座い
ます。』と無限の怨を呑んで河へ身を投げた。心なき河水も嗚咽し魂な
き山色も悽惋の狀を呈した。

　　숙향은 한 동안 나무 아래에 앉아서 깊은 생각에 빠져 있다가 한
　　층 승상 댁에 돌아가서 사실을 물어볼까 했지만, 아니, 아니, 사실이
　　아니라면 창피를 당하는 것이기에 가지 않는 편이 좋다고 마음으로
　　묻고 마음으로 대답하였다. 몸을 일으켜 세워서 떠나려고 하였지만,
　　몸은 면과 같이 피곤해서 한 발도 밟을 수가 없었다. 울적한 마음에

몸을 한탄하면서 사방을 둘러보았더니, 그곳에는 커다란 강이 있었다. 숙향은 강을 보자 갑자기 죽고 싶어졌다. 그리고 숨을 헐떡이면서 강 근처에 다다라서,

"이 몸은 무슨 죄가 있어서 이렇게 쓰라린 경험을 보게 된 것인가? 살아서 갈 곳이 없다면, 죽는 것 말고는 달리 방법이 없다. 하늘도 굽어 살피시어 승상부인의 의심도 밝혀졌다면, 소첩은 지하에서 오늘의 오명을 씻어 받겠습니다. 안녕히 계십시오. 부모님! 안녕히 계십시오. 승상부부! 이것이 영원한 이별입니다."

라고 무한한 원망을 삼키며 강으로 몸을 던졌다. 마음 없는 강물도 울음을 삼키며 영혼 없는 산의 경치도 슬픔에 아픈 듯한 모습을 나타냈다.

(一) 酒屋の老嫗
(11) 술집의 노파

　淑香の姿は見る見る河底に消えた。と忽然青い薄絹の衣を纏ひ、蓮の葉の舟に乗り淩波の曲を歌ひながら、流れに順って来る怪しの女が現はれて、淑香を抱へて疾風の如く川面を走り、とある路傍の樹の根に淑香を憩はせた。淑香は奇異の感に打たれて幾度も幾度も禮を述べ、『妾ほど世に不仕合せなものはありません、兵乱の為めに親には離れ、他人の手に養はれましたが、其処でも讒せられ、黜けられ、身の置き所もなく、思ひ詰って河に身を投げました。生きてこの辛さを見るよりは死んだ方がどんなにか楽でせう。この生甲斐のない妾をお助け下さった貴娘はどういふお方ですか。』と、怪しの女は、

『わたしは東河竜王の二番目の娘です。三十年前に金亀の姿と化って
泮河の邊りに遊びに出たことがありますが、其時に、漁夫の網に懸
り、燒いて食べられて仕舞うところを、親切なお方に出会って、わた
しの命をお酒に換へて下さいました。その御恩は深く骨に刻まれ、生
命に換へても報ゐたいと考へてゐます。今其許をお救ひ申したも何か
の縁でありませう、後で老嫗が来ますから、短気を起さずに此処で
待っておいでなさい。』

숙향의 모습은 순식간에 강바닥에 사라졌다. 그러자 갑자기 파랗
고 연한 면 옷을 두르고, 연잎의 배에 올라타 능파(淩波)의 곡을 노래
하면서 물살에 따라서 다가오는 수상한 여자가 나타나서 숙향을 안
고 질풍과 같이 강의 수면을 달렸다. 그리고 길옆의 나무뿌리에 숙
향을 쉬게 하였다. 숙향은 기이함에 강한 감동을 받아서 몇 번이고
몇 번이고 예를 말하면서,

"소첩만큼 세상에 불행한 사람도 없습니다. 병란으로 인하여 부
모와 헤어지고 다른 사람의 손에 자라났지만 그곳에서도 비방을 받
아서 내침을 당했습니다. 몸을 둘 곳도 없어 숨이 막혀서 강에 몸을
던졌습니다. 살아서 이 고통을 보기보다는 죽는 편이 얼마나 편할까
요? 이렇게 사는 보람이 없는 소첩을 도와주신 그대는 어떠한 분이
십니까?"

라고 말하자 수상한 여자는,

"저는 동해용왕의 둘째 딸입니다. 30년 전에 남생이의 모습으로
변하여 판허 근처에 놀러 나온 적이 있습니다만, 그때에 어부의 그
물에 걸려 [어부들이]구워서 먹어 버리려고 하던 차에, 친절한 분을

213

만나서 나의 생명을 술과 교환해 주었습니다. 그 은혜는 깊이 뼈에 묻어두고 생명을 바꾸어서라도 보답하고자 생각했습니다. 지금 그대를 구하는 것도 무언가의 인연일 것입니다. 나중에 노파가 올 것이니 차분히 성미를 내지 말고 이곳에서 기다려 주십시오."

斯う云ふかと思ふ間に姿は見えなくなった。すると果して一人の老媼が杖をつきつきやって来た。ゲロゲロ淑香の姿を見廻して、『この夕暮に、女一人でそんな所に何をしてゐるのだい』淑香『妾は幼い時に両親を見失ひ、他人様の御厄介になってゐましたが、此の病身でどうすることもならず、乞食になったのです。』老媼は猶も淑香の容子を見てゐたが、気品のある子だし、大した病気でもないやうなので、『それはそれはお困りだらう、老媼もね、所天に別れてから、子供はないし、独身で寂しくって行けない所だから、どうだね、丁度好いからお前きんを娘として育ててあげやう。』淑香は心の中で、もう日も暮れたし、往く処もない、どんな人だか分らないが、今晩だけでも助けて貰はうと、老媼の言はるるままに随いて行った。

其処は賑やかな漁師町であった。老媼は孀婦暮しで酒屋をしてゐるが、有福らしく見えた。

이렇게 말하는 가 했더니 [어느새] 모습은 보이지 않게 되었다. 그러자 과연 한 사람의 노파가 지팡이를 짚고 다가왔다. 뚫어지게 숙향의 모습을 둘러보고,

"이 저녁에 여자 혼자서 그런 곳에서 무엇을 하고 있느냐?"

숙향은

"소첩은 어릴 때에 양친을 잃고 다른 사람의 신세를 졌습니다만, 이 병약함으로는 어떻게 할 수도 없어서 거지가 되었습니다."

노파는 더욱 숙향의 모습을 보았지만, 기품이 있는 아이이고 큰 병도 아닌 듯하여서,

"저런, 저런, 곤란하였겠구나. 나도, 남편[20]과 헤어지고 나서 아이도 없고 독신으로 쓸쓸하였는데 어떠하냐? 딱 적당하니 너를 딸로 삼아서 키우고 싶구나."

숙향은 마음속으로 생각하기를 [계속 하였는데] 벌써 날도 저물었고 갈 곳도 없었다. 어떠한 사람인지 모르지만 오늘 밤만이라도 도움을 받자고 노파가 말하는 대로 따라 갔다.

그곳은 떠들썩한 어촌 마을이었다. 노파는 과부로 살며 술집을 하고 있었는데 유복한 듯이 보였다.

亟相夫人は、罪もない淑香に別れてから、毎日々々淑香の房室に閉籠って、淑香の遺品を撫ては悶を遺ってゐたが、壁上に冤を訴へた哀怨の詩を看ては、一層に恋しさ懐かしさが募り、遂にヒステリ[21]ーを起した。亟相は心配して、召使達を諸方に差向けて淑香の所在を捜索したが、明瞭した消息が分らず、人の噂では河に身を投げて死んだとの音便を聞き、亟相夫婦は、さては冤死したのかと太く嘆いて、畫工に頼んで、淑香の姿を畫像に作り、出て去った日を命日に夫人の寝室に掲げて厚く祭り、心を慰めてゐた。

---

20 남편: 일본어 원문에는 '所天'으로 표기되어 있다. 이는 남편 혹은 집주인을 뜻한다(棚橋一郎・林甕臣編, 『日本新辞林』, 三省堂, 1897).
21 ヒステリ: 일본어 원문에도 '히스테리'라는 외래어로 표기되어 있다.

　　승상부인은 죄도 없는 숙향과 헤어지고 나서 매일매일 숙향의 방에
틀어 박혀서 숙향의 유품을 어루만지면서 괴로워하며 보냈다. 그러다
가 벽 위에 원통함을 호소한 애원의 시를 보고는 한층 그리움이 더해
져서 결국에는 히스테리를 일으켰다. 승상은 걱정하여 하인들을 사방
으로 보내서 숙향의 소재를 수색하였지만 명확한 소식을 알 수 없었
다. 사람들의 소문 [중에] 강에 몸을 던져서 죽었다는 소식을 듣고, 승
상부인은 끝내는 원통하여 죽었는가? 하고 크게 한탄하며 도공에게
부탁하여 숙향의 모습을 화상으로 만들었다. 떠나간 날을 제삿날로 하
여 부인의 침실에 걸어두고 깊이 제사하고 마음을 위로하였다.

　　淑香は老嫗の家に引立てられてから日數も經ったが、若し亂暴者に
凌辱されてはならぬと、少しも化粧をしないで、相變らず汚い姿をし
てゐた。老嫗は見兼ねて、『お前は美しくないではないのに、そんな汚
い姿をしてゐるので、誰れも鼻を摘んで嫌がるが、少し化粧したら可
いだらうに…。』と勸めたが、淑香は老嫗の意を計り兼ねてその儘に聞
き流してゐると、老嫗は重い病氣に罹ってゐるので、化粧する氣が無
いのだらう、永く留めて置いても仕方がないと云ふやうな氣振りが老
嫗に見えたので、淑香は、或日老嫗の留守中に薄化粧をして、端然と
坐って刺繡をしてゐた。

　　숙향이 노파의 집에 가고부터 수일이 지났는데, 혹시라도 난폭한
사람에게 능욕을 당할까 하여 조금도 화장을 하지 않고 변함없이 더
러운 모습을 하였다. 노파는 보다 못해서,
　　"너는 아름답지 않은 것도 아닌데, 그렇게 더러운 모습을 하고

있어서 모두가 코를 막고 싶어하니까, 화장을 조금 하는 것이 좋으
련만…”

라고 권하였다. 하지만 숙향은 노파의 뜻을 짐작하지 못해 그대로
흘려듣고 있었다. 그러자 노파는 [숙향이] 무거운 병에 걸렸기에 화
장할 마음이 없는 것일 거라고 오랫동안 붙잡아도 별수없다는 듯한
기색을 보였기에 숙향은 어느 날 노파가 없는 사이에 가볍게 화장을
하고 단정하게 앉아서 자수를 하고 있었다.

老嫗が帰って見ると、淑香が見違へる程綺麗になってゐるので、臂
を引張ったり、腰を抱へたり掌で背中を撫たりして、美しい、美し
い、と踊って喜んだ。それから幾日かの後に老嫗は形を改め真顔に
なって、『わたしも六十を過ぎて、毎日諸方の立派なお屋敷へ出入する
が、お前のやうな美しい子は何処にもない、お前には何か訳があるの
だらう』と訊ねた。

노파가 돌아와서 보니 숙향이 몰라볼 정도로 예뻐졌기에 팔을 잡
아당기고 허리를 안아보고 손바닥으로 등을 어루만지면서 아름답
구나, 아름답구나 라고 뛸 듯이 기뻐했다. 그리고 며칠 후 노파는 자
세를 고쳐서 진지한 얼굴을 하며,

“나도 60을 넘기고 매일 여러 방면의 훌륭한 저택에 출입하였지
만, 너와 같이 아름다운 아이는 어디에도 없다. 너에게는 무언가 이
유가 있었겠지?”

라고 물었다.

淑香は涙を流して、『妾とて元は士族の生れです、腹からの非人では
ありません、兵乱の中に真実の両親を見失って他人に父母として事へ
て来たのですが、其処にも鶺鴒の宿るべき安全な枝はなく、無実の罪
を被せられて放逐されました。何処をどう頼るべき家とてありません
が、假令野に死すとも、仇し男の誘惑に掛るまじと、心を傷めて唯死
の日を待ってゐたので御座います。それが圖らずも老嫗に助けられ、
真実の父母も及ばぬ御心切を受けまして、お情けは身に沁々と忘れま
せん、けれども一言お願ひして置きたいのは、此の土地は国中第一の
繁華で、一宵千金を惜まぬ方々も沢山にありませう、若し老嫗の御承
知があれば、妾の身は今日にも、路傍の柳、垣根の花と手折られて了
ひます、それは妾の死より辛いことで御座います、若しそのようなお
心はなく、妾は娘、老嫗は母、そして母娘二人が助け合って、百年の
寿を保つことが出来ましたら、妾はどんなに嬉しいでせう、どうぞお
察し下さいまし。』と心の底を打明けた。

　숙향은 눈물을 흘리면서,
　"소첩은 원래 양반(士族)[22]의 집안에서 태어났습니다. 태어날 때
부터 부랑자가 아닙니다. 병란 중에 진짜 양친을 잃고 다른 사람을
부모로 모시고 살아왔습니다만, 그곳에서도 굴뚝새가 머무를 수 있
는 안전한 방법이 없어 무고한 죄를 뒤집어쓰고 쫓겨났습니다. 어디
를 어떻게 의지할 만한 집도 없었습니다만, 가령 들에서 죽을지언정

---

22 양반: 일본어 원문에 표기되어 있는 '사족(士族)'은 메이지(明治)시대 이후부터
세습되어 오는 사무라이 집안을 뜻한다. 그 지위는 화족(華族)의 아래며 평민의
위에 위치한다(棚橋一郎·林甕臣編, 『日本新辞林』, 三省堂, 1897).

위험한 남자에게 유혹을 당하지 않으려고 하다가 마음에 상처를 입어 오직 죽을 날을 기다리고 있었습니다. 그것이 계획대로 되지 않아 노파에게 도움을 받아 진짜 부모도 하지 못하는 절박한 마음을 받았으니 그 동정이 몸에 스며들어 잊을 수 없습니다. 하지만 한 마디 부탁해 두고 싶은 것은 이 땅은 나라에서 가장 번화하고 하룻밤에 천금을 아까워하지 않는 분들도 아주 많을 것입니다. 만약 노파의 양해가 있다면 소첩의 몸은 오늘이라도 길옆의 버드나무, 울타리 밑의 꽃이 되어 꺾였을 것입니다. 그것은 소첩의 죽음보다도 힘든 것입니다. 만약 그러한 마음이 없이 소첩은 딸, 노파는 어머니 그리고 모녀 두 사람이 서로 도와서 백년의 목숨을 보존할 수 있다면 소첩은 얼마나 기쁠까요? 아무쪼록 헤아려 주십시오.”
라고 마음속을 털어놓았다.

老嫗は感じ入って、『よくまあそんな辛い思ひを怺えて、貞操を汚さなかった、好い子ぢゃ、好い子じゃ、老嫗とても永年独暮しなので、いつも柏舟の詩を詠み雄狐の篇を悪み、貞信を守って来たほどであるから、決して心配しないが可い、行末永く母子となって楽しく暮さうね。』

　　노파는 감동하여서,
　　“아이고 그런 힘든 일을 견뎌 내고 정조를 잃지도 않았으니, 착한 아이구나, 착한 아이구나, 늙은이는 너무나도 오래도록 홀로 생활하였기에 항상 백주(柏舟)의 시를 읽고 웅호(雄狐)의 편(篇)을 싫어하며 정조(貞信)를 지켜 올 정도이기에 결코 걱정하지 않는 것이 좋다. 언제까지나 모자(母子)가 되어서 즐겁게 살아가자.”

淑香はやっと安心して、それからは一層情愛が濃密となった。淑香は毎日刺繍をしては生計を資けてゐたが、一日老嫗がそれを市に売りに行くと、一二の商人がその品物を見て、これは珍らしい錦繍だと、高價に買ひ取った。老嫗は淑香を益々可愛がりちょっとでも外へ出さないので、隣り近所さへ淑香の居ることを知らなかった。

숙향은 겨우 안심하고 그로부터는 한층 애정이 깊어졌다. 숙향은 매일 자수를 하면서 생계를 도왔다. 하루는 노파가 그것을 시장에 팔러 가자, 12명의 상인이 그 물건을 보고 이것은 진귀한 비단이라며 비싼 가격에 사들였다. 노파는 숙향을 더욱 더 귀여워하여 조금이라도 밖에 내보내지 않았기에 이웃 사람들조차 숙향이 있는 것을 몰랐다.

(一二) 瑤池の夢

(12) 요지의 꿈

其年も暮れて、翌年の秋七月十六日に、淑香は自分の室に籠って、獨りくよくよと身の過ぎ越し方を考へては暗涙に咽せんでゐた。ひよいと見ると、一羽の青鳥が花の枝に止まり、物悲しさうに鳴いでゐた。淑香は自分の身に引較べて、あの鳥も妾のやうに親に離れて悲しんでゐるのかと、新愁の思ひに誘はれて窓に凭り懸り、睡るともなくとろとろとした。

그해도 저물어서, 다음 해 가을 7월 16일에 숙향은 자신의 방에 틀

어박혀서 혼자서 끙끙대며 자신의 지나온 과거를 생각하고는 남모
르게 눈물을 삼키었다. 갑자기 보니 한 마리의 파랑새가 꽃 가지에
머물러 서글프게 울고 있었다. 숙향은 자신의 신세와 비교하면서 저
새도 나와 같이 부모와 떨어져서 슬퍼하는 것인가 하고 초가을의 생
각에 이끌리어 창문에 기대어서 자지도 않고 꾸벅꾸벅하였다.

すると今まで花の枝で悲しさうに鳴いてゐた青鳥が、『私の後に随い
て来ればお前の両親に逢へると囁くので、淑香は喜んで青鳥の跡を
追って行くと大きな蓮池があって、往還の路には艶の濃い玉石が敷か
れ、池の中央には珊瑚を土臺とし、琥珀を柱とした眼も眩むやうな樓
閣が、空よりも高く聳えてゐる。門の上には珊瑚の板があって、金文
字で瑤池と表はしてある。これが話しに聞く西王母のお宮だなと考へ
ながら、淑香は門の外に躊躇してゐると、忽ち五色の祥雲が西の方か
ら棚引いて来て、雲の中から、黄金車、御白玉などが、竜の轎を荷っ
て現はれた。左右の侍者は、星の冠を頂き、月の輪を佩き、鷲鳳に乗
るものもあれば、雲鶴に御するものもあり、美しい行列を練って御宮
に入った。正面に黄金の榻に凭り懸って坐ったのが玉皇上帝なのであ
る。一同が坐り畢ると、王母は前方に出て祝禱した。雲の裳、霞の衣
はサラサラと軽い音を立てた。青鳥は先導役で、狀貌の清々しい童姿
であった。

그러자 지금까지 꽃가지에서 슬프게 울고 있던 파랑새가
"내 뒤를 따라 오면 너의 양친을 만날 수 있을 것이다"
라고 속삭이기에 숙향은 기뻐서 파랑새의 뒤를 쫓아갔다. 그러자

커다란 연못이 있고 왕래하는 거리에는 짙은 광택의 옥석이 깔려 있으며 연못 중앙에는 산호를 토대로 하고 호박을 기둥으로 하여 눈이 부실 정도의 누각이 하늘보다도 높이 우뚝 솟아 있었다. 문 위에는 산호로 만든 널빤지가 있어서 금문자로 요지(瑤池)라고 나타내고 있었다. 이것이 말로만 듣던 서왕모(西王母)의 궁이라고 생각하면서 숙향은 문밖에서 주저하고 있으니 홀연 오색의 상서로운 구름이 서쪽에서 길게 뻗어져 왔다. 구름 속에서 황금차, 백옥 등과 용이 가마를 메고 나타났다. 좌우에 시중드는 자는 별의 관을 머리에 이고 둥근 달을 차고, 난봉(鸞鳳)을 타고 있는 것도 있으며 운학(雲鶴)을 타고 있는 것도 있어 아름다운 행렬을 갖추어서 궁으로 들어갔다. 정면에 황금으로 만든 걸상에 걸터앉아 있는 자가 옥황상제였다. 일동이 다 앉으니 왕모는 앞으로 나와서 기도하였다. 구름으로 만든 치마와 노을로 만든 옷은 사각사각 가벼운 소리를 내었다. 파랑새는 선두 역할로 용모는 상쾌하게 생긴 어린이의 모습이었다.

　最後に一仙人が手に桂の枝を持ち、白玉の轎に端坐して、兎に曳かれて入って来た。数十人の美しい御殿女中が、後から後からと紫の烟の上に乗って随いて来る。これは月の世界なのだと淑香は思った。と一人の侍女が、

　『可哀想さうに淑香さん、あなたは下界に追ひ遣られて、さぞさぞ難儀をしたでせう今此処でお目に懸ったのは何よりの幸ひ、いろいろお話もありますからお入りなさい。』と淑香を案内した。淑香は四邊の燦爛たる輝きに膽を潰した。雲母の屏風、水晶の簾、瓊の坐敷、何とも言へない麗はしさであった。王母は淑香に向って、

『お前は大層人間界で難儀をしてゐるとのことを聞いたから、青鳥を
迎へに出したのだよ、此処はどこだと思ひなさる、此処は瑤池と云っ
て月の世界でね、わたしが王母だよ、皆んなの者に吩咐けて置くか
ら、緩乎遊んで行くが可い。』

　マジ막으로 선인(仙人) 한 사람이 손에 계수나무 가지를 들고 백옥
으로 만든 가마에 앉아서 토끼에 이끌려서 들어왔다. 이것은 달세계
라고 숙향은 생각했다. 그러자 시녀 한 사람이,

　"불쌍한 숙향씨, 당신은 하계로 쫓겨난 후 필시 고생을 하셨을 것
입니다. 지금 이곳에서 만나게 된 것은 무엇보다도 다행입니다. 이
런저런 이야기가 있으니까 들어오십시오."

　라고 숙향을 안내하였다. 숙향은 사방의 찬란한 빛에 간담이 무너
졌다. 규산염 광물의 하나인 운모(雲母)로 만든 병풍, 수정으로 만든
발, 옥으로 만든 연회석, 무엇이라고 말할 수 없는 아름다움이었다.
왕모는 숙향을 향하여,

　"네가 인간계에서 매우 고생을 하였다고 들었기에 파랑새를 마중
보냈다. 이곳이 어디인지 생각이 나느냐? 이곳은 요지라고 하는 달
세계이다. 내가 왕모다. 모두에게 분부해 둘 터이니 느긋하게 놀다
가는 것이 좋다."

　乃で王母は楽人に命じて霓裳羽衣の曲を奏でさせると、三臺の七
星、二十八宿はズラリと階下に列び、二人の仙人が起って舞ひ、二人
の仙娥が皷を打った。仙人は李太白と呂洞賓、仙娥は湘妃と漢女であ
る。其処へまた一人の仙人が一少年を引連れて王母に挨拶をした。王

母は少年に向って曰ふには、『太乙、お前は人間の滋味を知ってゐるか。』太乙『どうしてそんなもの知るわけがありません。』王母『さうか、それではお前に今良いものを見せてやる、お前は素娥(淑香のこと)を知ってゐるか。太乙『知りません。』王母『姮娥お前ちょっと淑香を呼んでお呉れ。』

이에 왕모가 연주가에게 명하여 예상우의(霓裳羽衣)의 곡을 연주하게 시키자, 삼대(三臺) 칠성(七星) 이십팔수(二十八宿)는 아래층에 쭉 줄을 섰다. 신선 두 사람이 일어나서 춤을 추며 선녀 두 사람이 북을 쳤다. 선인은 이태백과 여동빈(呂洞賓), 선아(仙娥)는 상비(湘妃)와 한녀(漢女)였다.[23] 그곳에 또 한 사람의 선인이 한 소년을 불러서 왕모에게 데리고 가서 인사를 하였다. 왕모는 소년을 향하여 말하기를,

"태을(太乙), 너는 인간의 좋은 맛을 아느냐?"

태을 "어째서 그러십니까? 그런 것을 알 리가 없습니다."

왕모 "그렇구나, 그렇다면 지금 너에게 음식물을 보여주겠다. 너는 소아(素娥, 숙향을 말함)를 아느냐?"

태을 "알지 못합니다."

왕모 "항아(姮娥), 너는 잠깐 숙향을 불러 주거라."

姮娥は淑香に指圖して、紅珀の水盤に、桃の花を沢山盛らせ、桂の一枝を持たして、之を太乙に贈るようにと吩咐けた。淑香は左に盤を捧げ、右に桂の花を羃して耻かし気に太乙に進めた。太乙は喜んで受

---

23 선인 두 사람이 ~ 한녀였다 : 한문현토본에 추가된 표현이다.

取らうとして、淑香の美しい姿を見て、思はず失神したやうに見惚れ
てゐた。淑香は気まり悪さうに顔を赤めて、急いで身を避けようとす
る拍子に眞珠の玉指環を落した。淑香はハッと思って静かに拾ひ上げ
ようとした時は、已に太乙が素早く拾ひ取ってゐた。淑香は大變なこ
とをしたと心配しながら、元の席に還らうとすると、老嫗が頻りに淑
香を搖り起した。

　항아는 숙향에게 지시하여 홍백의 그릇에 복숭아꽃을 가득 담게
하고 계수나무 가지 하나를 들게 하며 이것을 태을에게 보내도록 분
부하였다. 숙향은 왼쪽에 그릇을 들고 오른쪽에 계수나무 꽃을 머리
에 꽂고, 부끄러운 듯 태을에게 나아갔다. 태을은 기쁘게 받으려고
하였는데, 숙향의 아름다운 모습을 보고 엉겁결에 실신한 듯이 넋을
놓고 바라보았다. 숙향은 쑥스러운 듯이 얼굴을 붉히고, 서둘러 몸
을 피하려고 할 때에 진주 옥반지를 떨어뜨렸다. 숙향이 '아' 하고 생
각하며 조용히 주워 올리려고 했을 때는 이미 태을이 재빨리 주웠다.
숙향은 큰일이 났다고 걱정하면서 원래 자리에 돌아가려고 하자 노
파가 계속 숙향을 흔들어 깨웠다.

(一三) 千金の繡錦
(13) 천 냥의 수놓은 비단

　淑香は吃驚して夢から醒めた。眼には瑤池の光景がありありと映
り、耳には仙娥の奏楽が幽かに聞へる。玉環はと見れば無い。淑香は
不思議でならないので、委細を老嫗に語った。老嫗も驚いて、何かの

宿縁であらうから、その西王母の瑤池とやらの美景を刺繍にして、それへ失くなったと云ふ玉指環の形状を記して、大勢の人に視せたらどうかと話した。淑香は成程と合點して、早速瑤池の刺繍に取懸った。

숙향은 깜짝 놀라 꿈에서 깨어났다. 눈에는 요지에서의 광경이 선명히 비추었다. 귀에는 선아가 연주하는 음악이 희미하게 들리었다. '반지는'이라고 생각하고 보자 없었다. 숙향은 너무나 이상하여서 자세한 사정을 노파에게 이야기하였다. 노파도 놀라서 무언가 인연일 것이니까, 그 서왕모가 있는 요지라고 하는 곳의 아름다운 경치를 자수로 만들어 거기에 잃어버렸다고 말한 옥반지의 형상을 적어서 많은 사람들에게 보여준다면 어떠한가하고 이야기하였다. 숙향은 과연 그렇다고 동의하고 서둘러 요지를 담은 자수에 착수하였다.

出来上ったのを見ると、瑤池の風物真に迫り、丁度其処に居るやうな気持がした。老嫗は驚嘆して、『お前は真個の天才である』と熟々見惚れてゐた。乃で老嫗は、『市へ持参して物識りに売らうと思ふが、値段はどんなものだらう。』と相談した。淑香は、『此の真景を知ってゐる者なら千金でも買うだらうが、知らない者でも五十金以下と云ふことはないと云ふので、老嫗は笑って、『如何にこの三尺の錦繍が極美絶妙だからとて、まさか千金で買う物好もあるまい…が、兎に角市へ行って見よう。』と莞爾して出て行った。

완성된 것을 보니, 요지의 풍물과 똑같았으며 바로 그곳에 있는 듯한 기분이 들었다. 노파는 놀라 탄식하며,

“너는 참으로 천재이구나.”

라고 하며 자세히 넋을 놓고 보고 있었다. 이에 노파는,

“시장에 가지고 가서 박식한 사람에게 팔려고 생각하는데, 가격은 얼마일까?”

라고 의논하였다. 숙향은,

“이 진경을 알고 있는 사람이라면 천 냥이라도 살 것입니다만, 모르는 사람이라고 하더라도 50냥 이하라고 말하는 것은 없을 거라고 말하기에, 노파는 웃으며,

“이 3척의 수놓은 비단이 아무리 지극히 아름답고 절묘하다고 하더라도 설마 천 냥을 주고 사는 [그런] 유별난 것을 좋아하는 사람은 없을 것이다… 하지만 어쨌든 시장에 가 봐야겠다.”

라며 빙그레 웃으며 나갔다.

市へ持って行って見ると誰れも値打を知る者がなかったが、南京の豪商で趙章と云ふ人が此の品を見て、感心して『一體お前さんは何処の人か』と訊いた。老嫗は、『わたしは洛陽の北村の梨花亭で酒屋をしてゐるものです』と應へた。趙章は誰れがこれを刺繍したのだ』と重ねて訊いた。老嫗はちょっと気を悪くして『あなたが市の値で買うとしないなら、何も出処などは訊ねないでも可いでせう。』と突込んだ。すると趙章は、『イヤイヤこれは大したものだ、千金でも廉からうと思ふのに、五十金だと云ふから不思議に思ったのさ。』と軽く笑った。老嫗は、『それなら、あなたの気儘になさいな』と愛嬌笑を見せた。趙章は五十金を出して買ひ取り、『此れは瑤池の西王母が桃を上帝に献げる圖だ、老嫗などには出来ないことだ、屹度人間界に謫下された仙人が

あって、その人が製作したのだらう』と言って立去った。

    시장에 들고 가서 보니 어느 누구도 가격을 아는 자가 없었는데, 남경의 돈 많은 상인으로 조장이라는 사람이 이 물건을 보고 감동하여,

    "도대체 너는 어디 사람인가?"

라고 물었다. 노파는,

    "나는 낙양의 북촌 이화정에서 술집을 하고 있는 사람입니다."

라고 대답하였다. 조장은,

    "누가 이것을 수를 놓았느냐?"

고 거듭 물었다. 노파는 조금 기분이 나빠져서,

    "당신이 시장 가격으로 사려고 하지 않는다면 굳이 출처 등은 묻지 않는 것이 좋지 않겠습니까?"

라고 쏘아붙였다. 그러자 조장은,

    "이런, 이런, 이것은 굉장한 것이다. 천 냥이라도 값싸다고 생각하는데, 50냥이라고 말하니 이상하다고 생각해서 그렇다."

라고 가볍게 웃었다. 노파는,

    "그렇다면 당신 마음대로 하시오."

라고 애교 가득한 웃음을 보였다. 조장은 50냥을 내고 샀다.

    "이것은 요지의 서왕모가 복숭아를 상제에게 바치는 그림이다. 노파 등에게는 불가능한 것이다. 필시 인간계에 귀양으로 내려온 선인이 있어서 그 사람이 제작한 것일 거다."

라고 말하고 사라졌다.

    老媼は帰って淑香にその事を告げると、淑香は嗟嘆して、『世間には

物識りもある。』と追憶の情を催した。

趙章は買取った錦の刺繡を眺めて、これは実に天下の至寶であるから、詩文一世に秀でた人に題詩して貰ひたいと心に期してゐた。

　　　노파는 돌아와서 숙향에게 그 일을 알리자, 숙향은 감탄하며,

　　　"세상에는 박식한 사람도 있구나."

　　　라고 추억의 정을 불러일으켰다.

　　　조장은 사들인 비단 자수를 바라보며, 이것은 실로 천하에 지극히 귀중한 보물이니까 시문으로 당대에 뛰어난 사람에게 시를 지어 받아야겠다고 마음에 기약하였다.

(一四) 李仙の奇夢
(14) 이선의 기이한 꿈

其頃洛陽に名高い李仙と云ふ人があった。父は兵部尙書李元白と云って、忠孝謹愼智略に富み、屢々金の兵を破った功に依り、魏公に封ぜられた。魏公には子が無いので、妻の王氏と沐浴齋戒して、香を焚き、天に告げ、一子を授けられんことを祈った。其夜魏公は一人の男子が、霞の冠を頂き、雲の裳を曳き、天上より降りて来て日ふには、我れは天上の太乙仙と云ふものであるが、罪を上帝に得て暫らく下界に謫居する身となったから、どうか可愛がって貰いたい、と云ふ中に姿は見えなくなった夢を見た。魏公は不思議な夢を見たものだと、深く心に思ってゐると王氏が孕んだ。十月の日数を經て生れたのは、魏公が夢に見た通りの男の子であったので、魏公は甚く歡び、其

夢を採って仙と名けた。

　　그때 낙양에 이름 높은 이선(李仙)이라는 사람이 있었다. 아버지
는 병부상서(兵部尙書) 이원백[24]이라고 하여 충효·근신·지략에 뛰어
났으며 자주 금의 병사를 물리친 공으로 위공(魏公)으로 봉해졌다.
위공에게는 아이가 없었기에 부인 왕씨와 목욕재계하여 향을 피우
고 하늘에 고하여 아이 하나를 임신할 수 있도록 기도하였다. 그날
밤 위공은 한 사람의 남자가 노을을 머리에 이고 구름으로 만든 치마
를 두르고 천상에서 내려와서 말하기를, 나는 천상의 태을선(太乙仙)
이라는 자인데 상제에게 죄를 얻어서 한 동안 하계로 귀양을 가게 되
는 몸이 되었으니 아무쪼록 귀여워 해 주었으면 한다고 말하던 중 모
습이 보이지 않게 된 꿈을 꾸었다. 위공은 이상한 꿈을 꾸었다고 생각
하고 깊이 마음속으로 생각하고 있었더니 왕씨가 임신을 하였다. 10
개월의 지나고 태어난 것은 위공이 꿈에서 본 대로 남자아이였기에
위공은 몹시 기뻐하며 그 꿈을 채택하여 선(仙)이라고 이름 붙였다.

　　李仙は生れたときから常人と異ってゐた。長ずるに從って容貌粹
美、風采魁偉の青年となり、文章筆法は古今独歩と讃へられた。

　　이선은 태어날 때부터 보통 사람과는 달랐다. 성장함에 따라 용모
는 깨끗하고 아름다웠으며 풍채가 건장한 청년이 되었다. 문장 필법
은 고금에 독보적이라고 칭찬받았다.

---

24 이원백 : 현토본에 나오는 이선의 부친명이다.

仙が十七歳の時、大聖寺に遊びに行って讀書してゐた。それは丁度秋七月の望後一日であった。何となく睡眠を催すので、肱を枕に眠るともなく假睡むと、靑衣を身に着けた洞庭君と自稱する一童子と問答を始めた。

童子『今日天帝と仙群と瑤池に宴會を催してゐるから、君も来たらどうか』李仙『瑤池と云ふのは西王母の居る所だらう、王母は鶴上の仙であるし、雲深き所にゐるのだから、羽衣を着けた仙人でなければ行かれまい。』童子『此処に二つの靑竜と一匹の白鹿がゐる、各自其の一つに乘って行けば、行かれないことはない。』

선이 17살이 되었을 때 대성사(大聖寺)에 놀러 가서 독서를 하였다. 그것은 때마침 음력 7월 보름이 지난 후의 하루였다. 어쩐지 수면을 느꼈기에 팔꿈치를 베개로 하여 일부러 자려고 하지 않아도 졸게 되며 파란 옷을 몸에 걸친 자칭 동정군이라는 동자 한 명과 문답을 시작하였다.

동자 "오늘 천제(天帝)와 선인 무리들이 요지에서 연회를 개최하고 있으니, 그대도 오면 어떠한가?"

이선 "요지라고 하는 것은 서왕모가 있는 곳이지 않소? 왕모는 학을 타고 노는 선인이고, 구름 깊은 곳에 있으니 우의(羽衣)를 입은 선인이 아니면 갈 수가 없소."

동자 "이곳에 청룡 두 마리와 백록(白鹿) 한 마리가 있소. 각자 그 중에서 하나를 타고 간다면 가지 못할 것도 없소."

童子は自分に二つの靑竜を挾み、仙に白鹿を貸して呉れた。軟かい

心持の好い風が吹いて、ヒラヒラと舞上って行くと、間もなく瑤池に着いた。蓮の花が今を盛りと開いてゐる、玉の樓閣、水晶の宮居、蘭麝の芳芬室に満ち、竜鳳鸞鶴群を成し、五彩燦爛として瑞気に漲ってゐる。童子は李仙を案内して、殿上を指して日ふには、黄金の榻の上の高い場所に、南面して坐ってゐるのが玉皇上帝である。以下順次に、三臺の七星と二十八宿が衆星を率ゐてゐる。西側の白玉臺に、星のやうな眸、月のやうな顔をして手に桂の花を持ち、独りうとうとと眠ってゐるのが月の世界の姮娥である。其前に玉杵を持ってゐるのが玉兎。其下の人身にして虎のやうな頭をし、豹尾にして蜂のやうな腰つきをしてゐるのが青鳥。上帝の側に侍して居られるのが西王母である。そして其の前に、皷を打ってゐるのが湘妃と漢女。庭で舞踊してるのが李太白と呂洞賓。東西の間に屏風を隔て、烏鵲を連れて向ひ合ってゐるのが牽牛、織女である。』

　　동자는 자신은 두 마리의 청룡을 몸에 지니고, 선에게는 백록을 빌려 주었다. 기분 좋은 하늘거리는 바람이 불어와서 훨훨 날아 올라가니 머지않아 요지에 도착하였다. 연꽃이 지금이 제철이라는 듯 피어있었다. 옥으로 만든 누각, 수정으로 만든 궁궐, 향기로운 난초와 사향이 방안에 가득하고, 용봉(龍鳳)과 난학(鸞鶴)이 무리를 지어 오색이 찬란하여 경사스러운 기운이 넘쳐흘렀다. 동자는 이선을 안내하고 궁전을 가리켜 말하기를,

　　"황금으로 만든 걸상 위에 높은 장소에 남쪽 방향으로 앉아 있는 것이 옥황상제이다. 이하 순서대로 삼대 칠성과 이십팔수가 많은 별을 거느리고 있었다. 서쪽에 있는 백옥대(白玉臺)에, 별과 같은 눈동

자 달과 같은 얼굴을 하고, 손에는 계수나무 꽃을 들고 홀로 꾸벅꾸벅 졸고 있는 것이 달세계의 항아이다. 그 전에 옥절구를 가지고 있는 것이 옥토끼. 그 아래 사람으로 호랑이와 같은 얼굴을 하고 표범의 꼬리를 하며 벌과 같은 몸짓을 하는 것이 파랑새. 상제 곁에서 시중들고 있는 것이 서왕모다. 그리고 그 앞에 북을 치고 있는 것이 상비와 한녀. 뜰에서 춤을 추고 있는 것이 이태백과 여동빈. 동쪽과 서쪽 사이에 병풍을 치고 까막까치를 데리고 서로 마주보고 있는 것이 견우와 직녀이다.”

李仙は童子から詳しい説明を聴いてゐる中に眼がグラグラして来たので、『下界の凡愚は、斯る仙境を観て眩惑して来ました、失禮をすると不可いから…。』すると童子は袂から梨や棗を出して、『これをお食べなさい、これを食べると、過去、未来の事が分る。』と言はれたので、李仙は禮を述べて食べた。と急に釋然として清爽の気分になり、過去のことが彷彿として浮んで来た。『さうだ、自分は曾て太乙仙人と云って、玉皇や王母の前で衆星を指圖してゐたのだ、素娥(淑香のこと)と仲好しで、詩など作って唱和してゐたのだが、廣寒殿の桃を倫んだ事が発覚して、人間界に謫下されたのだ。上帝の左右に侍する者は皆昔日の同僚である。』と童子に告げた。童子は上帝の許に案内して呉れた。上帝は李仙を顧みて、『これ太乙、お前は人間味を知ったか、それから素娥に逢ったか。』と訊ねられたので、仙は叮嚀に會釋して罪を謝した。

이선은 동자로부터 상세한 설명을 듣는 중에 눈이 어찔어찔해 왔기에,

"하계의 평범하고 어리석은 사람은 이와 같은 선경을 보고 현기증이 왔습니다. 실례를 하는 것은 좋지 않으니…"

그러자 동자는 소매에서 배와 대추를 꺼내어,

"이것을 먹으시오. 이것을 먹으면 과거, 미래의 일을 알 수 있소."

라고 말하였기에, 이선은 예를 말하고 먹었다. 그러자 갑자기 개운해져서 맑고 상쾌한 기분이 되어서 과거의 일이 어렴풋이 떠올랐다.

"그렇구나, 자신은 일찍이 태을 선인이라고 하여 왕황(王皇)과 왕모 앞에서 많은 별에게 명령하고 있었다. 소아(숙향을 말함)와 사이좋게 시 등을 지어서 화답하고 있었는데, 광한전(廣寒殿)의 복숭아를 훔친 것이 발각되어 인간계에 귀양을 가게 된 것이다. 상제의 좌우에서 시중들고 있는 사람은 모두 옛날 동료이다."

라고 동자에게 말하였다. 동자는 상제가 있는 곳으로 안내하여 주었다. 상제는 이선을 돌아보고,

"이보게 태을, 너는 인간의 정을 아느냐? 그리고 항아를 만났느냐?"

고 물었기에, 선은 정중하게 인사하고 벌을 사죄하였다.

乃で姮娥は一侍女に命じて桃を盛った皿と桂の花一枝を贈らした。太乙は拜謝して受けながら侍女の姿を熟視した。侍女も又羞らう気色で、急に立去らうとした時に、指から王指環を落した仙は急に之を拾ひ取ったところが、侍女はそれを取返さうともせず、顔を紅く染めて退出した。仙は嬉しさに殿上に還って、熟くお禮を申上げようとした時に、寺僧が食事ですからと呼びに来たので夢は破れた。それが不思議なことは、その眞珠の玉指環が現在自分の手中に置かれてあった。

李仙は不思議で堪らないので四韻を吟じた。

    이에 항아는 시녀 한 명에게 명하여 복숭아가 가득 담긴 접시와 계수나무 꽃가지 하나를 보냈다. 태을은 감사히 받으면서 시녀의 모습을 자세히 눈여겨보았다. 시녀도 또한 부끄러운 기색으로 급히 떠나려고 할 때, 손에서 옥반지를 떨어뜨렸다. 선은 서둘러 이것을 주워들었다. 하지만 시녀는 그것을 돌려받으려고도 하지 않고 얼굴을 붉게 물들이며 물러났다. 선은 기쁨에 궁궐로 돌아가서 깊이 예를 말씀드리려고 하였을 때, 사승(寺僧)이 식사라고 부르러 왔기에 꿈에서 깨어났다.[25] 그런데 이상한 것은 그 진주로 만든 옥반지가 현재 자신의 손안에 놓여 있었다. 이선은 너무나 이상해서 사운(四韻)을 읊었다.

夢入瑤池白玉樓　　荷花十里桂三秋
湘妃鼓瑟祥雲低　　王母献桃瑞霓浮
北極泉星明月珮　　玉局群仙一有羞
覚来依稀眞珠在　　不識素娥何処求

    꿈속에서 요지[26]의 백옥루[27]에 들었더니
    십리나 연꽃 피고 계수나무 가을이라
    상서 구름 낮게 끼고 상비[28]는 비파 타고

---

25 연꽃이 ~ 깨어났다 : 한문현토본에서 확대되어 서술된 이선이 경험한 요지의 광경이 잘 번역되어 있다.

26 요지 : 하늘 위 신선들이 사는 곳에 있다는 아름다운 연못을 말한다.

27 백옥루 : 하늘 위 신선들이 사는 곳에 있다는 화려한 누각을 말한다.

28 상비 : 순(舜)임금이 죽자 그의 두 비인 아황(娥皇)과 여영(女英)이 초나라의 상

무지개 떠서 있고 왕모[29] 선도 드리노라

북극성 샘이 되고 명월은 패옥 되니

백옥루 신선들께 한 가지가 부끄럽네

깨어나자 어렴풋이 진주가 남았나니

항아[30]가 어디에서 구했는지 모르겠네

李仙は大聖寺の夢の模樣を記して家に還った

이선은 대성사의 꿈의 모습을 기록하고 집으로 돌아갔다.

(一五) 千金の刺繡
(15) 천금의 자수

それから五日ばかり經つと、小童が李仙の部屋に入って来て、趙章と云ふ人が訪ねて来られましたと取次いだ。会って見ると、趙章はいろいろな禮物を整へて慇懃に初対面の挨拶を述べ、『私は南京の者ですが、実は珍らしい錦の刺繡を手に入れましたので、それに詩を題して頂きたいと思ふのですが、其人を得ないで居りました。側かに聞きますに、李先生の文章筆法は、韓昌黎、王逸少も遠く及ばぬとの評判に、千里を遠しとせずしてお訪ね申上げた次第で御座います。』と云って李仙の風貌を見ると、竜蛇を叱咤するの才気が躍動してゐるので、

수(湘水)에 몸을 던저 죽었는데, 나중에 상수의 신이 되었다고 한다. 한시에서는 일반적으로 선녀를 가리키는 말로 쓰인다.

29 왕모 : 서왕모(西王母). 중국 전설상의 선녀를 말한다.

30 항아 : 달 속에 산다는 선녀를 말한다.

此の人に此の繡錦を題詩して貰へば、一倍の光彩を添へることと喜ん
で、淑香が瑤池を圖した刺繡を恭しく仙の前に展げた。

　그런 후 5일 정도 지나자, 어린아이가 이선의 방에 들어가서 조장
이라고 부르는 사람이 찾아왔다고 전하였다. 만나 보니 조장은 여러
가지 예물을 갖추어서 정중하게 첫 대면의 인사를 말하며,

　"저는 남경의 사람입니다만, 실은 진귀한 자수를 놓은 비단을 손
에 넣었기에 그것에 시를 지어 받고 싶다고 생각했습니다. 그런데
그럴 만한 사람을 얻지 못하고 있었습니다. 어렴풋이 듣자하니 이선
생의 문장 필법은 한창려(韓昌黎)와 왕일소(王逸少)도 크게 미치지 못
한다는 평판으로 천리를 멀다고 하지 않고 찾아 뵌 것입니다."

　라고 말하고 이선의 풍모를 보니 비범한 사람을 크게 꾸짖는 재기
가 약동하고 있기에 이 사람에게 수를 놓은 비단에 시를 지어 받는다
면 광채를 가득 더하게 할 것이라고 기뻐하며 숙향이 요지를 그린 자
수를 공손히 선 앞에 펼쳤다.

　李仙は一見して驚いた。群仙が皷を打ち舞踊してゐる形姿から、落
した眞珠を拾はうとしてゐる狀景が、夢に見た瑤池の光景と少しも
異ってゐない。李仙は愈々奇異の感に打れて、『斯樣な珍らしい品を
何処で手に入れられたか。』と推問した。趙章は梨花亭の酒屋の老嫗か
ら買ひ取った由を話した。仙は半信半疑に聽いてゐたが、『これは儒家
に必要な品で、武人には用のないものだ、所で相談だが、私の家に祕
藏の山水の一幅があるが、それと交換しては呉れまいか。』と趙章の意
嚮を覗った。趙章は別段気にも止めず、『私は元々商人ですから、私益

237

さへあればとうとも致します、此品は五十金で買ったのですから、一百金なればお譲りしても宜しう御座います。』と承知した。

　　이선은 한 번 보고 놀랐다. 무리를 지은 선이 북을 치고 춤추고 있는 형상으로부터 떨어진 진주를 주우려고 하는 상경(狀景)이 꿈에 본 요지의 광경과 조금도 다르지 않다. 이선은 더욱 더 기이한 감정에 빠져서,

　　"그런 진귀한 물건을 어디에서 손에 넣었소?"

　　라고 캐물었다. 조장은 이화정에서 술집을 하는 노파에게서 사들인 사정을 이야기하였다. 이선은 반신반의하며 들었는데,

　　"이것은 유학자 집안에 필요한 물건으로 무인에게는 쓸데없는 것이오. 그건 그렇고 상담이 있소만 우리 집에 아주 귀한 산수 한 폭이 있는데 그것과 바꿔 주지 않겠소?"

　　라고 조장의 의향을 물었다. 조장은 특별히 신경도 쓰지 않고,

　　"저는 원래 상인으로 이익만 있다면 무엇이든지 합니다. 이 물건은 50냥을 주고 산 것이니, 백 냥이라면 양보하도록 하겠습니다."

　　라고 승낙하였다.

　　李仙は早速一百金を仕拂って淑香の畫繡を買取り、これに大聖寺の夢を記せる詩を題して愛好し、朝吟暮誦、身は塵寰に在れども心は瑤池に遊べる如く、毎日々々々眞珠を撫玩しては素娥の事を念頭に浮べ、どうかして逢ふ術はなからうかと心を傷めてゐた。

　　이선은 서둘러 백 냥을 지불하고 숙향이 그린 자수를 사들였다.

이에 대성사의 꿈을 기록한 시를 지어서 애호하였다. 아침에 읊고 저녁에 외우며 몸은 티끌 덮인 이 세상에 있더라도 마음은 요지에서 노는 듯, 매일매일 진주를 어루만지고 희롱하면서 소아의 일을 염두에 두고 어떻게든 해서 만날 방법이 없을까 하고 속을 썩였다.

(一六) 老嫗の家
(16) 노파의 집[31]

李仙の悩みは募るばかりであった。もはや一刻も安座してゐられないので、心を決して梨花亭へ捜索に出懸けた。

淑香は其日中座敷で雪花の刺繍をしてゐたが、十七八歳の風采凛々しい貴公子が、青毛の馬に跨り、白羽の扇子を手にして、徐々と店の前に駒を留め、『老嫗は御在宅ですか』と訪はるる声に、淑香はひよいと見ると、それは瑤池で玉指環を拾った人に酷肖なので、仕事を放擲って遽てて奥へ駆込み老嫗に取次いだ。

이선의 고민은 더해져 갈뿐이었다. 이미 한시라도 편히 앉아 있을 수도 없기에 마음을 정하고 이화정으로 찾으러 나섰다.

숙향은 그날 응접실에서 눈송이의 자수를 놓고 있었는데, 열일곱 여덟의 풍채가 늠름한 귀공자가 파란 털을 한 말에 걸터앉아서 흰 화살 깃으로 만든 부채를 손에 들고 천천히 가게 앞에 망아지를 세워두고,

---

31 한문현토본을 저본으로 했기에 이선이 숙향을 찾아 여러 곳을 다니는 장면과는 다른 이야기 전개양상을 보여주는 대목이다.

"노파는 계십니까?

라고 찾는 소리에 숙향이 불쑥 보니, 그것은 요지에서 옥반지를 줍던 사람을 꼭 닮았기에 일을 내던지고 재빠르게 안으로 뛰어 들어가 노파에게 전하였다.

老姫はいそいそと店へ出て来て、愛想よく李仙を上座に迎へた。李仙は何気ない體を装って、

『実は今日友達の所まで来たのだが、急に老姫の家の酒の甘さを思ひ出してネ、それで一寸寄った訳だが、お邪魔して済まない。』

老姫は折々李家へ出入して、恩義に預ってゐたので、李仙の来訪を此上なく恐縮がり、出来るだけの饗應をした。仙は酒の廻るに伴れて心もやや沈着いたので、悩みの種の繍錦を取出して老姫に訊ねた。

『老姫、此の刺繍は誰れが作ったのだい、実に美事なものだが…。』

노파는 신명나서 가게로 나와 상냥하게 이선을 상좌로 맞이하였다. 이선은 평범한 옷차림을 하고,

"실은 오늘 친구 집까지 왔다가 급히 노파 집 술의 달달함이 떠올랐네. 그래서 잠시 들린 것인데, 방해를 해서 미안하네."

노파는 가끔 이가(李家)에 출입하여 은혜를 입었던지라, 이선의 내방은 더할 나위 없이 몸 둘 바를 몰랐다. 할 수 있는 한 대접을 하였다. 이선은 술에 취함에 따라 마음도 점점 침착해졌기에 근심의 씨앗이 된 수를 놓은 비단을 꺼내어서 노파에게 물었다.

"노파, 이 자수는 누가 만든 것인가? 실로 아름다운 것인데…"

老姫は素知らぬ振りをして『これですか、これはこの老姫が作ったので御座いますよ。若い時分にはモット上手に作れたのですが、齢を老ってはハヤどうも意気地がありませんで、碌なものが出来ませんですよ、それでもこれは、生計の為めにと一生懸命に夜の目も寝ずに作りましたのですよ。』李仙はわざと哂って、

『老姫さん、これをお前が作ったと云ふのかね、惚けるにも程があるよ、私が何も知らぬと思って、お前は私を冗戯うのだらうが、私は何にも彼も知ってゐる。これは私が南京の豪商の趙章と云ふ人から買ひ取ったので、此の圖は瑤池の景を刺繍したものだ、それでも老姫さん！誰れが製作へたか言はないかネ』

　　노파는 시치미를 떼고,

　　"이것 말입니까? 이것은 이 노파가 만든 것입니다. 젊은 시절에는 더욱 잘 만들었습니다만, 나이가 들고서는 이것이 아무래도 무기력해져서 제대로 된 물건이 되지를 않습니다. 그렇다고 하더라도 이것은 생계를 위해서 열심히 밤에도 자지 않고 만들었습니다."

　　이선은 일부러 웃으면서,

　　"노파, 이것을 그대가 만들었다고 했느냐? 멍청함에도 정도가 있다. 내가 아무 것도 모른다고 생각하고 너는 나를 조롱하는 것이겠지만 나는 모든 것을 알고 있다. 이것은 내가 남경의 호상인 조장이라는 사람으로부터 사들인 것인데 이 그림은 요지의 경치를 수놓은 것이다. 그런데도 노파! 누가 제작한 것이라고 말해 주지 않겠는가?"

老姫は尚も白を切ってゐた。『へえ―、瑤池なんて今始めて聞くので

すが、そんな所があるのですかねえ、それからその趙章と云ふのは何処の人なんですか』

李仙は素娥が此家に居るのかどうかを疑った、そして老姫が何か秘密にしてゐるなと悟ったので、

『先程、大層美しい娘さんが見えたが…、瞥と見た所では、とても人間界の人とは思へぬ気高い娘さんがゐたが、あれは誰方ですか』と短刀直入に斬り込んで行った。

노파는 더욱 시치미를 뗐다.

"응, 요지라는 것은 지금 처음 듣습니다만 그런 곳이 있습니까? 그리고 그 조장이라고 하는 자는 어디에 사는 사람입니까?"

이선은 소아가 이 집에 있는지 어떠한지를 의심하였다. 그리고 노파가 무언가 비밀로 하고 있는 것을 깨달았기에,

"조금 전 매우 아름다운 아가씨가 보였습니다만… 언뜻 본 바로는 도저히 인간계의 사람이라고는 생각할 수 없는 기품 있는 아가씨였는데 그분은 누구십니까?"

라고 단도직입적으로 추궁하였다.

老姫は秘せないと思ったので『あれは老姫の兄の娘ですがね、まだ赤ン坊同様でからきし駄目ですよ』

仙の思ふ矢は皆外れて行くので、愈々露骨に打明けなければならなかった。

『老姫! 本気に聴いて貰いたい。私は決して嘘は言はぬ、私は先刻のお娘さんを、ちらりと一目見てから、終身忘れ難く思ひ込んだので

す、どうか一寸の間でも可いから紹介してくれませんか、それでない
と、私の胸中の悶々の情が晴れないから…。』

　老姫はどこまでも體好く斷念させたいと思って、『でもあの娘は田舎
もので、禮義などの心得もなく、高貴なお方の前などへは出られませ
んし、またあの娘も怯怖して、老姫が言ったからとて出て来る気遣ひ
はありませんから…。』

　　노파는 [더 이상]감출 수 없다고 생각하였기에,

　　"저것은 노파의 오라버니 딸입니다. 아직 어린아이와 마찬가지
로 전혀 쓸모없습니다."

　　이선이 생각하는 화살은 모두 빗나가기에 더욱 노골적으로 털어
놓지 않으면 안 되었다.

　　"노파, 진심으로 들어 주시게. 나는 결코 거짓은 말하지 않네. 나
는 잠시 전 아가씨를 슬쩍 한번 보았는데 평생 잊을 수 없다고 확신
하였다네. 아무쪼록 잠시라도 좋으니까 소개해 주지 않겠습니까?
그렇지 않으면 내 가슴 속의 괴로운 마음이 풀리지 않을 테니까…"

　　노파는 어디까지나 좋은 말로 단념시키려고 생각하였지만,

　　"하지만 저 아이는 촌사람으로 예의 등의 소양도 없어 고귀한 사
람 앞에는 나올 수가 없습니다. 또한 저 아이도 머뭇머뭇해서 노파
가 말한다고 해서 나올 배려심은 없으니까요…"

　沮まれば沮まれるほど仙の心は上気して来た。酔心地の快適に誘は
れて堪忍が出来ず、突然起上って庭に下り、淑香の室を細目に開けて
覗いた。淑香は嬌羞を含んで頭を垂れ壁に向ってゐたが、雪態美容神

仙の如く、正に瑤池の夢に見た其人であった。李仙は気も心も空洞となり、夢中に室内へ駆け入らうとしたので、老嫗は驚いて引留め、娘が羞かしがるからと宥めた。仙も餘りの不躾に怒りを買ってはと、心ならずも元通りに閉めて席に戻った。

막으면 막을수록 이선의 마음은 들떴다. 거나한 취기의 쾌적함에 인도되어 참고 견딜 수 없어, 돌연 일어나서 뜰로 내려가 숙향의 방을 실눈을 뜨고 엿보았다. 숙향은 교태를 띠며 머리를 드리우고 벽을 향해 있는데 설태미용(雪態美容)은 신선과 같아 틀림없이 요지 꿈에서 본 그 사람이었다.

이선은 정신도 마음도 텅 비어서 꿈속의 방 안으로 들어가려고 하였는데 노파는 놀라서 말리고 딸이 부끄러워한다고 달래었다. 이선도 너무나도 무례하여 분노를 샀다고 본심은 아니라고 원래대로 [문을]닫고 자리에 돌아왔다.

(一七) 李仙の煩悶
(17) 이선의 번민

翌日李仙は、心ばかりの謝禮であると、五十金を老嫗の許に送った。老嫗は困惑して、お志は辱けないが、故なく厚恩を蒙るのは気が痛むからと、封の儘返した。李仙は萬事が思ふやうに運ばないのに心痛し、使を出して老嫗に是非来て呉れるやうにと懇願した。老嫗は心も進まないので其儘にして置いたが、強てと云ふので数日後に訪れた。老嫗が来たと聞いて、仙は何事をも打棄てて迎へ、珍羞を供へて

酒酌み交した盃の数も大分重なった頃に、李仙は老嫗に向って、『私は
瘦れたでせう。』老嫗『老ひの眼でよくは分りませんが、色艶もよく、こ
の前よりは晴々してお出ですよ。』

다음 날 이선은 보잘 것 없는 사례라고 말하며 50냥을 노파 집으
로 보냈다. 노파는 곤란해 하며 뜻을 거스를 수는 없지만 이유 없이
두터운 은혜를 받는 것은 마음이 아픈 것이므로 봉투 채로 돌려보냈
다. 이선은 만사가 생각한 대로 되질 않기에 속이 상해서 심부름꾼
을 보내어 노파에게 꼭 와 달라고 애원하였다. 노파는 마음이 내키
지 않았기에 그대로 두었지만, 제발이라고 하기에 며칠 후 방문하였
다. 노파가 왔다고 듣고, 모든 일을 떨쳐버리고 마중 나와서 진귀한
음식을 갖추어서 술잔을 주고받았다. 잔의 숫자도 상당히 거듭되었
을 무렵, 이선은 노파를 향하여,

"제가 수척해지지 않았습니까?"

노파 "늙어서 눈으로 잘 알 수 없습니다만 윤기도 좋고 지난번보
다는 매우 밝은 모습입니다."

老嫗の目にも李仙の瘦せた姿は分ってゐたけれども、豫防線を張る
ために、故意と斯う言ったのであった。すると李仙は、『私はもう死に
さうに苦しい、老嫗の眼はどうかしてゐるのだ。』老嫗『尊郎は尚書さま
のお子さんで、身分もあり、財産もあり、何一つ不足無い身で何をそ
んなにお苦しみになるのです、暑ければ避暑、寒ければ避寒、口に
適った珍味を召上り、花のやうな女中に侍かれ、外に出られるには駿
馬、お芝居は見たい放題、書会、書会何でも御座れと云ふ御身分で、

245

それで痩せるとは腑に落ちませんねえ。』

　　노파의 눈에도 이선의 수척해진 모습은 알고 있었지만 미리 방패
막이를 하기 위해서 고의로 이렇게 말한 것이었다. 그러자 이선은,
　　"나는 더 이상 죽을 것 같아 괴롭다. 노파의 눈은 어떻게 된 것이다."
　　노파 "도령은 상서(尚書) 어르신의 아드님으로 신분도 있고 재산
도 있어, 무엇 하나 부족함이 없는 몸으로 무엇을 그렇게 괴로워하
십니까? 더우면 피서, 추우면 피한, 입에 맞는 진미를 드시고, 꽃과
같은 하녀들에게 시중을 받고, 밖에 나가실 때는 준마(駿馬), 연극(芝
居)은 보고 싶은 만큼 볼 수 있고, 서회(書會), 도회(畵會), 무엇이든지
대령하라고 말할 수 있는 신분인데 그런데도 수척해졌다는 것은 납
득이 가지 않습니다."

　　李仙は太息を吐いて、老嫗は私の胸の中を察してゐる筈だのに、白
ばれくれてゐるとは罪が深い、青春の時には斯した心になるものぐら
ゐは承知してゐるだらうに…と独語した。老嫗は笑に紛らして、『尊郎
は何か老嫗にお怨みがあって左様なことを仰せられるのでせうか。』李
仙『言ふまでもないことさ、顔色の憔悴、形容の枯槁、これは何の故だ
と思ひなさる、先日老嫗の家を訪れて帰ってから、日となく夜となく
黯愁に暮れてゐます。風が老嫗の家の方から来れば其風を好み、鳥が
老嫗の家の方から来れば其鳥を喜び、寝ても覚めても心は常に老嫗の
家に走り、食物は咽喉を通らず、枕に就くも睡られないで悶えてゐ
る、どうか一日老嫗の家で緩りと遊ばして貰いたい。』老嫗『それはいと
易いことです、唯一間切りの蝸牛のやうな室に、この七十の老嫗が唯

一人、夜寢れば星が數へられ、昼坐ってゐれば暴風に襲はれ、屈んで
出入し、肱膝を折って寝るやうな汚苦しい茅屋でも、お気に入ったら
何時でもお出下さい。』

　　이선은 크게 한숨을 쉬면서, 노파는 자신의 마음속을 살피고 있을
터인데 시치미를 떼고 있는 것은 죄가 깊다. 청춘 시절에는 이러한
마음이 되는 것 정도는 알고 있는 터인데…라고 혼잣말을 했다. 노파
는 웃음으로 얼버무리며,

　　"도령은 무언가 노파에게 원망이 있어 그러한 것을 말씀하시는
것입니까?"

　　이선 "말할 필요도 없는 것이다. 안색은 초췌하고 용모는 야위어
졌다. 이것은 무슨 이유라고 생각하는가? 지난 날 노파의 집을 방문
하고 돌아와서부터 낮도 없이 밤도 없이 어두운 시름으로 지내고 있
다. 바람이 노파의 집 쪽에서 오면 그 바람을 즐기고, 새가 노파의 집
쪽에서 오면 그 새를 기뻐하며, 잠을 자도 깨어도 마음은 항상 노파
의 집으로 달려가고, 음식은 목구멍을 통과하지 못하고, 베개를 베
어도 잠을 잘 수 없는 고민이다. 어떻게든 하루를 노파의 집에서 느
슨하게 놀았으면 좋겠다."

　　노파 "그것은 쉬운 일입니다. 단지 한 칸의 달팽이와 같은 방에,
이 70의 노파가 오직 홀로 밤에 잘 때면 별을 헤아릴 수 있고, 낮에 앉
아 있으면 폭풍의 습격을 받으며 굽혀서 출입을 합니다. 팔과 무릎
을 접어서 자는 지저분한 누추한 집이라도 마음에 드신다면 언제라
도 오십시오."

李仙は喜んで固く老嫗と約した。そして紙入から八十両出して『此の前には返されて誠に愧入った、これは真底私の心持ちだから、當日の酒肴費にでも是非取って置いて貰いたい。』と無理やりに勧めた。老嫗は金包を見ると血和を變へて、『とんでもない死んでもそれは頂けません、昔の人も、與へる理由のないのに與へるのは恵を傷けるものだと被仰った、どうか斯ういふことはなさらずにゐて下さい、老ひの身の、尊郎に恩を受けましても報ゆる時が御座いません、老嫗の重荷になりますから、どうかこれは元へお納め下さい。』と固く辞退した、それでも李仙は、是非にと強って押し勧めるので、老嫗はちょっと憤氣になり、慾でお媾交するのは老嫗は嫌ひですと、プイと立去って了った。

이선은 기뻐하며 굳게 노파와 약속했다. 그리고 지갑에서 80냥을 꺼내어서,

"지난번에는 되돌려 받아서 참으로 부끄러웠다. 이것은 나의 진심이니까 당일 술과 안주 값으로라도 꼭 받아주길 바란다."

라고 억지로 권하였다. 노파는 돈뭉치를 보자 얼굴 표정이 변하여,

"당치도 않습니다. 죽어도 그것은 받을 수 없습니다. 옛날 사람도 줄 이유도 없는데 주는 것은 은혜를 해치게 하는 것이라고 말씀하셨습니다. 아무쪼록 이러한 것은 하지 말아 주십시오. 늙은 몸으로 도령에게 은혜를 받았음에도 보답할 길이 없습니다. 노파가 부담이 되니까 아무쪼록 이것은 원래 자리에 넣어 두시기 바랍니다."

라고 완고히 거절하였다. 그래도 이선은 꼭이라고 강하게 권하였기에, 노파는 조금 화가 나서 욕심으로 맺는 섯은 노파는 싫나고 말하며 휙 하고 가 버렸다.

(一八) 李仙佯怒
(18) 거짓으로 화난 체하는 이선

李仙は慚悔胸に迫り、悶々の情に堪えないで、折柄の明月に独り思ひに耽ってゐたが、堪らなくなって老嫗の家を訪れた。老嫗は吃驚して、どうしてこの夜更けにお出懸けになりましたと、怪しんで訊ねた。李仙は悩まし気に、月は白く、風は清く、思ひは深くして睡られぬままに…と答へた。老嫗は密かに淑香に吩咐けて酒の用意をさせた。李仙は老嫗の家を訪れたものの、素娥の姿が見えないので、もう此処には居ないのかと、落膽してゐる所へ酒肴が持運ばれた。その酒の醇味は人間界のものとは思はれないので、これは素娥が居るに異いないと、始めて愁眉を開いて老嫗と應酬を重ねた。

이선은 참회가 가슴에 치밀어 오르고 괴로운 마음에 견딜 수 없었다. 바로 그 다음 날 홀로 생각에 젖어 있다가 견딜 수 없어 노파의 집을 방문하였다. 노파는 깜짝 놀라서 어떻게 이 밤늦게 외출하였는지 수상하여 물었다. 이선은 괴로운 듯이 달은 하얗고 바람이 맑으며, 마음은 깊어져서 잠을 잘 수가 없다…고 대답했다. 노파는 남몰래 숙향에게 분부하여 술 준비를 시켰다. 이선은 노파의 집을 방문하기는 했지만 소아의 모습이 보이지 않기에 더 이상 이곳에는 없는가 하고 낙담하고 있던 차에 술과 안주가 나왔다. 그 진한 술 맛은 인간계의 것이라고는 생각할 수 없기에, 이것은 소아가 있는 것임에 틀림없다고 처음으로 한시름 놓고 노파와 응대를 거듭했다.

仙は心気陶然とし、老嫗に向ひ、

『私はこれまで書物を読む外何事も思ってゐなかった、それが老嫗の家を訪ねてからといふものは、千事萬念悉く是れ老嫗の家のことばかり、今夜訪れたものも実は酒が欲しいからではない、老嫗若し心あらばどうか察して呉れ…。』老嫗は故意と素知らぬ風をして、『さうならさうと早く被仰って下されば可いのに、人の心は度れないものですから、とんと存じませんでした。兄の娘は昨日まで居りましたが、兄が来て連れて帰りましたので、生憎で御座いましたね。』

이선은 마음이 흐뭇해져서, 노파를 향하여,

"나는 지금까지 책을 읽는 것 말고는 아무 것도 생각하지 않았다. 그것이 노파의 집을 방문하고부터는 천 가지 일과 만 가지 생각이 모두 이 노파 집에 대한 것뿐, 오늘밤 방문한 것도 실은 술을 원해서가 아니다. 노파는 혹시 마음이 있다면 살펴 주게나…"

노파는 일부러 모른 체 하며,

"그렇다면 그렇다고 일찍 말씀해 주셨다면 좋았을 것을, 사람의 마음은 헤아릴 수 없는 것이므로 전혀 알지 못했습니다. 오라버니의 딸은 어제까지 있었습니다만 오라버니가 와서 데리고 갔기에 모처럼 오셨지만 안타깝습니다."

老嫗が飽まで白々しい風をするので、李仙は一つ脅かしてやらうと急に真顔になって、『隠すなら何処までも隠して御覧、世界中捜し廻っても屹度目付けて見るから…。』と怒気を含んで席を蹴って立去った。

노파가 어디까지나 시치미를 떼고 있기에, 이선은 한 가지 협박을 하려고 갑자기 진지한 얼굴을 하면서,

"숨길 것이라면 끝까지 숨겨 보게나. 전 세계를 찾아다녀서라도 반드시 찾아낼 것이기에…"

라고 화난 마음을 품고 자리를 박차고 가버렸다.

(一九) 淑香と老媼
(19) 숙향과 노파

翌日李仙は百金を老媼に送り届けた。老媼は辭退しようと思ったが、再三の□□□[32]あるし、若し真個に怒られては後が困るからと躊躇ってゐた。それからといふものは老媼の気色が兎角勝れないので、淑香は心配して事情を訊ねた。老媼は淑香の優しい心を喜びながら、

『淑香よ、困ったことが起ったよ、老媼は所天もなく、子もなく、独り寂しく日を送ってゐた所へ、お前と云ふ可愛い娘が出来たので、早く佳い婿を貫って後々の事を頼みたいと、そればかり楽しみにしてゐたのだが、昨夕李仙さまが来られて、お前を一目見てからどうしても忘れることが出来ないから、是非お前を欲しいと被仰るのだが李仙さまは容貌も凛々しく、気立も好く、文章筆法は當世第一の人で、申分ないお方だが、斯様な酒屋風情とは釣鐘に提灯で、どう仕ようも無い、と云って言ふことを聴かなければ、どんな事が起らないとも限らない、それで心配してゐるのだが、お前になんとか良い考えがあるかね。』

---

32 일본어 원문에 단어가 누락되어 있다. 전후 문장을 고려하였을 때 '부탁도'와 같은 의미의 단어가 있었을 것으로 추정된다.

다음날 이선은 백 냥을 노파에게 보냈다. 노파는 거절하려고 생각했지만, 거듭되는 부탁도 있고 혹 참으로 혼난다면 나중이 곤란하기에 주저하였다. 그후 노파의 기색이 어쨌든 좋지 않아서, 숙향은 걱정해서 사정을 물었다. 노파는 숙향의 아름다운 마음을 기뻐하면서,

"숙향아, 곤란한 일이 생겼다. 노파는 남편도 없고 아이도 없어 홀로 쓸쓸하게 날을 보내던 차에, 너라는 귀여운 딸이 생겼기에 어서 좋은 사위를 얻어서 앞으로의 일을 부탁하려고, 그것만 기대하고 있었는데, 지난밤 이선님이 와서 너를 한 번 보고 난 후부터 아무리 해도 잊을 수 없기에 꼭 너를 원한다고 말씀하셨다. 이선님은 용모도 늠름하고 마음씨도 좋으며 문장필법은 당대 제일의 사람으로 할 말이 없는 분이다만 이러한 술집 풍정과는 어울리지 않기에 어쩔 수 없다고 하지만 [그가]말하는 것을 듣지 않으면 어떠한 일이 일어나지 않는다고 할 수 없다. 그래서 걱정하고 있다만, 너에게 좋은 생각이 있느냐?"

淑香はこれを聞くと姿態を更めて、

『妾は老嫗を真実の親とも思って居ります、子として親の嘆きを餘所に見てはゐられません、妾は東に彷徨ひ、西に流れ、千里漂泊の身の頼る邊もなく、この年頃になってもまだ定まった所天といふものもありませんので、雀や鼠に覬はれて、珠玉の貞操を碎きはせぬかと案じ煩ってゐました。李仙さまは、老嫗さまの被仰る通り、行狀も正しく、性質も溫和で、所天としてはこれに越したお方はありません、ですけれどもまだお年齡も若く、思慮も定らないで、唯妾を垣間見たばかりで妻にしようと被仰っても親掛りの身ではあり、御両親の許しも受けないで、妾の貞操を弄ばうとなさるのでは、何時しか妾も秋風の

團扇と同じ運命に捨てられます。其処をお含みになって御相談なさっ
てはどうでせう。』

　숙향은 이것을 듣자 자세를 고치고,
　"소첩은 노파를 친 부모라고 생각하고 있습니다. 자식으로서 부
모의 슬픔을 다른 곳[33]에서 볼 수는 없습니다. 소첩은 동쪽에서 배회
하고 서쪽으로 흘러, 천리를 떠다니던 몸으로 의지할 곳이 없었습니
다. 이 나이가 되어도 아직 정해진 남편이라는 사람도 없으므로 참
새와 쥐에게 엿보임을 당하고, 구슬과 같은 정조가 깨어지지는 않을
까 생각하며 괴로워하였습니다. 이선님은 노파가 말씀하신 대로 품
행도 바르고 성격도 온화하여 남편으로서는 이보다 더 좋은 것은 없
습니다. 하지만 아직 연령도 어리고 사려도 정해지지 않았기에, 단
지 소첩을 틈새로 살짝 본 것만으로 아내로 삼겠다고 말씀하셔도,
부모의 신세를 지는 몸으로 양친의 허락도 받지 않고 소첩의 정조를
희롱하려고 하신다면, 언젠가 소첩도 가을바람의 부채와 마찬가지
운명으로 버림을 받을 것입니다. 그 부분을 포함해서 상담을 하시는
것이 어떻습니까?"

　老嫗は喜ぶこと限りなく、早速書面で其旨を李仙に通じた。李仙は
天にも登る心地して、取敢へず五十両を送り、十月十二日の吉日を択
んで假りの式を挙げることにした。

---

33 다른 곳: 일본어 원문에는 '餘所'로 표기되어 있다. 이는 다른, 다른 곳이라는 뜻
　을 나타낸다(棚橋一郎·林甕臣編, 『日本新辞林』, 三省堂, 1897).

노파는 한없이 기뻐서 재빨리 서면으로 그 뜻을 이선에게 전하였다. 이선은 하늘에라도 오를 것 같은 마음으로 우선 50냥을 보내고, 10월 12일 길일을 택하여 임시 결혼식을 올리기로 하였다.

(二〇) 鴛鴦の契
(20) 사이좋은 부부

其日は来た。老媼は嚴かに酒饌を具へ、盛筵を設け、新郎新婦の為めに甲斐々々しく斡旋した。老媼は淑香に仙の側へ進むやう勸めた。淑香は止むなく姿態を堅くして席に就いた。其の姿、其の気品、藍橋の雲英にも勝り、瑤池の王母かと疑はれ、李仙は唯その美しさに恍惚としてゐた。やがて老媼は帳を垂れ、室を閉めて去った。淑香も亦老媼に随いて立去らうとするので、仙は周章てて淑香を抱き留め、狎々しく手を握った。

그날이 왔다. 노파는 엄숙하게 술과 반찬을 갖추어서 성대한 잔치를 베풀고 신랑신부를 위해 부지런히 중재하였다. 노파는 숙향에게 이선의 곁으로 나아가도록 권하였다. 숙향은 어쩔 수없이 자태를 흐트러짐 없이 하여 자리에 앉았다. 그 모습, 그 기품, 남교(藍橋)의 운영(雲英)보다도 뛰어나고 요지의 왕모라고 착각할 정도이니, 이선은 오직 그 아름다움에 황홀해 했다. 이윽고 노파는 장막을 드리우고 방[의 문]을 닫고 갔다. 숙향도 또한 노파를 따라서 물러가려고 하기에 이선은 당황하여서 숙향을 껴안고는 스스럼없이 손을 잡았다.

と淑香は其手を振拂って、

『妾は猥らな心で郎君と夢を同じくすることを好みません、妾は郎君にお訊きしたいことが御座います、妾は斯様な市人の家に居りますけれども、元は士族の子です、亂離の間に両親に別れ、町から町へと漂泊してゐる中に、此処の老嫗に救はれて母娘の縁を結んだので御座います。郎君は妾を手に入れたいために老嫗を脅したのではありませんか、妾とてもこの年頃になって未だ所天として恃むものも御座いません、郎君を見るに凛々しい、温雅な、正しい方で、郎君の如きお方に、百年の寿を托するのは願ふてもなきことでありますが、若しや郎君が、一時の弄褻に妾を欺き、お嫌になったら路傍の柳、垣根の花と捨てるのではありませんか、妾は汝墳の貞操を慕ひ、河間の淫節を悪むもので御座います、詩にも、女に厭きが来れば男は其行ひを二つにすると云ってゐます、郎君のお心が分らなければ、妾の貞操を差上げることは出来ません。』と泣き伏した。李仙は淑香の切なる心に感涙を催し、

『縦令天柱折れ、地軸摧くることありとも、貴娘は決して捨てぬ』と固く誓った。

二人の春情は融けて、相抱いて鴛鴦の契り睦ましき夢に入った。

그러자 숙향은 그 손을 뿌리치고,

"소첩은 음란한 마음으로 낭군과 꿈을 같이 하는 것을 좋아하지 않습니다. 소첩은 낭군에게 묻고 싶은 것이 있습니다. 소첩은 이와 같은 상인의 집에 있기는 하지만 원래 양반의 아이입니다. 난리 통에 양친과 헤어져 마을에서 마을로 떠돌아다니던 중에, 이곳 노파에게 도움을 받아 어머니와 딸의 인연을 맺게 되었습니다. 낭군은 소첩을 손에 넣고자 노파를 협박한 것은 아닙니까? 소첩은 이 나이가 되어서도 아직 전혀 남편으로 믿을 만한 사람이 없습니다. 낭군을 보니 늠름하고 온아한 바른 사람으로 낭군과 같은 분에게 백년의 목숨을 맡기는 것은 바라마지 않는 것입니다만, 만일 낭군이 한때의 놀이로 소첩을 속이고 싫어지시면 길가의 버드나무, 울타리 밑의 꽃처럼 버리는 것이 아닙니까? 소첩은 여분(汝墳)의 정조를 본받고 하간(河間)의 음란함을 나쁘게 생각하고 있습니다. 시경에도 여자에게 싫증이 나면 남자는 그 행동을 두 가지로 한다고 전하고 있습니다. 낭군의 마음을 알 수 없다면 소첩의 정조를 바치는 것은 할 수 없습니다."

라고 말하며 엎드려 울었다. 이선은 숙향의 간절한 마음에 감동의 눈물을 흘리며,

"설령 하늘을 받치고 있는 기둥이 부러지고 지축이 무너진다고 하더라도 그대는 결코 버리지 않을 것이다."

라고 굳게 맹세하였다.

두 사람의 욕정이 풀리어 서로 안으며 사이좋은 부부는 화목한 꿈 속으로 들어갔다.

翌朝二人は上気したやうになって対座した。李仙と淑香との眼がパッタリ合った。李仙は淑香を玉樓の素娥のやうだと思った。淑香は李仙を瑤池の太乙そっくりだと思った。乃で李仙は淑香に向って、『去秋の七月に、夢に瑤池に遊んだが、其時に桂の一枝を献げて来たのは貴娘ではなかったか。』淑香『それではあの時に眞珠の指環を拾ひ取ったのは郎君でしたか。』と奇夢に感じつつ李仙は懐中から一箇の玉指環を取出して淑香に示した。淑香は紛ふ方なく自分のものなので、相顧み

て驚いた。それからといふものは、二人の情交は日に日に濃密となり、李仙は毎晩缺かさず通って来た。

다음 날 아침 두 사람은 상기된 얼굴로 마주보고 앉았다. 이선과 숙향의 눈이 딱 마주쳤다. 이선은 숙향을 옥루(玉樓)와 같은 미인이라고 생각했다. 숙향은 이선을 요지의 태을과 똑같다고 생각했다. 이에 이선은 숙향을 향하여,

"지난 가을 7월에 꿈에 요지에서 놀고 있었는데, 그때 계수나무 한 가지를 받들고 온 것은 그대가 아닌가?"

숙향은

"그렇다면 그때 진주 반지를 주운 것은 낭군이셨습니까?"

라고 기이한 꿈이라고 느끼면서 이선은 품속에서 한 개의 옥반지를 꺼내어서 숙향에게 보였다. 숙향은 틀림없이 자신의 것이기에 서로 마주보고 놀랐다. 그로부터 두 사람의 정은 나날이 깊어져 가고, 이선은 매일 밤 빠지지 않고 내왕하였다.

(二一) 逢別の恨

(21) 만남과 헤어짐의 한[34]

魏公夫妻は、李仙が恋の奴となり、毎夜々々家を明けてゐるとは知らなかったが、仙の近頃の容子が、何となくそわそわしいので怪しく思ってゐた。

---

34 21~24에 해당되는 내용은 〈숙향전〉 이본의 공통 내용과 상당히 다르다. 이 역시 저본이 한문현토본이었던 사사정에 기인한다.

위공 부부는 이선이 사랑을 하게 되어 매일 밤 매일 밤 집을 비우고 있다고는 생각지도 못했지만, 근래의 이선의 모습이 어쩐지 안절부절 못한 것이 수상하다고 생각하였다.

或日淑香は一通の手紙を老嫗に頼んで、李仙に渡して貰った。手紙の文面は斯うであった。

妾は不仕合せに生れて、これまで幾度となく世の中の艱みを味って参りました。父母には別れ、兄弟はなく、東に彷徨ひ、西に漂らひ、萬死に一生を得て他人に養はれて参りました。毎も露に宿りし身の譏あることを思ひ煩ひ、死ぬべき折のなかったことを怨んでゐました。幸に君子の求を蒙り、濫りに哀憐の恩を荷ひ、朝往きては暮に来り、往來の勞苦をお察し申して居ります。逢へば喜び、別れれば愁ひ、逢別の恨を繰返しては果敢なき逢瀬を楽しむとは何の因縁でせう。早く夜となれば可い、まだ昼かと悶え、歡びの日は常に少く、愁の日のみ常に多いとは何の因縁でせう。斯うして生きてゐるなれば、生きると云ふことも辛いではありませんか、斯うして此儘に死ぬならば、死んだ後にも恨みは残ります。郎君の臥戸を片付けるも懶く、頻りに寝具の餘香を探り、琥珀の枕に涙の痕を撫でで居ります。父母の面影は見えず、郎君のお姿ばかり彷彿き、悲しみと歡びとが胸一杯に溢れて何も言へません。唯々渺々たる一刻も三秋の思ひで待ち詫て居ります。そして手紙の末に一絶を添へた。

어느 날 숙향은 한 통의 편시를 노파에게 부탁하여 이선에게 건넸다. 편지의 뜻은 이와 같았다.

"소첩은 불운하게 태어나서, 지금까지 몇 번이고 세상의 어려움을 겪어 왔습니다. 부모와 헤어지고 형제는 없고, 동쪽으로 배회하고 서쪽으로 떠돌아다니며 극히 위험한 처지에 목숨을 연명하여 남에게 양육되었습니다. 항상 이슬을 맞으며 잠을 자는 몸을 원망하고 걱정하며 죽지 못한 것을 힐책하였습니다. 다행히 군자의 구원을 받고 넘치도록 애련한 은혜를 짊어지게 되었습니다. 아침에 가서 저물 때 오는 왕래의 노고를 잘 알고 있습니다. 만나면 기쁘고 헤어지면 슬픕니다. 만나고 헤어지는 한을 반복하며 덧없는 밀회를 즐기는 것은 어떠한 인연인가요? 어서 저녁이 되었으면 좋을 텐데, 아직 낮인가 하고 답답해하며 기뻐하는 날은 항상 적고 근심하는 날만이 항상 많다는 것은 어떠한 인연인가요? 이렇게 살아간다면 산다는 것도 고통스럽지 않겠습니까? 이렇게 이대로 죽는다면 죽은 후에도 원한은 남을 것입니다. 낭군의 잠자리를 정리하지도 않고 침구에 남아 있는 향을 자주 찾으며 호박으로 만든 베개에 흘린 눈물을 어루만지고 있습니다. 부모님의 얼굴 모습은 보이지 않고 낭군의 모습만이 눈에 선합니다. 슬픔과 기쁨이 가슴에 가득 넘쳐서 아무 말도 할 수가 없습니다. 그냥 아득하게 일각이 여삼추라는 생각으로 기다리며 집에 있습니다."

그리고 편지 끝에 일절을 첨부하였다.

夕来朝去感如何　　別涙離懐独自多
他年父母重相見　　定看由来琴瑟和

아침에 갔다 저녁에 오는 감회는 어떠한지

눈물짓는 이별 회포 나만 유독 더하다오
나중에 부모님을 다시 만나 뵙게 되면
금슬 본래 좋은 것을 바로 보실 것이리다

仙はこの手紙を見て、直ぐに返事を出さうとした所へ友達が訪ねて来たので、急いで書冊の間に秘して、應按室で盛んに議論を闘はしてゐた。魏公は何の気なしに仙の室に入ると、女文字の手紙が目に着いた。開いて見て大に驚いた。そこで早速仙を召寄せて、此の手紙は何処から来たのだと詰問した、仙は失策ったと思ったが低声で『街路で拾ったのです。』と誤迷化さうとした。魏公は激怒して、『口尚乳臭の小伜が、読書もせず、功を立てやうともせず、女に迷ひ、親を欺くとは何事だ。』と、笞で責め、別室に檻禁して了った。

이선은 이 편지를 보고 바로 답장을 보내려고 하던 찰나에 친구가 방문하여 왔기에 서둘러 서책 사이에 감추고 응접실에서 활발하게 논의를 하고 있었다. 위공(魏公)은 아무 생각 없이 이선의 방에 들어갔는데 여자의 글체로 적힌 편지가 눈에 뜨였다. 열어 보고 크게 놀랐다. 이에 서둘러 이선을 불러 들여서 이 편지는 어디에서 왔는지를 물었다. 이선은 난처하다고 생각하였지만 작은 소리로,

"길가에서 주은 것입니다."

라고 얼버무리려고 하였다. 위공은 격노하여,

"입에서 젖내가 나는 어린 것이 책을 읽지도 않고 공을 세우려고도 하지 않고 여자에게 미혹되어 부모를 속인다는 것은 무슨 일이냐?"

고 말하고 볼기를 쳐서 다른 방에 감금시켜 버렸다.

李仙は数日の間悶掻きに悶掻いてゐたが、遂に垣根を踏越して逃走した。魏公は夫人と相談して、これは口舌位では禁止できまい、それに女の素性は、酒屋の実子ではなく、乞食をしてゐたとのことだから、其筋の手で捕縛して貰ふより善策はあるまいと、即日其事を知縣に告発した。

이선은 수일간 마음이 답답하여 손톱으로 긁고 있었는데 드디어 울타리 밑을 밟고 넘어서 도망갔다. 위공은 부인과 의논하여 이것은 말로는 금할 수 없는 것이라고, 게다가 여자의 근본은 술집의 친딸이 아니라 걸식하고 있었다고 하니 관청에서 잡아오는 것 말고는 좋은 방법이 없다고 하여 그날 그 사실을 지현(知縣)에게 고발하였다.

(二二) 淑香囚はる
(22) 숙향이 갇히다

知縣は魏公の告発によって、淑香と老嫗とを捕押へた。老嫗は頻りにその冤罪を訴へるので、知縣も事情を憐れんで、老嫗だけは釋放したが、淑香は桎梏に掛けられて嚴重に取調べられることとなった。

李仙は淑香が囚はれの身となったと聞いて、寝食を廢して悲しみ、若し淑香死せば我れも死なんと思ひ詰めてゐた。

지현은 위공의 고발에 의해서, 숙향과 노파를 포박하여 구금하였다. 노파는 계속해서 그 원죄(冤罪)를 호소하였기에, 지현도 사정을 불쌍히 여겨 노파만은 석방하였지만, 숙향은 수갑 등을 차고 엄중하게 조사를 받게 되었다.

이선은 숙향이 갇혀 있는 신세가 되었다는 것을 듣고, 자는 것도 먹는 것도 하지 않고 슬퍼하며,

"혹시 숙향이 죽으면 자신도 죽지 않으면"

이라고 깊이 생각하였다.

淑香は罪なくして獄中に投ぜられ、日夜悲泣、涙は血に滲んで呪はしき運命を痛んだ。淑香は堰き来る涙を拂って冤を訴ふべき一書を認めた。

向には列郡胡の兵に暴され、父子夫婦、命から命から逃げ散りました。妾が身は災禍に取捲かれ、一たび父母に別れてより、西に東に乞食姿となりて彷徨ひましたが、幸に老嫗に遇ひ、母子の縁を結びて今に四年、年また十七となりました。鳥の啼くにつけ、花の咲くにつけ、父母を思ふては涙の乾く間も御座いませんでした。生きてこの悲しみを見るよりは、いっそ死んだが増しと思ふことも度々でありましたが、千に一を望み、生みの父母に思を報ずることもあらんかと、生長らへてゐます中に、黄鳥春を誘ひ、香鬢信を傳へて、縁あって偶々三生の約を結び、百年の契りを交はしました。朝に往き暮に来り、雲雨の情ここ煩ひもしましたが、親を欺き人を偽はるとはあられもないことです。隠すより現はるるはなしとの懼れを、日頃から懷いて居りましたがそれが遂に此の禍を招いたので御座います。秋霜花落ちては誰れか顧みませう、楊柳に命を縷ぐ身を誰れか憐れみませう。男として女として、生れて室の有らんことを願はぬものは御座いますまい。またそれが世間の父母の心で御座いませう。欲界の諸天に欲なきもの

が御座いませうか。妾の身は最早月の世界の姮娥では御座いません。李仙さまとて今は瑤臺の御子様では御座いません、それだのに妾を死の苦しみに遇はせるとは何事でせう。妾の罪は、内通して告げなかったと云ふだけです。縱令告げなくとも死罪にすると云ふ道理は御座いますまい。若し告げない罪で殺すと被仰るなれば大舜は告げずして娶りました。彩鸞は詩を詠んで私通致しました。それでも大舜は聖德の聞え高く、彩鸞は虎に跨って仙人となられました。昔から今日まで、告げないと云ふことは罪で御座いません。それでも御処分なると被仰るなれば、木索鐵鎖の苦に遇はせずに、一層のこと殺して下さいまし、杖で責めないで、刀で一思ひに斬殺して下さいまし。』

숙향은 죄 없이 옥중에 내던져져서 밤낮으로 슬프게 울었다. 눈물은 피로 물들며 저주받은 운명을 아파하였다. 숙향은 넘쳐흐르는 눈물을 닦으며 누명을 호소할 글 하나를 적었다.

"이전에 여러 고을이 오랑캐 군사에게 해침을 당하여 부모와 자식 부부가 목숨을 구하기 위해 흩어졌습니다. 소첩의 몸은 재앙을 만나 한 차례 부모와 헤어져서는 서쪽으로 동쪽으로 걸식하는 신세가 되어 배회하였습니다만, 다행이 노파를 만나 어머니와 자식의 연을 맺게 된 지가 오늘로 4년입니다. 나이 또한 17세가 되었습니다. 새가 우는 소리에, 꽃이 피는 모습에, 부모를 생각하고는 눈물이 마를 날도 없었습니다. 살아서 이 슬픔을 보기보다는 차라리 죽는 것이 낫다고 생각한 적도 자주 있었습니다만, 천에 하나를 바라 낳아준 부모에게 은혜를 보답할 수 있을까 하여 성장하던 중, 꾀꼬리가 봄을 유혹하고 향기로운 꽃술은 소식을 전하며 인연이 있어 우연히 삼생(三生)의 약속을 맺어 백년가약을 나누었습니다. 아침에 가서 저물면 오는 남녀 간에 맺은 정이 번거롭기는 하지만, 부모를 속이고 사람을 속이는 것은 있을 수 없는 일입니다. 숨기기보다는 드러내는 것에 대한 두려움을 평소에 품고 있었습니다만, 그것이 드디어 이러한 화를 자초하였던 것입니다. 가을 서리에 꽃이 떨어지면 누가 돌아보겠습니까? 버드나무에 목숨을 연명하는 몸을 누가 가련하다고 하겠습니까? 남자로서 여자로서 태어난 집이 있음을 바라지 않는 사람은 없습니다. 또한 그것이 세상의 부모 마음이겠지요. 욕계(欲界)의 모든 천상계에 욕심 없는 것이 있겠습니까? 소첩의 몸은 이미 달세계의 항아가 아닙니다. 이선님도 지금은 천제의 자손이 아닙니다. 그러함에도 소첩을 죽음의 고통에 이르게 하는 것은 무엇 때문입니까? 소첩의 죄는 내통한 것을 고하지 않은 것뿐입니다. 설령 고하지 않았다고 하더라도 죽을죄가 된다는 것은 도리에 맞지 않습니다. 만약에 고하지 않은 죄로 죽인다고 분부하신다면 대순(大舜)은 고하지 않고 취하였습니다. 채란(彩鸞)은 시를 읽으며 사통하였습니다. 그러함에도 대순은 성덕이 높다고 들었고, 채란은 호랑이를 올라타고 선인(仙人)이 되었습니다. 예로부터 오늘날까지 고하지 않은 것은 죄가 아닙니다. 그런데도 처분을 하시겠다고 분부하신다면 곤장의 고통에 이르지 않게 오히려 죽여주십시오. 형장으로 고통을 주시지 마시고 칼로 단칼에 죽여주십시오.”

知縣は、淑香の訴状を覧て可哀想だとは思ったが、魏公の命令なので其旨を申渡し淑香を三木に懸けて折檻した。淑香は頭髪を振乱し、脛を露はに、珠の涙をハラハラと流し、知縣の顔を凝乎視詰めて、

『安は李仙さまを誘惑かしたのでは御座いません、李仙さまが我家に雀の穴を穿けて妾の身を強ってと御所望になったのです。卓氏が琴を弾いて挑んだのとは異ひます。蜂が花を逐ひ、蝶が芳を探るのと同じ様で、決して妾の罪では御座いません。それを妾一人に御処刑なさらうとは不法では御座いませんか。縦令賤妾に私通の行があらうとも、それで死罪にするとは聞えませぬ。無告の窮人をお憐れみなく、知縣は妾を殺さうとなさるのですか。罪なき妾を殺して何処が気持よいので御座いませうか。書經にも、其の不辜を殺さんよりは察ろ不經に失せよ、と云ふことがあるではありませんか。どうぞ知縣さま、御賢察下さいまし。』と泣く泣く冤を訴へた。

지현은 숙향의 소송장을 보고 가엾다고는 생각했지만, 위공의 명령이기에 그 내용을 분부하여 숙향을 삼목(三木)에 매달아 체벌을 가하였다. 숙향은 두발은 흐트러지고 정강이는 드러나, 구슬 같은 눈물을 뚝뚝 흘리며 지현의 얼굴을 계속 응시하며,

"소첩은 이선님을 유혹한 적이 없습니다. 이선님이 저희 집에 참새 구멍을 뚫고 소첩의 몸을 강요하여 소망대로 된 것입니다. 탁(卓)씨가 거문고를 치며 구애한 것과는 다릅니다. 벌이 꽃을 좇고 나비가 꽃을 찾는 것과 같은 것으로 결코 소첩의 죄는 아닙니다. 그러한 것을 첩 혼자서 처형을 받는 것은 불법이지 않습니까? 설령 미천한 소첩이 정을 통했다고 하더라도 그것이 죽을죄가 된다고는 들어 본적이 없습니다. 무고하고 곤궁한 사람을 불쌍히 여기지 않으시고 지현은 소첩을 죽이려고 하십니까? 죄 없는 소첩을 죽이시고 어디가 기분이 좋으십니까? 서경에도 그 무고한 사람을 죽이기보다는 차라

리 법을 적용하지 않는다는 말이 있지 않습니까? 아무쪼록 지현어
르신 살피어 주십시오."

라고 울며불며 원통함을 호소하였다.

知縣も亦哀憐の情に忍びないので扇子に面を隠して窃乎涙を拭いた
が、故意と怒声を発して獄卒に杖折させた。淑香は骨身に染みる痛さ
を怺えて、頭を垂れ、目を閉ぢ、絶え入る思ひに声も喉からは出ず、

『阿父さまア…何処に往かれました──、阿母さまア…何処にお出な
さる──』と悲痛の叫びを挙げて悶えた。知縣夫人はこの容子を視て惨
ましさに涙を催ふし、急ぎ女中に命じて、『罪なき可憐の美女を、さう
お責めになるのは可哀想です、夫人があの娘を見るのに、言辞と云
ひ、挙止と云ひ端正で、死んだ吾娘によく似て居ります、また名字の
甲と云ふのも似て居ります、どうか餘りに呵責しないで怒してやって
下さい。』と宥めさせた。

지현도 또한 가련한 정을 참지 못하여 부채로 얼굴을 가리고 조용
히 눈물을 닦았지만 일부러 화난 소리를 내며 옥졸에게 곤장을 치게
하였다. 숙향은 뼈와 몸에 스며드는 아픔을 참으며 머리를 드리우고
눈을 감으며 숨이 끊어지는 생각에 소리도 목에서 나오지 않고,

"아버지… 어디로 가셨습니까? 어머니… 어디로 떠나셨습니까?"

라고 비통하게 소리를 지르며 근심하였다. 지현부인은 이 모습을
보고는 애처로움에 눈물을 흘리며 서둘러 하녀에게 명하여,

"죄 없는 가련한 미녀를 그렇게 책망하시는 것은 가엾습니다. 제
가 저 여자아이를 보니 말이나 행동거지가 단정하며 죽은 우리 딸과

너무나도 닮았습니다. 또한 성이 갑이라고 하는 것도 닮았습니다.
아무쪼록 너무 꾸짖어 책망하지 마시고 용서하여 주십시오."

　라고 말하며 달래게 하였다.

知縣は太恩を洩らして、『夫人の注意がなければ、見す見す無辜を殺
す所であった。』と悔ゐて繩を解き、獄房に戻した。夫人は、薬や食物
を與へて優しく手當を加へた。この知縣こそ、神ならぬ身の知る由も
なき、淑香の父、金銓であった。

　지현은 탄식을 하면서,

　"부인의 주의가 없었다면, 빤히 보고도 무고한 사람을 죽일 뻔하
였소."

　라고 뉘우치면서 노끈을 풀어 옥방으로 돌려보냈다. 부인은 약과
음식을 내어주고 다정하게 치료를 해 주었다. 이 지현이야말로 신이
아닌 인간의 몸으로 알 수 없는 숙향의 아버지 김전이었다.

(二三) 怪鳥の使
(23) 사신으로 온 괴상하게 생긴 새

淑香は獄中にあっても、李仙のことが忘れ兼ね、思恋の情に日夜泣
き悶え、指を嚙み切って血を絞り、其血で哀怨の心を手紙に書き、李
仙の許に送らうとしたが、送るべき頼りがないので、失望に沈んでゐ
ると、何処からともなく一羽の鷲が飛んで来て淑香の臂に止って、頻
りに足を挙げて容子有り気に淑香を凝視てゐた。淑香は奇異の思ひと

喜びとに溢れ、血書の手紙を其足に結び付けると、鷲はまた何処ともなく飛去った。

　　숙향은 옥중에서도 이선의 일을 잊지 못하고 사모의 정으로 밤낮으로 울며 근심하였다. 손가락을 깨물어 피를 짜서 그 피로 슬픔과 원망의 마음을 편지에 적어 이선의 곁으로 보내려고 하였지만 보낼만한 연줄이 없기에 실망하고 가라앉아 있는데, 어딘가에서라고도할 것 없이 제비 한 마리가 날아와 숙향의 어깨에 멈추었다. 계속해서 다리를 들어서 용건이 있는 듯 숙향을 응시하였다. 숙향은 기이한 생각과 기쁨으로 넘쳐나 혈서의 손 편지를 그 다리에 붙였다. 그러자 제비는 어디라고 할 것도 없이 날아갔다.

　李仙は、淑香が死罪に処せられたと聞いて、何うしたら可いか手の出しようなく、失神したやうに茫然欄干に凭れてゐると、見馴れない鳥が欄干に翼を下して、李仙に向って何か訴へるやうな容子をするので、恠しみつつ近寄ると、足に何やら紙片が結ばれてゐた。解いて手にすると、それは、今が今まで思ひ悩んでゐた淑香の血染の手紙であった。一語一語、涙と血とで綴られた悲痛の語句に、李仙は舌を喰ひ締めながら読み進めて行くと、

　妾が命は最早旦夕に迫ってゐます、この身は死ぬとも惜しくはありませんが、雲両の歡を成し、未だ山海の情を盡さざるに、囚はれの身となって楚獄に果つるは口惜しくてなりません、若し現世の見納めに、郎君に一目なりとも逢ふことが出来ますれば、此盡死ぬるとも怨みはありません。

と、切なる心が血に滲み、終りに四韻一詩が書き添えられてあった。

　이선은 숙향이 죽을죄에 처해졌다는 것을 듣고 무엇을 하면 좋을지 손을 쓸 수가 없어 실신한 것과 같이 멍하니 난간에 기대고 있었는데, 낯선 새가 난간에 날개를 내리고 이선을 향하여 무언가 호소하는 듯한 모습이었기에 수상하다고 보면서 가까이 가니 다리에 무언가 종잇조각이 묶여 있었다. 풀어서 손에 들어 보니 그것은 지금껏 괴로워하던 숙향의 피로 물든 편지였다. 한 자 한 자 눈물과 피로 적혀 있는 비통한 구절에 이선은 혀를 악물면서 읽어 나갔는데,

　"소첩의 목숨은 이미 절박한 시기에 이르렀습니다. 이 몸이 죽는 것은 아깝지 않습니다만 구름이 두 사람의 기쁨을 이루고 아직 산해(山海)의 정을 다하지 못하였는데, 갇혀 있는 몸이 되어 감옥에서 끝나는 것은 너무나 원통합니다. 혹시 이승에서 마지막으로 낭군을 한 번이라도 볼 수가 있다면 이대로 죽는 것도 원통하지는 않겠습니다."

　라고 애절한 마음이 피에 스며들어 있으며 마지막에는 사운(四韻)으로 된 시 한 편이 덧붙여 쓰여 있었다.

離懷黯々隔春朝　　獄裏風霜鴈影遙
人孰有憐縲木索　　自歎無計向銀橋
滄溟未盡思難渴　　白骨成灰恨始消
可惜此生無復見　　他年泉下願相邀

　이별하는 슬픈 마음 봄날 아침 막혔으니

　　　감옥에는 바람서리 내 님 모습 아득하네

　　　형틀에 묶인 나를 가련타 할 이 누구인가

　　　오작교로 갈 수가 없어서 한탄이라

　　　바닷물 다 말라야 이 내 사랑 다할 거고

　　　백골이 가루 돼야 이 내 한이 사라지리

　　　이승에서 다시 만날 수가 없어 서러우니

　　　나중에 저승에서 만나 뵙길 원합니다

　李仙は覧訖って気絶して了ったが、漸く我れに返って返書を認め、鶯の前に投げてやると、鶯はそれを口に咬へて飛んで行った。

　淑香は、鶯の帰りの遅いのに、起っては外を眺め、坐っては断腸の思ひに沈んでゐたが、待ち焦れた鶯の使が戻って来たので、取る間遅しと返書を抜いた。李仙の手紙もまた一語一語涙であった。『若し淑香嬢が此世を去るならば、仙も亦跡を逐ふて来世の縁を續けます』と云って、末に次韻してあった。

　　　이선은 다 읽은 후 기절하여 버렸지만, 잠시 후 제 정신을 차리고 답장을 적어 제비 앞에 던져 주자, 제비는 그것을 입으로 물고 날아갔다.

　　　숙향은 제비가 돌아오는 것이 늦기에 일어서서는 밖을 바라보며, 앉아서는 애끓는 마음에 침울해 하였다. 애타게 기다리던 사신 제비가 돌아왔기에 재빨리 답장을 펼쳤다. 이선의 편지도 한자 한자 눈물이었다.

　　　"혹시 숙향님이 이 세상을 떠난다면 이선도 또한 뒤를 따라서 다음 생에서 인연을 계속하겠습니다."

라고 말하며, 끝에는 운을 따서 시를 지었다.

感淚悲懷暮又朝　　三生一念苦相遙
有誰問道能回辟　　未位銀河解作橋
夢向楚天行雨能　　魂隨燕獄落雲消
始知離合眞關數　　莫道他時地下邀

　밤으로 또 아침으로 슬피 울며 지내나니
　삼생토록 내 사랑이 멀리 있어 괴롭구려
　길을 묻고 회피할 수 있는 사람 누구인가
　은하수에 오작교를 만들지 못한다오
　하늘에 지나는 비를 따라 꿈은 깨고
　감옥에 떨어지는 구름 따라 혼이 녹네
　만나고 헤어짐은 운명에 달린 거니
　죽어서 지하에서 만나잔 말 마세요

読み訖って淑香も亦気絶して了った。

　다 읽고 난 후 숙향도 또한 기절해 버렸다.

(二四)李仙の遊学、老嫗の死
　(24) 이선의 유학, 노파의 죽음

魏公は、知縣が淑香を庇護ってゐると聞いて立腹し、自身直接に裁

判するからとて獄吏に命じて淑香を法廷へ呼出させた。淑香は恐る恐る魏公の前に俯伏したが、その容止の端麗であり、雨後の桃花にも似たる姿は、獄屋に在った人とも思へぬ鮮麗さに、

『汝ッ妖婦め、その美しい顔容で、俺が大切な息子を迷はしたのだナ。』と一層怒りを強くして淑香を責めようとした。淑香は貞淑やかに容を更めて。

『妾は身に顧みて少しも悪いことをした覚えは御座いませんが、法を枉げて殺さうとなさいますなら、果敢ない命を縷ぐ妾の身の上、少しも惜しむ所は御座いません、どうか杖刑でお責めにならないで、一思ひに刀で殺して下さいまし。』と泣き伏した。

　　위공은 지현이 숙향을 비호하고 있다는 것을 듣고 화가 나서 자신이 직접 재판을 하겠다고 옥졸에게 명하여 숙향을 법정으로 불러냈다. 숙향은 조심조심 위공 앞에 고개를 숙이고 엎드렸는데, 그 행동거지가 단아하고 비 온 뒤의 복숭아꽃을 닮은 듯한 모습은 옥사에 들어있던 사람이라고는 생각할 수 없을 정도의 아리따움에,

　　"네 이년 요부로구나, 그 아름다운 얼굴로 나의 소중한 아들을 유혹하였구나."

　　라고 한층 화를 내며 숙향을 책망하려고 하였다. 숙향은 정숙하게 얼굴을 바로하며,

　　"소첩은 되돌아보건대 조금이라도 나쁜 일을 한 기익이 없습니다만, 법을 왜곡해서 죽이려고 하신다면 덧없는 목숨을 연명한 소첩은 조금도 원통할 것이 없습니다. 아무쪼록 곤장으로 나무라지는 말아주시고 한 번에 칼로 죽여주십시오."

라고 하며 울었다.

魏公は、淑香の容子を見て、サテと容色絶美な気高い女子である。と初めて怒りも解けて哀憐の情を起し、獄吏に命じて姑らく釋放することとした。

魏公は邸に帰ると早速李仙を膝下に呼び寄せて、『お前も男として世に生れた以上は身を立て名を揚げ、家門を興し、忠を王室に盡さねばならぬ、それが子たるものの職分であり、また父母の願ふ所である。然るに妖婦の色に溺れ、身の一生を誤るとは何たる不孝者だ、俺はお前を遠方へ遺りたくはない、けれども色を好み学を廃するやうでは行末が案じられる、これから直ぐに京に出て大学に入り、科擧に及第して帰んなさい、それまでは決して邸へ帰ることはならない、早速行李を用意して出立しなさい。』と嚴命した。

위공은 숙향의 모습을 보고 그건 그렇다고 하더라고 용모와 안색이 너무나도 아름다운 고상한 여자라고 생각하여 처음으로 화도 풀리어 가련한 정이 생겼다. 옥리에게 명하여 잠깐 석방하게 하였다.

위공은 집으로 돌아와서는 재빨리 이선을 곁으로 불러서,

"너도 남자로서 세상에 태어난 이상은 몸을 세워서 이름을 날리고 가문을 흥하게 하여 왕실에 충성을 다하지 않으면 안 되니라. 그 것이 자녀로서의 직분이며 또한 부모가 바라는 바이다. 그런데 요부의 얼굴에 빠져서 일생을 그릇되게 하는 것은 얼마나 불효인가? 나는 너를 먼 곳에 보내고 싶지는 않다. 그렇지만 색을 좋아하며 학문을 파하려고 해서는 장래가 걱정되는구나. 앞으로 바로 서울로 가서

대학(大學)에 들어가 과거에 급제하고 돌아오너라. 그때까지 결코 집
으로 돌아와서는 안 된다. 서둘러 행장을 준비하여 길을 떠나거라."
고 엄하게 명하였다.

李仙は返す言葉もなく、日を択んで出立した。行く途々も淑香のこ
とが胸に痞えて忘れ難く、意を決して老嫗の家に別れを告げに訪れ
た。淑香と老嫗は、李仙の袖を挽き、袂を抱へ、霎時は言葉もなく、
相抱いて潜々と泣いた。仙は淑香の肩を攞りながら『一年の中には屹度
及第して帰るから、どうかそれまで身體を大切にして楽しみに待って
ゐて呉れ。』と慰めた。

이선은 아무런 대꾸도 못하고 날을 잡아 떠났다. 가는 도중 숙향
의 일로 가슴이 아프고 잊을 수 없었다. 마음을 정하여 노파의 집에
이별을 고하러 방문하였다. 숙향과 노파는 이선의 소매를 당기고 소
맷자락을 안으며 아주 짧은 시간 말도 없이 서로 안고 울상이 되어
울었다. 이선은 숙향의 어깨를 어루만지며,
　"1년 안에 반드시 급제해서 돌아올 것이니 아무쪼록 그때까지 몸
을 조심히 하여 기다리어라."
　고 위로하였다.

淑香は怨めしさうに仙を見上げて、『一日さへ三秋の思ひに堪えませ
んのに、どうして一年が待てませう、古人も、人生は朝露の如しと申
しました。朝露のやうに朝あって夕を計られぬ人の命、また逢へるか
どうかも解りませぬ、李仙さま、今郎君は萬里異郷の人となられま

す、賤妾の一身は死ぬとも節を守ってお帰りをお待ちいたします、ど
うか一日も早く好き音便を持ってお帰りを祈ります。』と言って、また
声を惜しまず泣き崩れ、破鏡の一半を仙に寄せて、これを賤妾の魂と
して御所持下さいと差出した。仙も雲錦の袋を解いて、これを仙だと
思って忘れずにゐて呉れと淑香に與へ、離愁の悲み遣る方なきまま
に、其夜は一つ衾に飽かぬ一夜を明かした。

　숙향은 원망스러운 듯 이선을 올려다보며,

　"하루가 여삼추로 참을 수 없는데, 어떻게 1년을 기다리게 하십니
까? 옛날 사람들도 인생은 아침이슬과 같다고 말하였습니다. 아침
이슬과 같이 아침에 있고 저녁을 헤아릴 수 없는 사람의 목숨, 또 만
날 수 있을지 어떨지 모릅니다. 이선님, 지금 낭군은 만리타향의 사
람이 됩니다. 미천한 소첩의 몸은 죽어서라도 절개를 지키며 귀가를
기다리겠습니다. 아무쪼록 하루라도 빨리 좋은 소식을 가지고 돌아
와 주시기를 바랍니다."

　라고 말하고, 또한 소리를 아끼지 않고 쓰러져 울었다. 깨어진 거
울의 반을 이선에게 주고는, 이것을 미천한 소첩의 영혼이라고 생각
하여 지녀 달라고 꺼내었다. 이선도 비단 주머니를 풀어서 이것을
나라고 생각하고 잊지 말아 달라고 숙향에게 주었다. 이별의 슬픔에
떠나보내지 못 하고, 그날 밤은 하나의 이불에 먹지도 않고 밤을 밝
혔다.

翌日李仙は、涙に送られ、涙に別れた。淑香は仙の姿の見えなくなる
まで、爪先きを立てて見送った。仙の姿が見えなくなると、淑香は堪り

兼ねて地に仆れ痛哭した。淑香は李仙に別れてから、髪を梳らず、身も粧はず、うつらうつらと半年を過す中に、老嫗はふとした病気から起きなくなった。いよいよ臨終といふ夜に淑香を枕邊近く招いて、

『嫗はお前に隠してゐたが、嫗は塵世の人ではないのです、実は天臺の麻姑の仙人なのです、上帝の命を承けてお前を保護する為めに下界に下ったのだが、最早縁も盡きたので、お前とは永の別れをするが、一匹の黄犬を残して置くから、お前はこれからその黄犬に使ひ歩きをさせるが可い、いっぞやお前が夢に瑤池に遊んだ時、案内をした青鳥はこの老嫗であります。また刑獄から救ひ出したのも、この老嫗であります。けれども命には限りがあります、これがお前と現世のお別れです…』と言ひながら蒲團を面に覆ふて、息を引取って了った。

다음 날 이선은 눈물의 배웅을 받으며 눈물을 흘리며 헤어졌다. 숙향은 이선의 모습이 보이지 않을 때까지 발꿈치를 들고 배웅하였다. 이선의 모습이 보이지 않게 되자, 숙향은 참을 수 없어서 땅에 엎드려 통곡하였다. 숙향은 이선과 헤어지고 나서 머리를 빗지도 않고 몸도 치장하지 않고 꾸벅꾸벅하면서 반년을 지내는 중에 노파는 뜻밖의 병으로 일어나지 못하게 되었다. 드디어 임종을 맞이하는 밤에 숙향을 머리맡 가까이로 불러서,

"나는 그대에게 숨기고 있었는데, 나는 속세의 사람이 아닙니다. 실은 천대(天臺)의 선녀인 마고(麻姑)입니다. 상제의 명을 받아 그대를 보호하기 위해서 하계로 내려왔지만 이제는 인연도 다하였기에 그대와 영원한 이별을 하지만 한 마리의 황견(黃犬)을 남겨두고 갈 것이니 그대는 앞으로 그 황견에게 일을 시키는 것이 좋습니다. 언젠가

그대가 꿈에서 요지에서 노닐었을 때, 안내를 하였던 파랑새는 이 노파입니다. 또한 감옥에서 구하여 준 것도 이 노파입니다. 하지만 목숨에는 한계가 있습니다. 이것이 그대와 현세의 이별입니다…"

라고 말하면서 이불을 얼굴에 덮고 숨을 거두었다.

(二五) 不思議な黄犬
(25) 불가사의한 황견

淑香は老嫗の亡骸に取縋って、声を上げて慟哭した。涙の中に手厚く葬ってからも夢に夢見る心地して、その儘去るにも忍びず、老嫗の死を悲しみ、李郎の別を愁ひ、何事も手に付かず、黄犬に対っては身の切なさを訴へてゐた。黄犬は忠實に淑香の傍を寸時も離れずに護ってゐた。

숙향은 노파의 시신에 매달려서 소리를 지르며 통곡하였다. 눈물 속에 극진히 장사지내고 꿈속에서 또 꿈을 꾸는 마음으로 그대로 떠나는 것도 참지 못하고 노파의 죽음을 슬퍼하였다. 낭군과의 이별에 시름하며 아무 일도 하지 못하고 황견에게 자신의 애절함을 호소하였다. 황견은 충실히 숙향의 곁에서 잠시도 떠나지 않고 보호하였다.

一日、淑香は堪え難き思ひを黄犬に含めて、『お前はどんな使ひでもすると老嫗が言ひ残されたが、お前は李仙さまに手紙を届けて呉れるだらうか。』と人に物言ふが如く言ひ聞かせた。黄犬は首を俛し、尾を搖って、グルグル廻り、遠吠したり、袖を咬んだりして諾意を示し

た。淑香は思ひの丈けを碧瑤箋に認めて、黄犬の頸に結ひ付けた黄犬は幾度も振返って別辞を告げ、走り去った。

　　어느 날 숙향은 참기 어려운 마음을 황견에게 알리며,
　　"너는 어떠한 심부름도 한다고 노파가 말을 남기었는데, 너는 이선님에게 편지를 보내어 주겠느냐?"
　　고 사람에게 말을 하듯이 말하였다. 황견은 고개를 숙이고 꼬리를 흔들며 빙글빙글 돌면서 먼 곳을 향하여 짖거나 소매를 물거나 하여 승낙을 표시하였다. 숙향은 가슴 속의 모든 것을 청색 편지에 적어서 황견의 목에 매달았다. 황견은 몇 번이고 돌아보면서 이별을 고하며 떠나갔다.

　李仙は淑香に別れてから、旅窓に身を寄せては轉輾反側して、思恋の情に燃やされてゐた。今宵も寝られぬままに旅窓に凭り懸ってゐると、頻りに犬が吠えるので、戸を開けて外へ出ると、黄犬が仙を仰ぎ視ては頭を搖るので、傍に近寄ると、頸に淑香の書信が結ばれてあった。その書信には、老嫗の世を去った知らせやら、愁を抱き悲しみを含む断腸の思ひが書き綴られ、一詩が添へてあった。

　　이선은 숙향과 이별하고 나서 객지에서 묵는 방에 몸을 기대고는 전전반측하여 사모하는 정에 불타고 있었다. 그날 밤도 잠을 자지 못한 채 창가에 몸을 기대고 있었더니 계속해서 개가 짖기에 문을 열어 밖에 나가보니 황견이 이선을 바라보며 머리를 흔들었다. 그래서 곁으로 가까이 가서 보았더니 목에 숙향의 서신이 매달려 있었다.

그 서신에는 노파가 세상을 떠난 이야기와 애끊는 이별의 슬픔이 적
혀 있으며, 시 한 수가 쓰여 있었다.

知時長安在日邊　　三春消息一茫然
徒聞篋笥悲秋扇　　未信鸞膠続断絃
誰道玉簫両世合　　自歎金鏡不重圓
可憐弱質終朝暮　　地下他年更結縁

　해 떠 있는 장안의 시절을 알겠는데
　봄날 내내 소식은 여전히 감감하네
　서글픈 가을 부채 그저 상자에 담겨 있고
　끊어진 거문고 줄 잇지는 못하리라
　옥피리가 양세 인연 합친단 말 누가 했나
　반쪽 거울 다시는 하나 못 됨 한탄이네
　가련하다 이 약질은 아침저녁에 끝나리니
　지하에서 나중에 또 인연을 맺읍시다

仙は読み行く中にも、涙は止度もなく溢れ、離愁の念一層深く、『可
愛い恋主の使よ。』と狗の頭を撫で擦り、食物を與へ、積る心情を返書
に認めて、また頸に捲付け急ぎ帰へした。

　이선은 읽는 도중, 눈물이 끊임없이 흘러내려 이별의 슬픔이 한층
깊어졌다.
　"귀여운 사랑의 심부름꾼이구나."

라고 말하며 개의 머리를 어루만지며 음식을 주고 쌓여 있는 심정을 답장에 적어서 다시 목에 걸어 서둘러 돌려보냈다.

淑香は、黄犬を使に出したものの、若しや途中で人に殺されはしまいかと、独りくよくよ案じ煩らひ、物悲しい日を送ってゐたが、丁度五日目に、遠方から喜びの声を揚げながら走って来る容子に、門口から轉び出るやうにして返書を手にした。

一別以来千里を隔て、思恋の心日に益々募り、傷感の情彌々切にして暗愁に鎖され、鳥の啼くを聴くにつけ、鴈の帰るを見るにつけ、消魂斷腸の種ならぬはない。今も今、黄犬に托せる一封の花信に接し、黄犬を抱き締めて泣いたのであります。花容の愁を含むを想ふては心腸断絶し、玉貌の独り悲しむを念ふては哀愁の涙に暮れてゐます。老嫗の死を聞き、驚痛もし、佳人の悲嘆も察せられます。長安一片の月、深夜青燈の夢、彼れを懐ひ、此れを想ひ心魂は裂けるばかりであります。私も錦衣を被て郷に還り、劍の還る日、鏡の合ふ時が来て、三生の縁を続け、百年の盟を遂げるのを楽しんで居ります。どうか今暫らく気を引立てて待ってゐて下さい。

終りに、和韻して満腔の幽懐を申上げます。

숙향은 황견에게 심부름을 보내기를 했지만 만약에 도중에 사람에게 죽임을 낭하는 것은 아닐까 하고 홀로 끙끙 걱정하며 쓸쓸한 날을 보내고 있었는데, 때마침 5일 되는 날 먼 곳에서 기쁜 소리를 내면서 달려오는 모습에, 입구에서부터 굴리 나오듯이 하여 답장을 손에 들었다.

"한 번 헤어진 이후 천리에 떨어져서 사모하는 마음이 나날이 깊어져 가고 있습니다. 슬픔의 정이 더욱 애절하여 수심으로 얼굴이 찌푸려지고 새가 우는 것이 들리거나 기러기가 돌아오는 것을 보기만 하면 넋을 잃고 애끓는 마음이 생기지 않은 적이 없었다. 지금도 황견에게 맡겨진 한 통의 소식을 접하며 황견을 끌어안고 울고 있습니다. 꽃다운 얼굴에 슬픔을 머금고 있을 것을 생각하면 심장이 끊어지는 듯, 아름다운 용모에 홀로 슬퍼할 것을 생각하니 슬픔과 근심의 눈물로 지내고 있습니다. 노파의 죽음을 듣고 놀라고 아파하는 미인의 비탄을 살필 수 있습니다. 장안 한 조각의 달, 깊은 밤 푸른 빛 속의 꿈, 이런저런 생각에 마음이 찢어지기만 합니다. 저도 비단 옷을 입고 고향으로 돌아와서 검을 보내는 날, 거울이 만나는 때가 와서 삼생(三生)의 연을 계속하여 백년의 맹세를 이룰 수 있기를 기대하고 있습니다. 아무쪼록 잠시 동안 기를 불러 일으켜서 기다려 주세요. 끝으로 화(和)를 운(韻)으로 하여 가슴에 가득 찬 마음을 올립니다."

秋来含淚依欄邊　　回首鄕関意茫然
千里別魂驚蝶夢　　三生離恨憾鷗絃
劒分始識終麻隔　　鏡破誰言竟不圓
爲報美人珍重保　　錦衣他日作芳緣

　시름겨워 눈물짓고 난간에 기댔는데
　고개 돌려 고향 보니 생각은 아득아득
　천리 멀리 헤어지니 나비 꿈[35]은 놀라 깨고
　삼생 인연 이별하니 비파소리 한스럽네

나뉜 검은 끝내는 못 떨어져 있을 거고[36]

반쪽 거울 마침내 합쳐지고 말 것이라[37]

전하노니 미인이여 몸을 잘 보전하여

비단옷에 돌아와서 꽃다운 연 맺읍시다

淑香は李仙の手紙を抱き締めて、泣いて泣いて泣き明かした。

숙향은 이선의 편지를 끌어안고 울며불며 밤을 지새웠다.

---

35 나비 꿈 : 원래는 장자의 호접몽(胡蝶夢)에서 나온 것이지만 여기서는 그냥 꿈에 나비가 되어 훨훨 날아다니는 것을 말한다.

36 나뉜 … 거고 : 나뉜 검은 중국 고대의 명검인 간장(干將)과 막야(莫邪)를 말한다. 중국 진나라 뇌환이 장화의 부탁을 받고 예장군(豫章郡) 풍성(豊城)에서 고대의 명검인 간장과 막야를 얻게 되었다. 뇌환은 그 중 간장만 장화에게 보내고, 막야는 자신이 가지고 있었다. 장화가 죽은 뒤에 간장의 소재는 알 수 없게 되었고, 뇌환이 죽자 그의 아들이 막야를 차고 다니게 되었는데, 하루는 연평진을 건널 때 갑자기 막야가 솟구쳐 올라 강물에 빠져서 찾을 수 없게 되었고, 단지 두 마리 용이 서로 만나는 것만 볼 수 있었다. 이를 보고 사람들은 본래 함께 있어야 할 간장과 막야 두 자루의 검이 이제야 서로 만난 것이라고 하였다. 헤어진 두 정인이 서로 만나게 될 것이라는 의미이다.

37 반쪽 … 것이라 : 중국 진나라 때 태자사인 서덕언이 일찍이 진후주의 누이 낙창 공주와 결혼하였다. 나라가 위태로워지자 서덕언은 공주와 끝까지 함께하기 어려움을 예측하고 구리거울을 절반으로 쪼개어 한 조각을 공주에게 주면서 "그대 같은 재색으로 나라가 망하면 의당 권호의 집에 들어갈 것이오. 남녀 간의 인연만 끊이지 않는다면 서로 다시 만날 수도 있으리니, 이것을 신표로 삼았다가 후일 정월 보름날에 이것을 도시에 내다 팔아주시오."라고 하고 서로 헤어졌다. 그 후 과연 정월 보름날에 서덕언이 도시에 나가서 그 거울 조각을 얻어 자기의 것과 서로 맞추어서 공주의 것임을 확인하고는 그 거울에 "거울과 사람이 함께 떠났다, 거울만 돌아오고 사람은 안 돌아오니, 항아의 그림자는 다시 볼 수가 없고, 공연히 밝은 달만 휘영청 빛나네.[鏡與人俱去 鏡歸人不歸 無復姮娥影 空留明月輝]"라고 써서 보냈다. 공주는 과연 그때 월국공 양소의 집에 가서 살고 있다가 이 시를 얻어 보고는 밥도 먹지 않고 울기만 하므로, 양소가 그 내막을 알고 마침내 서덕언을 불러서 공주를 다시 돌려주었던 고사가 있다. 헤어진 부부 또는 정인이 서로 다시 만나게 된다는 의미이다.

(二六) 月明の哭聲
(26) 밝은 달 아래 곡소리

淑香は無人の頹屋に、黄犬を相手に淋しき日を過してゐたが、或る
月明の夜、帰鴈の哀声を聴いて感慨に堪えず、明日に向って声も惜ま
ず痛哭した。

숙향은 사람 없는 무너져가는 집에서 황견을 상대로 쓸쓸한 날을
보내고 있었는데, 어느 날 밝은 달 밤, 돌아온 기러기의 슬픈 소리를
듣고 감격하여 마음속에 깊이 사무치는 느낌을 견디지 못하여 밝은
달을 향하여 소리도 아끼지 않고 통곡하였다.

魏公は夫人と一緒に、翫月樓に上って今宵の明月を賞してゐたが、
何処からか帛を裂くやうな哭聲が洩れて来るので、夫人を顧みて何事
であらうかと訊ねた。夫人は、明月に対して我子の遠く旅の空に離れ
てゐるを思ひ慕ひ、『この月夜に慟哭するとは何か仔細のあることで御
座いませう。』と云って、女中に吩咐けて容子を見にやった。

위공은 부인과 함께 완월루(翫月樓) 위에 올라서 그날 밤의 밝은
달을 감상하고 있었는데, 어디에선가 비단이 찢어지는 듯한 곡소리
가 새어나오기에 부인을 돌아보며 무슨 일인지를 물었다. 부인은 밝
은 달을 대하며 멀리 객지의 하늘 아래 떨어져 있는 자신의 아들을
생각하는 마음으로,
"이 달밤에 통곡하는 것은 무언가 연유가 있는 것이겠지요."

라고 말하고 하녀에게 분부하여 상태를 보고 오게 하였다.

女中は直ぐに戻って、『あれは梨花亭の酒屋の娘の淑香さんが、独り淋し気に泣いてゐるのです。』と報告した。夫人は淑香が痛哭してゐるのだと聞いて哀憐の情を起し、魏公に勧めて、宥め慰めてやるやうに願った。魏公は淑香の貞淑に感じ入り、早速承知した。

淑香は恐る恐る魏公夫婦の前に出ると、夫人は歓んで上座に据へ、『お前は仙児のために飛んだ災難を受けた、どうか悪く思はないでお呉れ、あの様な簡素な暮しをしてゐるのに、お前はまあどうしてそんなに気品が高いのだらう、ほんとに世にも稀れなる美しい娘だ。』と見惚れながら、魏公とも相談して、邸へ置くことにした。

하녀는 바로 돌아와서 "저것은 이화정이라는 곳의 술집 딸 숙향인데, 홀로 쓸쓸하게 울고 있습니다."

라고 보고하였다. 부인은 숙향이 통곡하고 있는 것을 듣고 애처로운 마음이 일어나 위공에게 권하여 위로하고 달래도록 부탁하였다. 위공은 숙향의 정숙함에 감동하여 바로 승낙하였다.

숙향이 조심조심 위공부부 앞으로 나서자 부인은 기뻐하며 상석에 앉히며,

"그대는 선아(仙兒)이기에 엉뚱한 재난을 받았다. 아무쪼록 나쁘게 생각하지 말거라. 그러한 간소한 생활을 하고 있는네, 그대는 어떻게 그렇게 기품이 높은 것이냐? 정말로 세상에도 드문 아름다운 딸이로다."

라고 말하며 넋없이 바라보면서 위공과 의논하여 집에 두게 하였다.

(二七) 淑香救はる

(27) 구원받은 숙향

淑香は魏公の家に身を寄せるやうになってからは、身を持すること一層謹愼であり、事を処すること周密であり、舅姑の禮を以て仕へ、婢僕には情け深いので、一家は俄かに花の咲いたやうに賑やかになった。或日、夫人は魏公の禮服を淑香に修飾することを吩咐けたが、心の中では、貧家に育ったものが、とても滿足に出来る筈はないと蔑んでゐた。淑香は辞退も出来ないので、房室に入って裁縫に取り懸った。夫人は窃乎樣子を窺って見ると針の運びも驍りと、遲疑する模樣も無いのに吃驚してゐると、三日目に整乎と仕上げて夫人の前に差出した。

숙향은 위공의 집에 몸을 의지하게 되면서 몸가짐을 더욱 근신하고 일을 처리함에 있어서 주도면밀하게 하며 시아버지와 시어머니에 대한 예를 다하여 모시고 계집종과 사내종들에게는 인정이 많기에 일가는 갑자기 꽃이 핀 것처럼 떠들썩하였다. 어느 날 부인은 숙향에게 위공의 예복을 꾸밀 것을 분부하였는데 마음속에서는 가난한 집에서 성장한 사람이 그렇게 만족스럽게 할 리가 없다고 깔보고 있었다. 숙향은 못한다고 할 수도 없기에 방에 들어가서 재봉을 하기 시작하였다. 부인이 몰래 상태를 엿보았더니 바늘의 움직임도 확고하고 주저하는 모습도 없어서 깜짝 놀라고 있었는데 3일 째 되는 날 분명하게 완성하여 부인 앞에 내놓았다.

夫人は驚愕して、『妾でさへ五日間は費る、それでも人さんからは早

いと云はれてゐたのに、お前はまあ三日で仕上げるとは…。』と、淑香
の技能に驚嘆した。

魏公は禮服を着用して朝廷に出仕すると、百官は目を聳立てて魏公
の禮服を眺め、斯様な美事な仕立は今までに見たことがないが、どこ
で仕立られたかと訊ねるので、魏公は鼻高々と淑香を賞讃やした。魏
公は益々淑香の才藝貞節に感じ入って、これよりは一層夫婦の鍾愛を
増した。

　　　부인은 소스라치게 깜짝 놀라,

　　　"나조차도 5일 간은 걸리는데, 그럼에도 남들로부터 빠르다고 말
을 듣고 있는데, 그대는 3일 만에 완성한다는 것은…"

　　　이라고 말하며, 숙향의 기능에 경탄하였다.

　　　위공이 예복을 착용하고 조정에 나서자 모든 관리는 눈을 우뚝 세
워서 위공의 예복을 바라보며 그와 같이 아름답게 만들어진 것은 지
금까지 본 적이 없는데 어디에서 만든 것인가 하고 물었다. 그래서
위공은 우쭐해 하며 숙향을 칭찬하였다. 위공은 더욱 숙향의 재능과
기예 그리고 정절에 감동하여 그로부터 더욱 부부의 애지중지하는
마음이 더해갔다.

(二八)淑香、李仙の再会
(28) 숙향, 이선과 재회

李仙は最優等の成績を以て科舉に登第した。魏公は特に樞密院議官に
陞進して、滯京してゐたが、暫しの休暇を請ふて、仙と共に歸省した。

李仙は一圖に淑香の事ばかりを思ひ詰めて、見るもの聞くものは目にも入らず、耳にも止らず、唯管路程を急ぎ、途中淑香の家を訪れると、草茫々と生ひ茂る廢屋となり、居住主は居ない。李仙は淑香が死んだものと思ひ、失望と落膽とに胸が塞がり、足を運ぶ勇気も失せた。

이선은 가장 높은 성적으로 과거에 등제하였다. 위공은 특히 추밀원(樞密院) 의관(議官)으로 승진하여 서울에 체재하고 있었는데, 잠시 휴가를 청하여 이선과 함께 고향으로 돌아왔다.

이선은 한결같이 숙향의 생각만 하고 보는 것 듣는 것은 눈에 들어오지도 않고 귀에 들리지도 않고 오직 길을 재촉하여 도중에 숙향의 집을 방문하였는데 풀이 한없이 넓게 자라나 폐옥이 되어 거주지에 주인은 없었다. 이선은 숙향이 죽은 것이라고 생각하고 실망과 낙담으로 가슴이 답답하여 다리를 옮길 용기를 잃었다.

魏公の邸は、魏公と李仙とが帰られると云ふので、奏楽や餘興で、觀衆が門に溢れ御馳走は山の如く積まれてあった。李仙は、歌も踊りも御馳走も目に入らず、怏々として家に入ると、夫人は狂喜して迎へたが、仙は浮かぬ顔をしてゐるので、『お前は最優等で登第した、一家の喜びは之れに増したことはないのに、ナゼそんなに欝ひでゐるのかね、ああさうさう、淑香のことを考へてゐるのだらう、淑香なら邸に来てゐるよ…。』と云ひながら淑香を呼んだ。

위공의 집은 위공과 이선이 돌아온다고 하기에 연주와 여흥으로 구경꾼들이 문에 넘쳐나고 맛있는 음식은 산과 같이 쌓여 있었다.

이선은 노래도 춤도 맛있는 음식도 눈에 들어오지 않았다. 원망스러운 마음으로 집에 들어오자, 위공 부인은 미칠 듯이 기뻐하며 맞이하였다. 그러나 이선은 우울한 얼굴을 하고 있었기에,

"너는 가장 높은 성적으로 등제하였다. 일가의 기쁨이 이보다 더할 수 없음인데, 왜 그렇게 우울해 하느냐? 아아, 그렇구나, 숙향의 일을 생각하고 있는 것이구나? 숙향이라면 집에 와 있느니라."

고 말하면서 숙향을 불렀다.

淑香は羞らひながら目禮した。仙は淑香の姿を見て遽かに元気付き、跳躍いでは飲み廻り、盛裝した儘で地上に醉倒れて了った。夫人は気を利かして淑香を招ぎ、『気も心も疲れてゐるだらうから、房室に行って安静されるが可い』と吩咐けた。

淑香は嬉しさ羞かしさを包みながら、耳元に口を當てて、李仙を抱き起した。李仙は熟々と淑香に見惚れて、急に起き上らうともしなかった。魏公は二人の容子を打眺めて、『似合の夫婦じゃ、夫婦じゃ、早く室へ行って手當をしてやれ。』と笑った。

숙향은 부끄러워하면서 목례를 하였다. 이선은 숙향의 모습을 보고 신속하게 활기를 찾고 떠들어대다가는 마시기를 되풀이하며 화려하게 입은 채로 취해서 땅바닥에 쓰러져 버렸다. 부인은 마음을 써서 숙향을 불러,

"정신도 마음도 피곤할 테니, 방으로 가서 안정시키는 것이 좋겠다."

라고 분부하였다.

숙향은 기쁨과 부끄러움을 숨기면서 귓전에 입을 대고 이선을 끌

어안아 일으켰다. 이선은 숙향에게 푹 빠져서 서둘러 일어나려고도
하지 않았다. 위공은 두 사람의 모습을 바라보면서,

　"어울리는 부부가 아닌가? 어서 방으로 가서 보살펴 주어라."

　고 말하며 웃었다.

　一室に入ると、淑香は俄かに姿を搔亂して相思の苦を訴へ、四韻一
詩を賦した。

　한 방에 들어가자, 숙향은 갑자기 자세를 고치며 서로 그리워했던
고통을 호소하며 사운(四韻)의 시 한편을 지었다.

鏡合劍還總有期　　千辛萬苦独多時
風寒楚獄愁魂断　　月白蘭閨感涙垂
自謂離鸞從此絶　　寧知別鳳復来随
相逢欲説相思恨　　心事茫々楽亦悲

　우리 서로 만난다고 기약을 하였기에
　나 홀로 그 많은 때 갖은 고생 겪었어요
　바람 찬 감옥에선 시름에 애 끊어지고
　달 밝은 방에서는 보고파 눈물 흘렸지요
　짝 잃은 난새 이제는 못 만난 줄 알았더니
　헤어진 봉새 이렇게 다시 찾아올 줄이야
　사무친 그리움을 말하고 싶지만은
　마음은 아득아득 즐겁고도 슬프네요

289

仙は直ぐに和韻した。

　　　이선은 바로 운을 받아서 답하였다.

三生緣結百年期　　離合人間摠有時
楚獄餘魂腸欲斷　　洛陽孤客淚偏垂
幾歡牛女天河隔　　今見鴛鴦緣水隨
莫向良宵論古事　　正知此日喜兼悲

　　　삼생의 인연으로 백년가약 맺었더니
　　　헤어졌다 만나는 것 모두 때가 있구려
　　　감옥에 남은 이는 애 끊어졌을거고
　　　낙양의 떠돌이는 눈물 많이 흘렸다오
　　　은하수로 막혀버린 견우직녀 한탄하다
　　　이제는 물 따라온 원앙을 보게 됐네
　　　좋은날 밤 옛일은 말하지 맙시다
　　　기쁨과 슬픔 교차됨을 잘 알고 있소이다

　二人は今、天にも登ったやうに、一切の苦痛を忘れて臥床に就き、綿々たる相思の情は融けて流るるばかりであった。

　　　두 사람은 하늘에라도 오른 것처럼 일체 고통을 잊고 잠자리에 들었는데 서로를 생각하는 마음이 녹아서 계속 흐르는 듯하였다.

(二九) 淑香の旅立

(29) 여행을 나서는 숙향

魏公は李仙に向って、正式に妻室を迎ふべきことを相談した。仙は魏公の前に手を突いて、『私と淑香とは尋常の縁ではありません、今までに申上げやうと思ひましたが機会がなかったので申上げませんでしたが、実は私と淑香は、同じく瑤池に遊んだ夢が百年の契りを交はすやうになったのであります。この瑤池の刺繍圖は、淑香の作品です、そして不思議にも私の手に、眞珠の玉指環が收められたのであります。』と事の次第を物語りした。魏公は咏嘆して、その仔細と、淑香の言行貞淑を上聞に達した。

　위공은 이선을 향하여 정식으로 부인을 맞이할 것을 의논하였다. 이선은 위공 앞에서 바닥에 엎드려,

　"저는 숙향과는 보통[38]의 인연이 아닙니다. 지금까지 말씀드리려고 하였습니다만 기회가 없었기에 말씀드리지 못했습니다. 실은 저와 숙향이 같이 요지에서 노닐던 꿈이 백년의 약속을 맺게 하였습니다. 이 요지의 자수도(刺繡圖)는 숙향의 작품입니다. 그리고 불가사의하게도 저의 손에 진주로 만든 옥반지가 끼여 있습니다."

　라고 일의 순서를 이야기하였다. 위공은 탄식하며 그 연유와 숙향의 언행이 정숙함을 임금에게 고하기에 이르렀다.

---

38 보통: 일본어 원문에는 '尋常'으로 표기되어 있다. 이는 당연한 것, 눈에 띄지 않은 것이라는 뜻이다(棚橋一郎·林甕臣編, 『日本新辞林』, 三省堂, 1897).

李仙は翰林學士となり、直諫を好み、賢良を推擧し、佞奸輩を斥退して、朝廷の覚えは目出度かったが、悪人共の怨を買ひ、折もあらば排斥されようとしてゐた。

丁度其頃、潁川は飢饉の為めに盗賊か蜂起し、朝野駭然として騒いだが、誰れも之を取締る者がないので、朝廷では頗る心痛してゐた。悪人共は、李仙を潁川に送って亡きものにしようと企謀み、李仙を薦めた。朝廷では早速李仙を潁川の太守に任命した。

이선은 한림학사가 되어 직언을 즐기고 어질고 착한 사람을 추천하며 간사한 무리를 물리쳤다. 조정에서는 축하할 만한 일이지만, 나쁜 사람들에게는 원망을 사게 되어 꺾이지 않는다면 배척하려고 하였다.

바로 그때, 영천(穎川)은 기아로 인해 도적이 봉기하여 조정과 재야에서는 깜짝 놀랐는데, 누구도 이것을 단속하는 자가 없었기에 조정에서는 굉장히 속병을 앓았다. 조정에서는 바로 이선을 영천의 태수(太守)로 임명하였다.

李仙は命を奉じて潁川に赴任して以来、威信を嚴守し、敦く教化を布き、州民を治めたので、盗賊等は忽ち影を隠した。

潁川一帯は平靜に復したので、仙は淑香を召び寄せることにした。潁川は淑香の生れた懐かしい故郷なのである。

이선은 목숨을 받들어 영천으로 부임한 이후, 위신을 엄수하여 교화를 널리 알리는데 힘쓰고 백성을 다스렸기에 도적 등은 갑자기 모습을 감추었다.

영천 일대는 평정을 하였기에 이선은 숙향을 부르기로 하였다. 영
천은 숙향이 태어난 그리운 고향이었다.

淑香はそれを知らう筈もなく、舅姑に暫しの暇を告げて、威儀極め
て嚴肅に出立した。途中淑香は老嫗の墓に詣でた。當時の事を思ひ出
ては、感慨胸に迫り、弔文を棒げて恭しく霊を祀った。やがて墓所を
立去らうとすると、片時も離れなかった黄犬が頭を垂れて近くに進
み、凄楚な声を放って、足で何やら地上に畫いてゐたが、それは完全
なな文字であった。

我れは本天臺の麻姑の所にゐたものである。青獅子に乗って、主君
の命を承けて娘子に侍してゐたのであるが、期限も己に満ちた。今將
さに別れんとしてゐる。これより以後は、娘子の欲す所として意の如
くならぬことはない。

숙향은 그것을 알 리가 없이 시아버지와 시어머니에게 이별을 고
하며 격식을 갖춘 차림새로 엄숙하게 길을 나섰다. 도중에 숙향은
노파의 묘를 참배하였다. 당시의 일을 떠올리고는 감격하여 깊이 사
무치는 마음으로 조문을 받들며 공손하게 영혼을 기원하였다. 이윽
고 묘를 떠나려고 하자, 한 시도 떠나지 않았던 황견이 머리를 숙이
고 가까이에 나타나서 슬프고 고통스러운 소리를 내며 다리로 무언
가를 땅바닥에 적으려고 하였는데 그것은 완전한 글자였다.

"나는 원래 천대의 선녀인 마고(麻姑) 곁에 있던 자이다. 청사자(青
獅子)를 타고 주군의 명을 받들어 낭자를 모시고 있었지만 예정된 시

기가 이미 다하여 지금 바로 헤어지려고 한다. 앞으로는 낭자가 원
하는 곳, 뜻하는 바대로 이루어지지 않는 것은 없을 것이다."

淑香は驚いて黄犬の頭を撫で、『お前は畜類ではあるけれども、妾と
一緒に淋しい間を慰め合ってゐた、どうか何処へも往かないで、妾と
一緒に暮してお呉れ、もうお前には心配を掛けないから…。』と涙を含
んで慰諭した。黄犬は頭を掉って何処ともなく走り去り、また一度ち
よいと振返って見て、姿を匿して了った。淑香は遣る瀬なき思ひに、
すぐにも立去り兼ねて、二日間淹留した。

　　숙향은 놀라서 황견의 머리를 어루만지며,
　　"너는 짐승이기는 하지만, 나와 함께 쓸쓸한 시간을 서로 위로하
며 보냈다. 아무쪼록 아무데도 가지 말고 나와 함께 살아 주렴. 이제
는 너에게 걱정을 끼치지 않을 테니까…"
　　라고 눈물을 머금으며 위로하고 달래었다. 황견은 머리를 흔들면
서 어딘지로 모르게 사라졌다. 다시 한 번 잠깐 돌아보고 모습을 감
추어 버렸다. 숙향은 울적한 마음에 바로 떠나지를 못하고, 이틀간
머물렀다.

(三〇) 懐かしき丞相の家
(30) 그리운 승상의 집

淑香が幾度か老嫗の墓に額づいてから、山形水色佳絶の地に出た。
その町の様子、屋並の模様が、曾て見覚えあるように思はれるので、

此処は何処かと駅者に訊ねた。駅者は、張亟相應漢の里であると答へたので、淑香は吃驚して、悲喜交々胸に迫り、思はず馬車を駐めて、亟相の向側の一室に休憩した。

숙향은 몇 번이고 노파의 묘에 공손히 절하고 나서, 산 모양과 물빛이 더할 나위 없이 좋은 곳으로 떠났다. 그 마을의 모습, 집들의 모습이 일찍이 본 적이 있는 것처럼 생각되었기에 이곳은 어디인가 하고 마부에게 물었다. 마부는 장승상 응한의 마을이라고 대답하였기에 숙향은 깜짝 놀라서 슬픔과 기쁨이 번갈아 가슴에 와 닿아 저도 모르게 마차를 세우고 승상 댁 건너편의 한 집에서 휴식하였다.

亟相は盛んな行列を見て、何人の通輩かと從僕に訊ねた。從僕は肩を聳てて、この行列は潁川の太守李仙殿の奥方であると告げた。亟相は扨々美事な羨ましいお方だ、と何も知らぬ気であった。淑香は亟相を一目見て、飛立つほどに思ったが、故意と素知らぬ風をしてゐた。亟相の女中達は、入替り、差替り淑香を見て、亟相夫人に耳打しては、淑香さまだ、淑香さまだと注意した。

淑香は從僕に吩咐けて、僅の間亟相宅へお伺ひしたいと申入れた。夫人は喜んで、宴席を別室に設け、大勢の女中達を邀へに出した。

승상은 활발한 행렬을 보고, 몇 사람이 오가는 무리인가 하고 하인에게 물었다. 하인은 어깨를 치켜 올리며 이 행렬은 영천의 태수 이선 어르신의 부인이시라고 고하였다. 승상은 참으로 아름다운 분이라고 [속으로 생각했지만] 아무 것도 모르는 듯하였다. 숙향은 승상을 한 번 보고 날아갈 듯하였지만, 일부러 모르는 척 하였다. 승상의 하녀들은 교대로 숙향을 보고는 승상부인에게 귓속말을 하기를, 숙향님이다, 숙향님이다 라고 알려주었다.

숙향은 하인들에게 분부하여 잠깐 동안 승상 댁을 방문하고 싶다고 신청하였다. 부인은 기뻐하며 잔치를 베푸는 자리를 별실에 마련하고, 많은 하녀들을 마중 나가게 하였다.

淑香は粧を凝らし、衣裳を更め、竜簪鳳笄を飾り、朱履を穿いて、多くの女中達に送られ、設けの席に着いた。淑香は言ひ出さうかとは思ったが、夫人がどう思ってゐるかを試めさうとして、相變らず知らぬ素振をしてゐた。すると淑香の気に入りだった舜香と稱ぶ女中が挨拶に出でで、『どうも淑香さまに酷く肖て被入る、淑香さまでは御座いますまいか、淑香さまにお逢ひ申したやうです。』と思はず口走ったので、丞相夫人は眼に涙を堪えた。この容子を観て、淑香は夫人に向ひ、『夫人はどうして悲しまれるのか』と推問した。夫人は涙を拂って、『老身には切ない思ひがあります、尊賓の前で、その事を申上げるのは甚だ失禮に當ります、申し上げれば涙の種、なかなかに申し盡されませぬ』とまたも涙を絞った。

숙향은 화장을 고치고 의상을 고쳐 입으며 용머리 모양의 비녀와 봉황의 비녀를 장식하고 붉은 신을 신으며 많은 시녀들의 안내를 받으며 마련한 자리에 앉았다. 숙향은 말하려고 하였지만, 부인이 어떻게 생각하는가를 시험하고자 변함없이 모르는 척 하였다. 그러자 숙향의 마음에 들었던 순향이라고 하는 하녀가 나와서 인사를 하며,

"아무래도 숙향님을 몹시 닮으셨는데 숙향님이 아니십니까? 숙향님을 만난 듯합니다."

라고 엉겁결에 말을 하였기에, 승상부인은 눈에 눈물을 참았다. 이 모습을 보고 숙향은 부인을 향하여,

"부인은 왜 슬퍼하십니까?"

라고 추궁했다. 부인은 눈물을 닦으며,

"늙은이에게는 애절한 생각이 있습니다. 높으신 분 앞에서 그 일을 아뢰는 것은 매우 실례에 해당합니다. 아뢰게 된다면 눈물의 씨앗, 좀처럼 고할 수가 없습니다."

라고 말하며 다시 눈물을 적시었다.

丞相は、賓客が婦人であるので遠慮して、女中に命じて賀辭を述べさせた。すると淑香は、どうか丞相どのにも御列席下さいと申傳へて呉れと返事した。丞相は、異なことに思ひながら、恭しく入って來た。

淑香は丞相夫妻に、気兼せぬようにと優しい言葉を懸け、『妙なことをお訊ねしますが、お宅に四香と云ふ女中がゐました筈ですが、その女中はまだお出ですか。』と訊ねた。夫人は驚いて、『尊賓はどうしてその四香と云ふのを御存じでせうか。』と眼を睜った。淑香は知らぬ容子をして、『或る年の或る月の或る日に、淑香と云ふ人が、乞食姿となって汚い町を漂泊してゐたのに出会いまして、いろいろと伺ったのですが、淑香さんと云ふのはどういふ御関係なのですか。』

승상은 귀한 손님이 부인이기에 조심조심하여, 하녀에게 명하여 축하의 말을 늘어놓았다. 그러자 숙향은 아무쪼록 승상어르신도 참

석해 줄 것을 전해달라고 답하였다. 승상은 이상한 일이라고 생각하면서 공손하게 들어왔다.

숙향은 승상부부에게 신경 쓰지 말라고 정답게 말을 걸며,

"묘한 것을 묻겠습니다만 댁에 사향이라고 하는 하녀가 있었을 것인데, 그 하녀는 아직 있습니까?"

라고 물었다. 부인은 놀라서,

"높으신 분이 어떻게 그 사향이라는 자를 아십니까?"

라고 말하며 눈을 번쩍 떴다. 숙향은 모르는 척하며,

"모년 모월에 숙향이라는 사람이 거지 차림이 되어 불결한 마을을 떠돌아다니고 있을 때 만나서 여러 가지 들었습니다만, 숙향이라고 하는 사람과는 어떠한 관계입니까?"

これを聞くと、夫人は切なささうに、ポロリポロリと涙を落し、『その淑香と云ふのは五つの時に袖乞の姿で私方へ参りましたので、可哀想に思って宅で養育いたしましたが、まことに気品の高い優れた娘で、私共夫婦は大切に鍾愛して居りましたが、十四歳の時に、ちょっとした行違ひから行衞不明になりまして、今にも生死の程も分りませんので、旦暮涙で暮してゐるので御座います。唯今佳賓から、その淑香の消息を伺ひまして、歡びと悲しさが一時に込み上げて来ましたが、淑香は今何処に居りますか御存じでせうか。』淑香『唯今は魏公の一子、李仙と云ふお方の妻になって居られます李仙さまは顯官のお方であり、淑香さまは貞烈を表彰され、錦衣玉食の美しい家庭を作って居られます。』亟相『ハテさて福運を得たものである、私は死んだこととばかり思って諦めてゐたに、それはまあ何と云ふ嬉しいことであらう、老身は性急であっ

た為めに、淑香に飛んだ濡衣を被せて、悔ひも及ばず、嘆いてゐますが、尊賓はほんとに淑香の容貌に酷肖りで御座います。』

이것을 듣자, 부인은 애절한 듯이 눈물을 뚝뚝 흘리며,

"그 숙향이라는 사람은 5살 때에 거지의 모습으로 우리 집에 왔기에 불쌍하다고 생각하여 집에서 길렀습니다만, 참으로 기품이 높고 뛰어난 아이로 우리들 부부는 소중히 애지중지하였습니다만, 14살 때에 대수롭지 않은 엇갈림으로부터 행방불명이 되어서 지금도 생사를 알 수가 없습니다. 그래서 밤낮으로 눈물로 지내고 있습니다. 다만 지금 귀빈에게서 그 숙향의 소식을 듣고서 기쁨과 슬픔이 한 번에 복받쳐 왔습니다만, 숙향이 지금 어디에 있는지 아십니까?"

숙향 "다만 지금은 위공의 외아들 이선이라는 분의 부인이 되었습니다. 이선님은 고위 관리이며 숙향님은 정렬(貞烈)로 표창되어 비단 옷과 진귀하고 맛있는 음식이 있는 아름다운 가정을 만들어서 살고 계십니다."

승상 "그것 참 행운을 얻었습니다. 저는 죽었다고만 생각하고 포기하고 있었는데, 그것은 정말로 뭐라고 말할 수 없는 기쁜 일입니다. 늙은이가 성급하여서 숙향이 뜻밖의 누명을 뒤집어쓰게 하였는데 후회도 미치지 못하여 한탄하고 있었습니다만, 귀한 손님은 참으로 숙향의 용모를 몹시 닮았습니다."

淑香『相公は淑香に逢ひたいと思ってゐますか。』巫相『思ふ所でありません、夜となく昼となく妻とも語り合ってゐるので御座います。』巫相夫人『思ふ一念で、息のある中に必ず逢って見ると思ってゐます、あ

の可愛い淑香を、百年經たうが、どうして忘れられませうか。』

　　숙향 "상공(相公)은 숙향을 만나고 싶다고 생각하십니까?"
　　승상 "생각하는 정도가 아닙니다. 밤도 없이 낮도 없이 부인과 함께 서로 이야기를 하고 있습니다."
　　승상부인 "한결같이 생각하며 숨이 있을 동안에 반드시 만나보고 싶다고 생각하고 있습니다. 그 귀여운 숙향을 백년이 지난다고 하더라도 어떻게 잊을 수가 있겠습니까?"

　　淑香『淑香さんの房室の粧奩の上に、憐れむ可し父母今何れの処、涙を含んで時々碧霄を仰ぐ、と云ふ句と、西の窓下に、今將さに出去らんとして何れの処に從はん、天地茫々涙巾に満つ、と云ふ詩がありましたか。』巫相夫人『それをどうして御存じなのでせう、不思議で御座いますね。』淑香『昔し聞いたことと、今見る所と符合してゐるので承知したのです。』巫相夫人『淑香も亦老身を思ってゐませうか。』淑香『淑香さんは、毎も御夫婦のことを思っては泣いてゐます。』と云ひながら、覚えず涙を濡らした。

　　숙향 "숙향씨가 머물던 방의 화장도구를 담는 상자 위에 '가엾은 부모님 지금 어느 곳에서 눈물을 머금으며 때때로 푸른 하늘을 향하여'라는 구와, 서쪽 창 아래에 '지금 바로 나가려고 하나 어느 곳으로 따라야 할지 천지가 망망하여 눈물은 수건에 가득히'라는 시가 있습니까?"
　　승상부인 "그것을 어떻게 아십니까? 불가사의하네요."
　　숙향 "예전에 들은 것과 지금 본 것이 일치하기에 알게 되었습니다."

승상부인 "숙향도 또한 늙은이를 생각하고 있을까요?"

숙향 "숙향씨는 언제나 부부의 일을 생각하고는 울고 있습니다."

라고 말하면서, 부지중에 눈물로 촉촉해졌다.

左う右うしてゐる中に黄昏となったので、亟相は女中に命じて淑香の房室を飾り付け、夜も更けたればお泊りになってはと促した。淑香は思へる壺なので、喜んで一夜の宿を願った。女中に案内させると、淑香は案内も待たず、つかつかと淑香の房室へ歩を運ぶので、亟相夫婦は、不思議な思ひに、若しやほんとの淑香ではないかと疑った。

이리저리 하는 사이에 해가 저물었기에 승상은 하녀에게 명하여 숙향의 방을 청소하여 밤도 깊어졌는데 머무신다면 어떠한가 하고 재촉하였다. 숙향은 바라던 대로 되었기에 기뻐하며 하룻밤을 부탁하였다. 하녀에게 안내를 하도록 시키자 숙향은 안내를 기다리지도 않고 성큼성큼 숙향의 방으로 발걸음을 옮겼기에 승상부인은 이상한 생각에 혹시 정말 숙향이 아닐까 하고 의심하였다.

(三一) 亟相淑香の対面
(31) 승상과 숙향의 대면

亟相夫人は、淑香の容子を窃乎窺ってゐると、淑香は四邊を顧みて、懐かしさに涙ぐみ、粧奩の塵を拂ひ、壁上の詩を照らし見て、『意はざりき今日復た舊時の物を見ようとは…。』と独語して一聯を賦して粧奩に書き認めた。

승상부인이 숙향의 모습을 엿보았더니, 숙향은 사방을 둘러보며 그리움에 눈물을 글썽이며 화장도구를 담는 상자의 먼지를 닦고 벽 위에 시를 비추어 보며,

"뜻하지 않게 오늘 다시 옛 시절의 물건을 보게 되다니…"

라고 혼잣말을 하며 한 연의 시를 지어서 화장도구를 담는 상자 위에 적었다.

一千年後鶴重帰　　城廓無人識令威
怊悵古情無処訴　　奩間明月相依々

일천년이 지난 다음 학이 다시 돌아오니
성에는 정령위[39]를 아는 사람 하나 없네
서글픈 옛 정을 하소연할 곳 어디 없고
경대를 비추는 밝은 달만 아련하네

又一律を吟じて壁上に題した。

다시 한 율을 음미하고 벽 위에 적었다.

舊客還帰宿舊堂　　依然物色摠感傷
窓間況有去時跡　　誰識如今是淑香

---

39 정령위 : 중국 요동 출신으로 도를 배워 신선이 되었다는 전설 속의 인물이다. 나중에 학으로 변해서 고향을 찾아오니 벌써 천 년의 세월이 지나 아무도 알아보는 사람이 없이 어떤 소년 하나가 활을 쏘려고 하자 공중을 배회하면서 탄식하다가 떠나갔다고 한다.

옛날 객이 돌아와서 옛날 집에 묵었는데
물색은 전과 같아 모두 슬픔 자아내네
더구나 창문에는 옛날 자취 남았는데
그 누가 지금의 이 숙향을 알아보리

　書き畢って壁に向ひ、よよとばかりに泣き伏した。夫人は急いでこの容子を丞相に告げ、『屹度淑香の異ひありません。』と言ひ張った。それでも丞相は真に受けないで、舜香に探らした。舜香は淑香の房室を訪れて、一別以来の挨拶を交はし、『どうか淑香さま、いつまでもお隠しにならずに打明けて、丞相御夫婦を安心させて下さいまし。』といろいろ掻き口説いて、遂々淑香であることを確めて、遽てて夫人に告げた。夫人は跣足のまま駆け込んで、手を握り涙に暮れた。淑香も亦夫人を抱き締めて、声を上げて泣いた。丞相は顛倒せんばかりに走って来て、三人衣を重ねて嬉しいやら悲しいやらに泣き崩れて、暫時言葉も出なかった。

　다 적은 후 벽을 향하여 뚝뚝 눈물을 흘리며 엎드렸다. 부인은 서둘러 이 모습을 승상에게 알리고,
　"필시 숙향임에 틀림없습니다."
　라고 주장하였다. 그렇다고 하더라도 승상은 참으로 받아들이지 않고 순향에게 살피게 하였다. 순향은 숙향의 방을 방문하여서 한 번 헤어진 이후 인사를 주고받으며,
　"아무쪼록 숙향님 언제까지나 숨기시지 마시고, 승상부인을 안심시켜 주십시오."

라고 이렇게 저렇게 끈질기게 설득을 하여 드디어 숙향이라는 것을 확인하고 황급히 부인에게 고하였다. 부인은 맨발인 채로 달려가 손을 잡고 눈물을 흘렸다. 숙향도 또한 부인을 끌어안으며 소리를 높여 울었다. 승상은 쓰러질 듯이 달려와서 세 사람의 옷을 포개어서 기쁨과 슬픔의 눈물로 쓰러져 울었다. 삽시간에 말도 나오지 않았다.

(三二) 親子の邂逅
(32) 부모와 자녀의 해후

淑香は、五日間亟相家に滯留して潁川へ出発することとなった。亟相は別れを惜み町端れまで送りに出た。淑香は潁川の少し手前に宿を取った。すると隣家では、大勢の客が集って、頻りと佛事を営んでゐる容子に、淑香も父母の事を思ひ、傷感の情に堪えざるままに、うとうととして眠るともなく、夢ともなく、自分はその佛事の席に列して、一同と共に珍らしい御馳走を食べてると眼が覚めた。隣りではまだ盛んに佛を祭り、娘の淑香よ、娘の淑香よ、と哭声を発しては讀經してゐるので、淑香は、世にも同姓同名のあるものよと、不思議に思ってゐると、

숙향은 5일 간 승상 댁에 체류하면서 영천에 출발히기로 했다. 승상은 헤어짐을 아쉬워하며 마을에서 떨어진 곳까지 배웅을 나왔다. 숙향은 영천의 가까운 곳에 머물 곳을 구했다. 그러자 이웃집에서는 많은 손님들이 모이어 계속해서 불사(佛事)를 기원하는 모습이었다.

숙향도 부모의 일을 생각하니 슬픔을 참을 수 없었다. 꾸벅꾸벅 조는 것도 모르는 듯, 꿈을 꾸는 것도 모르는 듯, 자신은 그 불사의 자리에 참석하여 일동과 함께 진귀하고 맛있는 음식을 먹고 있다가 잠에서 깨었다. 옆에서는 아직 활기차게 부처님에게 제사를 지내며, 딸 숙향아, 딸 숙향아 라는 곡소리가 들리고 독경을 하고 있기에 숙향은 세상에는 동성동명이 있나보다 라고 불가사의하게 생각하였다.

其朝になって、其処の家から叮嚀な膳部を整へて、『今日は娘の命日に當りますので、粗末ながら酒饌の用意をいたしました。貴賓は幸にお隣りにお泊りになった御縁に、どうぞ召上って頂きたい。』と使ひに持参させた膳部を見ると、それが不思議にも、夢に見た御馳走と同じ膳部なので、愈々奇異の感に打たれ、使ひの者に向って、『妾も五つの時に両親に別れた不仕合せなものであります、只今両親は、何処に何うしてゐるかと、そればかりが案じられてゐます。若し御差支なくば、妾も御邪魔してお線香の一本も上げたいと思ひますが、お帰りになったら、よくこの事を御主人に傳へて下さい。』と傳言した。

그러자 그날 아침이 되니, 그 이웃집에서 정중하게 요리상을 갖추어서,

"오늘은 딸의 기일에 해당하기에 차린 것 없지만 술과 찬을 준비하였습니다. 귀빈이 다행스럽게 옆에 머무르시는 인연으로 아무쪼록 드셔주셨으면 합니다."

라고 하였다. 심부름꾼에게 들고 오게 한 요리상을 보니 그것이 불가사의하게도 꿈에서 본 맛있는 음식과 같은 요리상이기에 더욱

기이한 느낌이 들어 심부름꾼을 향하여,

"소첩도 5살 때에 양친과 헤어진 불행한 사람입니다. 지금 양친은 어디에서 무엇을 하고 계실까, 그것만이 걱정입니다. 혹시 지장이 없다면 소첩도 방문하여 향이라도 하나 올리고 싶습니다만 돌아가신다면 주인에게 이것을 잘 전해 주셨으면 합니다."

라고 말을 남기었다.

金鈿は、客室を清潔に掃除して、盛筵を設け、女中に命じて淑香を邀へた。淑香は盛装して、数多の女中に侍られ、徐々と席に通った。金鈿夫婦は下へも置かず、叮重に歓待した。御馳走が終る頃、淑香は襟を正して、

『昨夜は大層お悲しみのやうに見受けましたが、お娘子さんでもお亡くしになったのですか、どうか詳しくお話を願ひたいと思ひます。』

김전은 객실을 청결하게 청소하고 성대한 잔치를 열어 하녀들에게 명하여 숙향을 맞이하였다. 숙향은 옷을 차려입고 다수의 하녀들에게 시중을 받으며 천천히 자리에 들어갔다. 김전부부는 아랫것도 두지 않고 정중하게 환대하였다. 음식이 끝나자 숙향은 옷깃을 여미고,

"지난밤은 상당히 쓸쓸하게 보았습니다만, 따님이라도 돌아가신 것입니까? 아무쪼록 성세하게 이야기를 부탁드리고자 합니다."

夫人『尊賓の前でお話し申すも餘りに不躾で御座いますが、古人も申しました通り、窮する者は其言を達せんと欲し、労する者は其事を歌

はんと欲す、とか申しますから、どうか老身の心に長い間抱いてゐた
愁恨をお聴き下さいまし。老身の間には、一人の可愛い娘が御座いま
した、丁度尊賓によく肖た気品の高い娘で、名を淑香と呼びました
が、日外、北兵が南侵致しました時に、山谷に逃げ匿れましたが、賊
共に追はれ逐はれて、散々バラバラに逃げ延び遂々娘の姿を見失ひま
した、いろいろと手を盡して捜しましたが、未だに行衛が分りません
ので、どうしたことかと案じ煩って居ります、失禮ですが尊賓は何処
におなりで御座いますか。』淑香『丁度二十歳になります。』

　　부인 "귀빈 앞에서 이야기하는 것이 너무나 무례합니다만, 옛날
사람들도 이야기하였듯이 궁한 사람은 그 말을 공공연하게 하지 않
으면 얻을 수 없고, 노력하는 자는 그 일을 노래하지 않으면 얻을 수
없다는 말이 있으니까, 아무쪼록 늙은이의 마음에 오래도록 품고 있
던 슬픈 한을 들어 주십시오. 늙은이 사이에는 귀여운 딸아이 한 명
이 있었습니다. 마침 귀빈을 많이 닮은 기품 있는 딸로, 이름을 숙향
이라고 불렀습니다. 언젠가 북쪽에서 군사가 남침하였을 때에 산골
짜기로 도망가서 숨었습니다만, 도적들에게 쫓기어 뿔뿔이 흩어져
서 도망을 가다가 마침내 딸의 모습을 잃어버리고 말았습니다. 이리
저리 손을 써서 찾아보았습니다만, 아직 행방을 알 수 없기에 어쩐
일인가 하고 걱정하고 있습니다. 실례입니다만 귀빈은 나이가 어떻
게 되십니까?"
　　숙향 "마침 스무 살이 되었습니다."

夫人『まあ奇躰で御座いますこと、老身の娘も、今生きてゐれば丁度

二十歳になります、五歳の時に見失った切りで、生死の程も分りません
ので、見失った日を命日と思って、それで昨晩お通夜をいたしまし
たのですが、実は今日がその命日なので御座います。』と云ひながら、
坐を起って一隻の玉指環を取出し、この指環には両端に眞珠が箝めて
御座いまして、中に隠し文字があります。一つには寿の字が現はれ、
一つには福の字があります、これは福字の方ですが、寿字の方は、そ
の時娘の帯に結び付けてやりましたので此処には御座いません、時折
り取出しては、せめてもの心を慰めて居りますが、尊賓を見受けます
に、見失った淑香を見るやうでありますから、失禮ながらこの品を差
上げたう御座います。』

　　　부인 "이런 기묘한 일이군요. 늙은이의 딸도 지금 살아 있다면 마
침 스무 살이 됩니다. 5살 때에 잃어버린 이후로 생사를 알 수 없기에
잃어버린 날을 기일로 생각하여 그래서 어젯밤 밤새 기원을 드렸습
니다만, 실은 오늘이 그 기일입니다."
　　라고 말하면서, 자리를 일어서서 한 쌍의 옥 반지를 꺼내어,
　　"이 반지에는 양쪽 가장자리에 진주가 박혀 있고, 가운데에는 글
자가 숨겨져 있습니다. 하나에는 수(壽) 자가 나타나고, 하나에는 복
(福) 자가 있습니다. 이것은 복 자 쪽입니다만, 수 자 쪽은 그때 딸의
허리띠에 매달아 두었기에 이곳에는 없습니다. 가끔 꺼내어서는 부
족하나마 마음을 위로하고 있습니다만, 귀빈을 보니 잃어버린 숙향
을 보는 듯하여 실례이지만 이 물건을 꺼내게 된 것입니다."

　　淑香はそれを取上げて見ると、細工と云ひ、字畫と云ひ、自分の身

に着けてゐた玉指環と同じやうなので不思議に思ひ、『その娘さんに着
けて置いた品物は玉指環だけでせうか、まだ他にもありましたらう
か。』夫人『も一つ一半の瓢子が御座いました、その片破れはこれで御座
います。』と半瓢子を示した。

　淑香は、所持の半瓢子と合はせて見るとしっくり合ふので、始めて
これが焦れ焦れた真実の父母であると知って、俄かに逆上して、人事
不省となった。金鈿夫人の介抱で、漸く気の付いた淑香は、矢庭に母
に獅噛み付いて、よよとばかりに泣き倒れ、『阿母さま――阿母さま―
―、どうして妾を…どうして妾を見失って知らずにゐたのですか、阿
母さま――。』と身を震はして泣いた。夫人は、さては吾娘の淑香で
あったかと、息も塞るばかりに相擁して痛哭した。
　潁川太守の奥さまが、吾娘の淑香であると分ったので、金鈿の一家
は上へ下へと驚動し、彼方此方へと觸れ廻ったので、近隣から吾れも
吾れもと祝辭を述べに来て、門前は忽ち牆を築いた。淑香は気を静め
てから、今までの有りしことどもを搔摘んで話した。

　　숙향은 그것을 집어 들고 보니, 세공도 그렇고 자획도 그렇고 자신
　　의 몸에 지니고 있는 옥 반지와 같은 것이기에 이상하다고 생각하여,
　　"그 딸에게 매달아 준 물건은 옥 반지만입니까? 다른 것도 있습니까?
　　부인 "하나 더 반쪽자리 박이 있습니다. 그 반쪽은 이것입니다."
　　라고 반쪽 박을 내보였다. 숙향이 가지고 있던 반쪽 박과 맞추어
　　보았더니 잘 맞았기에, 처음으로 이것이 애타게 애태우던 친부모라
　　는 것을 알고 갑자기 몹시 흥분하여 인사불성이 되었다. 김전부인의

간호로 겨우 정신을 차린 숙향은 그 자리에서 어머니에게 매달려서 엉엉 하고 울며 쓰러져 울면서,

"어머니… 어머니… 왜 저를… 왜 저를 잃어버린 것을 몰랐습니까? 어머니"

라고 몸을 떨면서 울었다. 부인은 그렇다면 우리 딸 숙향이었는가 하고 숨이 막힐 정도로 통곡하였다.

영천 태수의 부인이 자신의 딸 숙향이라는 것을 알았기에 김전 일가는 위로 아래로 들썩거리며 여기저기에 말을 사방에 퍼트렸다. 가까운 이웃에서 나도 나도 하며 축하 인사를 전해 오고 문 앞은 갑자기 담이 세워졌다. 숙향은 흥분을 가라앉히고 나서 지금까지 있었던 일들을 긁어모아서 이야기하였다.

金鈿は悵然として涙を流し、『散々お前に苦労を懸けて置きながら、知らぬとは云へ牢獄で杖刑を加へたのは、真実の親の私であった、彼の時にお前を殺して了へば、今日斯うして逢ふことも出来ない、実に天の加護であったのだ。』と深い思ひに悲しみながらも、眼の前に見る高貴な姿の吾娘を見て、嬉し泣きに泣いた。夫人も亦口を添へて、『あの時、薬や食物などを與へて介抱したのも、自分の思ひが天に通って、吾娘を助けたので御座いませう、それにしても目出度い、目出度い。』と泣き笑ひをした。

김전은 애석함에 슬퍼하며 눈물을 흘리고,

"너에게 몹시 고생을 시키면서 알지 못했다고는 하나 옥사에서 곤장을 받게 한 것[또한] 친부모인 나였다. 그때에 너를 죽여 버렸다

면 오늘 이렇게 만날 수도 없었을 것이다. 실로 하늘이 베풀어 주신 은혜이다."

라고 말하면서 깊은 생각에 슬퍼하면서도 눈 앞에 보이는 고귀한 모습을 한 자신의 딸을 보고 기뻐하며 울고불고 하였다. 부인도 또 한 입을 모아서,

"그때 약과 음식 등을 주고 간호한 것도 자신의 생각이 하늘에 통 하여 우리 딸을 도와준 것일 것입니다. 그건 그렇다 하더라도 경사 스럽습니다. 경사스럽습니다."

라고 울다가 웃었다.

(三三) 團圓
(33) 결말

淑香は圖らずも生父母に邂逅し、また養父母にも逢ったので、其事 情を詳しく仙の許へ申送った、李仙は取るものも取敢へず、急遽来訪 し、不思議の縁を祝った。そして早速その事を魏公にも知らせたの で、魏公も喜ぶこと限りなく、轎を飛ばして来合はせた。時ならぬ高 貴顯官の来会に、遠近よりの来観者は門前市を為し、金釧の一家は彌 が上にも光彩を放った。

숙향은 뜻밖에도 낳아준 부모와 해후하고 다시 양부모도 만났기 에 그 사정을 상세히 이선이 있는 곳으로 알리었다. 이선은 만사를 제쳐놓고 급히 내방하여 불가사의한 인연을 축하하였다. 그리고 즉 시 그 일을 위공에게도 알리었기에, 위공도 기쁘기 한량없어 가마를

빨리 재촉하여 그곳으로 왔다. 때 아니게 고위 관리가 왔기에 멀고 가까운 곳에서 온 구경꾼으로 문 앞은 시장을 이루었다. 김전 일가 는 더욱 더 광채를 발하였다.

淑香は骨身を碎いて、生父母、養父母、舅姑に仕へ、誠敬貞淑、賢夫人の名に背かず世の模範として讚へられた。李仙は、淑香の事蹟行狀を詳しく上聞に達したので、朝廷では、古史にも見受けざる至孝至貞の賢婦人として、淑香の貞敬帖を書册にし、永く記録に残すやう命ぜられた。

숙향은 온 몸이 부스러질 정도로 친부모, 양부모, 시아버지 시어머니를 모시며 성경정숙(誠敬貞淑) 한 현명한 부인의 이름에 배반하지 않는 세상의 모범으로 칭송받았다. 이선은 숙향의 흔적과 행적을 상세히 임금에게 고하였기에 조정에서는 고사(古史)에서도 본 적이 없는 지효지정(至孝至貞)의 현명한 부인으로서 숙향의 정경첩(貞敬帖)을 서책으로 하여 오래도록 기록에 남기도록 명하였다.

李仙は在官六年の間、淸簡自らを修め、威望惠德並び行はれ、邑民は道に落ちたるを拾はずと云ふほど德化されたので、頌德碑を建て、治行第一と敬慕した。間もなく吏部尙書に擧げられ、隆興元年には陜西都督に任ぜられて、大に金の兵を破り、殊勳を樹て、凱旋後樞密副使となり、淑香との間に、二男一女を生み、女子は王女となり二子は俱に文科に登第して、一品の位に進んだ。

이선은 관직에 있는 6년 동안 깨끗하고 대쪽같이 스스로를 다스리고 위엄과 명망, 은혜와 덕을 함께 베풀어 고을 사람들은 길에 금품이 떨어져 있어도 줍는 사람이 없다고 말할 정도로 덕으로 감화시켰기에 위공비를 세워서 다스리고 행하는 것이 제일이라고 존경하고 사모하였다. 머지않아 이부상서(吏部尙書)에 천거되고, 융흥(隆興) 원년에는 섬서(陝西) 도독(都督)을 맡았으며, 금의 병사를 크게 무찔러 수훈을 세우고 싸움에서 이기고 돌아와서 추밀부사(樞密副使)가 되었다. 숙향과의 사이에는 2남 1녀를 낳았는데, 여자아이는 왕녀가 되고 두 아들은 문과에 등제하여 일품의 지위에 올랐다.

淑香は三十歳の時に養父母を喪ひ、三十九歳の時に生父母に永別し、それから十年後に李仙の父母を送った。何れも三年の喪に服し、誠敬の心を籠めて祭祀を奉じた。

숙향이 30이 되었을 때 양부모의 상을 당하고, 39세가 되었을 때 낳아준 부모와 사별하며, 그로부터 10년에 이선의 부모를 보냈다. 어느 것이나 3년 상을 지냈으며, 공경하는 마음을 담아 제사를 받들어 모셨다.

淑香は七十三歳の老齢を迎へたが、或日李仙と草堂に同座し、四方八方の昔語りをしてゐると、忽然奇獸が現はれて、空より下るかと見る間に、何処よりともなく声あって、『青春も既に盡きて老ひたれば、早や早や雲の上に陞らるべし』と李仙と淑香とを抱へて、空中高く騰り去った。

숙향은 73세의 노령을 맞이하였다. 어느 날 이선과 함께 초당(草堂)에 앉아서 사방팔방의 옛 이야기를 하고 있었는데 갑자기 기이한 짐승이 나타나 하늘에서 내려왔나 하고 보는 사이에 어디라고도 할 것 없이 소리를 내며,

"청춘도 이미 다하여 나이가 들었다면, 어서어서 구름 위로 올라야 한다."

라며 이선과 숙향을 안아서 하늘 높이 올라가 버렸다.